CANDACE BUSHNELL

TODAVÍA HAY SEXO EN NUEVA YORK

Traducción de Beatriz García Alonso

ARCOPRESS • NOVELA
Edición: Javier Ortega
www.arcopress.com
Síguenos en @ArcopressLibros

Parque Logístico de Córdoba. Ctra. Palma del Río, km 4
C/8, Nave L2, n° 3. 14005 - Córdoba

Imprime: BLACK PRINT
ISBN: 978-84-11312-16-5
Depósito Legal: CO-779-2023
Hecho e impreso en España - *Made and printed in Spain*

Para JHC, el mejor MNN

ÍNDICE

CAPÍTULO 1

¿AÚN QUEDA SEXO EN LA CIUDAD?

Una de las mejores cosas de la madurez es que, al llegar a esta etapa, la mayoría de la gente se vuelve un pelín más amable y algo más tolerante. ¿Por qué? Pues porque, cuando uno llega al ecuador de su vida, ya le han pasado unas cuantas cosas. A esa edad todos ya hemos aprendido alguna lección que otra. Por ejemplo, que una vida aparentemente brillante vista desde fuera por dentro puede ser un auténtico desastre. También que uno siempre se va a topar con adversidades, por mucho que todos nos empeñemos en intentar ser perfectos. Y, sobre todo, que todo eso que una vez nos parece seguro y sagrado, de pronto, de la noche a la mañana, deja de serlo.

Como el matrimonio. Y como el amor. E incluso como la ciudad.

De hecho, mi historia de amor con la ciudad empezó a desgastarse cuando mi perro murió de repente en la zona de las antiguas caballerizas de una famosa y pequeña calle adoquinada en los alrededores del Washington Square Park. Allí un *cocker spaniel* lo mató. No de forma literal, ya que técnicamente aquello fue un «accidente». Sin embargo, para mí no fue una simple casualidad: justo la tarde antes del repentino deceso de mi perro, yo ya me había topado con el *cocker* asesino en el banco.

El perro se había colado en su interior y empezó a gruñir dentro. Muy avergonzado, el cuidador del perro, un veinteañero con cara de yogurín, bajó corriendo la calle para agarrarlo. Y, nada más verlo, el perro le regaló un mordisco en el dedo.

En ese momento no pude sino sacudir la cabeza. Hay personas que no están preparadas para tener un perro a su cargo, y ese muchachín, sin lugar a dudas, era una de ellas.

Al día siguiente a las siete y media ya estaba en pie, tremendamente orgullosa por haber sido capaz de madrugar. Vivía en un edificio con portero, por lo que, cuando salía a sacar al perro, solía ir sin llaves ni móvil, ya que contaba con estar de vuelta en dos minutos.

Esa misma mañana, al doblar la esquina, vi un cierto alboroto en el otro extremo del bloque. Y tuve una corazonada: seguro que por allí estaban el chico y el *cocker.*

Crucé la calle para cambiar de acera mientras me felicitaba a mí misma, con bastante prepotencia, por haber evitado el peligro.

Mi perro se entretuvo un rato por las caballerizas y, en ese tiempo, el chico y el *cocker* siguieron avanzando hasta el final del bloque y se dispusieron a cruzar. El *cocker spaniel* estaba ahora en nuestro mismo lado de la acera y, en cuestión de segundos, echó a correr a la velocidad del rayo hacia nosotros.

Fui testigo de todo desde la primera fila: el desgastado collar negro de cuero. La vieja hebilla de metal que va sujeta al collar. El polvoriento remolino de las partículas de cuero duro que se formó cuando la hebilla se soltó y, con ella, también el perro.

Los músculos del chico parecieron empezar a echar fuego y salió disparado dándose tropezones para intentar agarrar a su perro justo antes de que este se abalanzara sobre el mío.

Yo tenía el convencimiento de que mi sabueso estaba a salvo

y de que aquello no era más que otra escaramuza canina en mitad de la acera. La ciudad estaba repleta de perros atemorizados que mordían y ladraban a todos cuantos tenían a su alcance; ese tipo de incidentes estaban a la orden del día.

De pronto noté que la correa se aflojaba en mis manos. Me giré para echar un vistazo a mi perro y me bastó un segundo para darme cuenta de que estaba tumbado de lado en mitad de la acera.

Temblaba. Mientras me agachaba a su lado, los ojos se le quedaron en blanco, y la lengua, su enorme lengua perruna, quedó colgando hacia un lado de su boca abierta.

Tucco, a quien llamé así en honor de un personaje de *El bueno, el feo y el malo*, la película favorita de mi exmarido, yacía muerto.

Mi primera reacción fue ponerme histérica. No obstante, enseguida me di cuenta de que acaparar toda la atención no sería para nada útil. A mi alrededor se había congregado una multitud que no paraba de ofrecerme su ayuda, aunque lo cierto es que nadie sabía cómo echar una mano.

El perro, como es de suponer, era grande. Un podenco ibicenco de 73 cm en los hombros y 34 kg. Tenía más o menos el tamaño y la forma de un cervatillo.

No veía claro que fuera a poder levantarlo. Y ese no era el único problema. No tenía ni puñetera idea de qué hacer. No llevaba ni la cartera ni el móvil encima, y mi marido, para variar, estaba fuera de la ciudad.

Justo en ese instante algún alma caritativa llamó a la clínica veterinaria más próxima y, aunque estaba cerrada, se ofrecieron a mandar a alguien que me ayudara. La clínica estaba a unas cuantas manzanas, por lo que otra persona telefoneó a un taxi, otra distinta sostuvo a mi can y, justo ahí, el chico, con su *cocker* asesino entre los brazos, tan solo acertó a decirme:

—Lo lamento mucho. Espero que mi perro no haya matado al tuyo. —Rebuscó en su bolsillo y sacó un billete de veinte dólares arrugados. Estaba sucio y estropeado—. Para el taxi —dijo apretándolo contra mi mano.

Me metí en el coche y alguien colocó el cuerpo aún caliente de mi perro muerto en el asiento justo al lado.

—Dese mucha prisa, por favor —rogué al conductor.

Una de las cosas que aprendes en la madurez es que la vida no es una película. En una película, el taxista habría dicho: «Oh, Dios mío, pobrecita usted y pobrecito su perro», y habría salido a toda velocidad hacia el hospital veterinario, y no sé de qué forma milagrosa los brillantes veterinarios de la ciudad de Nueva York habrían logrado revivir a mi perro, y mi fiel amigo habría sobrevivido. Sin embargo, en la vida real, los taxistas son bien distintos. Nadie se presta a llevar a tu perro muerto en el asiento trasero de su coche.

—No se permiten perros.

—Es una emergencia.

—¿Y eso por qué? ¿Acaso el perro está enfermo?

—Sí, sí. Se está muriendo. Por favor, señor. Puede que incluso ya esté muerto.

Metedura de pata mayúscula. Porque entonces...

—¿Que está muerto? Yo no puedo meter a un perro muerto en mi taxi. Si el perro está muerto, llame usted a una ambulancia.

—No tengo mi móvil conmigo —grité.

El taxista hizo varios intentos para que me bajara del taxi, pero yo me mantuve inmóvil, y él no iba ni a acercarse para tocar el perro, por lo que al final desistió. Solo tenía que conducir tres bloques para llegar a la Sexta Avenida, pero pillamos un atasco. No paró de increparme durante todo el recorrido.

Yo fui haciendo oídos sordos mientras me recordaba a mí misma que por mala y mala que fuera mi circunstancia, seguro que en otro rincón del globo había otra mujer inmersa en una situación mucho peor. Y además, la inesperada muerte de mi perro no era lo más terrible que me había pasado últimamente.

Justo el año anterior había fallecido mi madre. La suya fue otra muerte que me pilló de sopetón. A los cincuenta años, que es la edad que yo tengo ahora, mi madre estuvo siguiendo un tratamiento hormonal de sustitución. Se trataba de un tratamiento habitual para una mujer que se adentraba en la menopausia. El problema era que las hormonas podían dar lugar a un cáncer de mama, a menudo mortal. Y así, pese a que en mi familia no había antecedentes de carcinoma y a que las mujeres de ambos lados habían llegado bien a los noventa, mi madre falleció con tan solo sesenta y dos años.

Por aquel entonces me empeciné en fingir que estaba bien, aun cuando en absoluto lo estaba. Se me caía el pelo y era incapaz de meterme nada en el estómago.

Tardé mucho mucho tiempo en asumirlo. Mis amigas estuvieron siempre a mi lado apoyándome. Y mi marido también estuvo todo el tiempo ahí.

Cuando llegué a la clínica veterinaria, amablemente me dejaron utilizar su teléfono para que llamara a quien necesitara. Por fortuna, me sabía unos cuantos números de memoria. Por ejemplo, el de mi marido. Lo llamé tres veces. Pero nada, no me respondió. Aún no eran las nueve de la mañana. No empezaba a trabajar hasta dentro de treinta minutos, así que ¿dónde diablos estaba?

También me sabía el número de mi amiga Marilyn. Se presentó allí en menos de diez minutos andando a toda velocidad desde su apartamento en Chelsea.

Marilyn ni tan siquiera se había tomado su café ni dado una ducha, y, al igual que yo, iba en sudadera. Con la cara sin lavar, los dientes sin cepillar y el pelo sin peinar, nos miramos la una a la otra.

¿Y ahora?

Mi perro había muerto de una aneurisma. Al menos eso era lo que la veterinaria pensaba, ya que no podía asegurárnoslo sin que se practicara la autopsia al perro. ¿Y yo quería eso? No, no lo quería, dijo tajante mi amiga Marilyn.

Mi marido siempre había odiado al perro. Es más, en aquel momento llegué a plantearme si la muerte de Tucco era una señal.

Y claro que lo era. Entonces no lo sabía, pero mi relación de pareja era como una aneurisma, la crónica de una muerte anunciada.

Tres meses más tarde, en noviembre, mi marido me pidió el divorcio. Lo hizo al día siguiente de una de esas poco frecuentes y enormes nevadas. Estábamos en mi pequeña morada de Connecticut y nos quedamos sin agua y sin energía. Para mí era inconcebible volver a la ciudad con él, por lo que me quedé en el campo llenando palas de nieve y derritiéndola en el fuego para hacer que el baño funcionara.

Y comenzó la disputa del divorcio. A lo largo del proceso surgieron los habituales momentos horrendos que a uno le cuesta creer que sean ciertos, mas, en comparación con otros divorcios, podríamos decir que el nuestro fue viento en popa.

Excepto por una cuestión.

La hipoteca del apartamento. Tuvimos que cancelar la anterior y abrir una nueva solo a mi nombre.

Ni a mí ni a mi banquero se nos pasó por la cabeza que aquello pudiera resultar un problema. Sobre todo porque, de un modo u otro, yo tenía dinero suficiente en el banco para hacerme cargo de la hipoteca.

Mi banquero me había estado tranquilizando y me había dicho que todo iba a ir bien. Y lo estuvo haciendo hasta tres meses después, cuando llegó el día de nuestro encuentro, y yo entré en el banco y me senté.

Tenía un mal presentimiento.

—¿Al final? —le pregunté.

—Lo siento, es el algoritmo —me respondió.

—No me van a dar la hipoteca, ¿no?

—No —me susurró. Y como por arte de magia lo comprendí todo. Ya no podía marcar ninguna casilla que me beneficiara para ello.

Era (a) mujer, (b) soltera, (c) trabajadora por cuenta propia y (d) cincuentona.

Y puesto que no podía marcar las casillas afortunadas, dejaba de ser considerada parte de la demografía, lo que en el mundo de los algoritmos significaba que dejaba de existir.

Me quedé petrificada de pie fuera del banco, completamente en *shock*.

En esas cuatro paredes estaban todos mis hitos familiares: las ventanas de vidrio de los Knickerbocker a través de las cuales podía ver a hombres mayores en jersey cuidando de sus bebidas en el bar. El delicatesen al que iba todas las mañanas próximo a la tienda de licores con el chico nervioso que no paraba de hablar sobre béisbol. Al igual que yo, él llevaba en la ciudad más de treinta años.

Crucé la calle y me detuve a mirar mi edificio fijamente. Y recordé el gran número de veces que había pasado por delante de ese edificio la primera vez que llegué a Nueva York. Iba de camino a NYU y Studio 54. Por aquella época tenía diecinueve años y ya me habían publicado algunos de mis textos en los periódicos de calle que empezaban a ver la luz en la ciudad entonces.

No tenía un duro, pero tampoco me importaba, me estaban pasando muchas cosas y todo era nuevo y absolutamente excitante. Pasé el edificio con los porteros de guantes blancos y uniforme gris, y me detuve a admirar el jardín, un jardín de verdad repleto de flores y hierbas altas, y pensé para mí: «Algún día, si consigo triunfar, viviré aquí».

Y ahora es aquí donde vivo. En un apartamento que hace esquina en el último piso del edificio en que, menuda coincidencia, también vivía el actor que encarnó a Mr. Big. El apartamento había sido portada de *Elle Decor* y, de todos mis logros, justo ese fue el que mi madre, una afamada decoradora, más había valorado.

Y ahora me sentía como si el sistema me hubiera derrotado. No solo podía perder mi casa, sino que también estaba a punto de ser una más de las millones de mujeres de mediana edad que se divorciarían ese año. Que tendrían que rehacer su vida y volver a buscar a ese hombre que no existe. Y que, como yo, muy posiblemente tendrían que encontrar un nuevo techo.

En esas, comencé a llorar disimuladamente. Pero paré, porque caí en la cuenta de que estaba agotada para lloriquear.

Así que opté por llamar mejor a Marilyn.

—Cielo —le dije.

—Sí —me contestó.

—Solo quería decírtelo yo. Se acabó.

Y con esas, dejé Manhattan.

**

A diferencia de los millones de otras mujeres que se divorciarían ese mismo año, yo podía sentirme afortunada: había ahorrado sola dinero suficiente que tenía ahí preparado para esas épocas de vacas flacas de las que tanto se hablaba, y de las que, en la madurez, aún habrá muchas. En plan que te jodan con el banco, pagué toda la hipoteca, alquilé mi apartamento, colgué mis taconazos y me piré corriendo a mi casita de montaña en el condado de Litchfield. Y puesto que allí disponía de mucho espacio para correr, me compré dos caniches, Pepper y Prancer, y me dediqué a lo que siempre, desde niña, había querido hacer: escribir lo que me apeteciera y montar caballos de doma.

Siendo lo que mi padre llamaba una engreída hija de puta, al poco me caí y me rompí un hueso, percance tras el cual estuve un tiempo caminando con un andador en modo abuela. No estaba cien por cien segura de volver a subirme a un caballo, pero mi padre me animó a ello. Trajo a mi memoria todas esas veces en que, de niña, «me había vuelto a subir». De este modo, tres meses después participé en un concurso y gané un par de premios.

Me despertaba por la mañana e inhalaba el sonido del silencio. Era feliz. No pensaba en absoluto en la vida que había dejado atrás. No pensaba en Nueva York y, sobre todo, no pensaba en hombres.

Sin embargo, a los seis meses de mi retiro recibí una llamada de Tina Brown. Quería darme una idea para una futura historia. Ahora que ya había transcurrido un tiempo prudencial desde mi divorcio, me sugirió que volviera a adentrarme en el mundo de las citas y escribiera sobre cómo iba lo de ligar más allá de los cincuenta. Me animaba a empezar por el mundo de las citas por Internet. Podía llegar a contratar a una casamentera.

La corté.

Nada de eso se me pasaba por la cabeza.

No me sentía preparada para regresar a las citas. Y, sobre todo, no quería tenerlas. Había estado casi treinta y cinco años pasando de una relación a otra. Ya había incluso experimentado el ciclo completo de las relaciones: enamorarse, casarse y divorciarse.

Y ahora... ¿se suponía que tenía que volver a pasar por todo ello de nuevo? ¿Es que formar parte del ciclo de una relación era a lo único a lo que podía aspirar en mi vida? Entonces me detuve a reflexionar sobre la definición por excelencia de loco: hacer la misma cosa una y otra vez y esperar un resultado diferente.

Había llegado el momento de poner fin a dicho ciclo. Y por ello, por primera vez en treinta y cuatro años, decidí permanecer sin hombres.

Y eso significaba también estar sin sexo. Porque sucede que, a estas alturas de mi vida, ya no me va lo del sexo casual.

Yo nunca hablaba de eso, por supuesto. El tema del sexo, una vez fuente de muchísima diversión, vergüenza, miedo y alegría, rara vez salía. Mis amigas solteras habían sido siempre solteras, no habían tenido nunca citas y, por tanto, no se habían comido un rosco, mientras que las casadas estaban casadas y tan pendientes de sus hijos que, imagino, ya tampoco tenían tiempo de hacer nada más. Pero, de cuando en cuando, cuando trataba de explicarle a algún hombre que yo ya tenía cero interés por las citas y que, francamente, no creía que volviera a tenerlo, siempre me preguntaban con la voz entrecortada: «¿Y el sexo?», y daba la sensación de yo hubiera acabado de matar un gatito.

—¿Qué pasa con él?

—¿Qué es lo que haces?

—Hacer, no hago nada.

—Pero… ¿no necesitas sexo?

—¿Y tú? He comprobado que la gente que necesita sexo tiende a tomar malas decisiones para conseguirlo. He visto a gente tirar por tierra trayectorias profesionales de talla mundial solo por su necesidad de darse un revolcón.

Por si fuera poco, tenía muchas cosas infinitamente más interesantes que hacer. Como cocinar platos elaborados. Aprender a usar Instagram. Crear mi propia canción pop en GarageBand. Mi mejor amiga era una chica llamada Angie. Vivía en mi misma calle pero un poco más arriba, acababa de superar un cáncer y trabajaba en una institución psiquiátrica hablando de Shakespeare a adolescentes. Practicábamos senderismo juntas y recorríamos los caminos sin asfaltar, contemplando desde las esculturas de Calder hasta la casa de Frank McCourt. Allí no había nada de cobertura, por lo que solo hablábamos y hablábamos. Sobre feminismo, sobre el sentido de la vida y sobre las hiperpeculiares novelas que yo estaba escribiendo entonces.

Solíamos hacer una parada en el estudio de escritura de Arthur Miller, aquel que fue capaz de construir con sus manos y en el que escribió *Las brujas de Salem*. Era un espacio pequeño, rondaba quizás el 3 x 2, con una suave pieza larga de madera pegada a la pared a modo de escritorio. Yo tenía la costumbre de acercarme a la ventana y quedarme mirando fijamente la madera y la sucia carretera, y pensar: esto es exactamente lo mismo que Arthur Miller debe de haber contemplado un millón de veces. ¿Qué sentiría? ¿Estaría también desesperado por acabar de una maldita vez un texto? Y después acostumbraba a terminar con una plegaria: por favor, por favor, que se me pegue algo de la genialidad de Arthur Miller.

Por favooooooor.

Lo triste es que nunca se me pegó nada.

Durante el tiempo que estuve en Connecticut, escribí tres libros, pero a mis editores les parecieron todos tan horrendos que se negaron a publicarlos. Cuando, por fin, logré terminar un manuscrito entero que realmente pensé que les gustaría, me lo enviaron de vuelta con un buen tachón en cada página.

Señoras y señores, bienvenidos a la locura de la mediana edad, ese momento en que la carrera profesional de una persona parece estar finiquitada del todo.

Llamé a Marilyn. Necesitaba ayuda.

«Cielo, creo que te estás volviendo majara allí tú sola. Por eso lo que escribes tampoco tiene ni pies ni cabeza», me dijo sin miramientos.

Y en ese momento me llamó también mi gestor.

Él, al menos, me traía buenas noticias. Si conseguía vender mi apartamento, podría beneficiarme de una reducción fiscal. Liquidar toda la hipoteca tres años antes había sido un movimiento inteligente: el mercado había repuntado y solo con esta exención fiscal yo ya había obtenido beneficios.

Para mí, un fantástico beneficio, ya que, si era inteligente y me compraba la vivienda más barata que encontrara, podría también permitirme un pequeño estudio de una habitación en la ciudad y una pequeña y deteriorada casa a las afueras de un antiguo pueblo de pescadores en Los Hamptons. Y es que, desde que Marilyn se mudara allí hacía dos años, había tenido ganas de una casita en esa aldea.

Al igual que me pasó a mí, ella, también repentina e inexplicablemente, empezó a sentirse amargada en la ciudad.

Bueno, eso no es cierto del todo. Como yo, ella experimentó una serie de afrentas que la hicieron pensar que la ciudad estaba también intentando deshacerse de ella.

Así, literalmente. El pequeño edificio familiar próximo a High Line en el que Marilyn llevaba doce años viviendo de alquiler iba a ser derribado para dar paso a una torre de apartamentos.

Marilyn no tenía ni la más remota idea de qué hacer. Después perdió un cliente que se trasladó a Los Ángeles. Y, para colmo, su perro necesitó una operación de tres mil dólares.

Estábamos a mitad del invierno y Marilyn no podía dejar de afirmar que hacía tantísimo frío que, si te ibas al final del muelle y te quitabas la ropa, te morías por hipotermia en tan solo veinte minutos. Aseguraba haber comprobado los minutos exactos en Internet.

Aquello era alarmante. Marilyn, que había estado quince años tomando Prozac, era una de las personas más felices que yo conocía. Hablaba con todo el mundo y era una de esas almas raras a las que podías confesarle cualquier temor que te asaltara sin el miedo a ser juzgada. Y entonces, a las ocho de la mañana de una fría mañana de abril, Marilyn fue a ver a un psiquiatra.

El psiquiatra la mandó a casa con la receta para unos cuantos medicamentos que Marilyn compró en la farmacia. Y después se subió a su apartamento y se tomó de una sentada un bote entero de pastillas para dormir. Lo sé bien porque la llamé a las nueve y quince minutos para preguntarle cómo le había ido la consulta y se acababa de tomar la última pastilla tan solo unos segundos antes. Le costaba mantenerse despierta, pero consiguió responderme al teléfono.

Llamé de inmediato al 112.

Gracias a Dios se recuperó y le vino de perlas distanciarse un poco de la ciudad y volver a encontrarse con los suyos.

Marilyn se puso rumbo al este para pasar una temporada en el chalé que una amiga tenía en el pueblo y desde el que se contemplaba toda la bahía. Al principio, su intención era quedarse allí una o dos semanas. Pero aquello se convirtió en un mes. Luego en dos. Enseguida hizo amistad con una agente inmobiliaria que sabía exactamente lo que podía permitirse una madurita soltera: propiedades con aparatejos ancestrales y la pintura pelada, los típicos sitios que los promotores no tocarían mucho porque de ellos apenas podrían obtener beneficios.

Tres meses se convirtieron en toda una estación, después en un año, y volvió el invierno. Y una mañana después de que Sassy se resbalara en el hielo a la salida de pilates y se hiciera un desgarro muscular, comenzó a lamentarse de que la ciudad había dejado de ser la misma y a decir una y otra vez lo maravilloso que sería vivir todas cerca de nuevo. Y justo aquello fue lo que le dio a Marilyn la idea: nos buscaría casas baratas y nos iríamos a vivir todas a la aldea de East Hampton.

Bastantes años atrás, Sassy, Marilyn y yo habíamos vivido en el mismo bloque y estábamos siempre las tres entrando y saliendo de uno y otro apartamento. Posiblemente porque teníamos quince años menos, aquella época era excitante y feliz, los éxitos se sucedían y nuestro futuro parecía labrarse solo. Las cosas habían cambiado, por supuesto, pero siempre nos mantuvimos muy próximas, y, como ninguna tuvimos niños ni obligaciones familiares apremiantes (los padres de Sassy habían fallecido y la familia de Marilyn había regresado a Australia), seguíamos yéndonos de vacaciones juntas.

Las cosas no siempre salen como uno las planea, pero esta ocasión sí fue así. Con la ayuda de la agente inmobiliaria amiga de Marilyn, tanto ella como Sassy encontraron su casa y se establecieron allí unos meses antes. Y ahora, con los ingresos extra que había tenido, yo también me uní a ellas.

Esa primavera me mudé a una pintoresca granja en malas condiciones que quedaba a unos 800 metros de la casa de Sassy y a 2,5 kilómetros de la de Marilyn. Al principio solo estábamos las tres, pero al poco Sassy se encontró por casualidad con Queenie, a quien todas conocíamos de nuestra etapa de solteras, y averiguó que ella también vivía allí. Años atrás, cuando sabíamos de ella por la ciudad, era la típica urbanita. Pero un fin de semana viajó a la aldea para visitar a su madre, una famosa artista y aún más prestigiosa gran decana. Ansiosa por salir de casa, Queenie fue al bar, conoció a un chico de allí, se enamoró, se quedó embarazada y después, tras un breve intento de dos años por permanecer casada, se divorció. Desde entonces vivía en la aldea de East Hampton y conocía a todo el mundo.

Su novio de los últimos diez años vivía en otro Estado y su hija, que ya tenía diecisiete, hacía su vida, por lo que muy pronto Queenie se apuntó también a nuestras noches de chicas. El concepto de ser una de las chicas era nuevo para ella. Ella siempre hablaba de «las chicas» entre comillas, como si salir con otras mujeres solteras a los cincuenta fuera algo que debiera estar al margen de su propia vida (o al menos con puntuación).

Y después llegó Kitty.

Kitty era otra amiga de todas que, tras el aterrizaje de Mr. Big en su vida quince años atrás, había estado felizmente desaparecida, inmersa en su dicha de casada. O eso pensábamos, porque, ahora, de pronto, como había sucedido con muchas de nuestras amigas, Kitty era otra de las repentinamente divorciadas.

Aquello fue un *shock*. Kitty era la única de mis amigas que creía ciegamente en el amor verdadero. Durante los veinte y los treinta había rechazado hombres por doquier porque, según ella, ninguno era su alma gemela. Pero un día, al entrar en un restaurante de su barrio, se sentó al lado de un chico mayor que ella. Y empezaron a hablar. Esa misma noche se fue a su casa, al día siguiente hizo las maletas para irse a vivir con él y en cuestión de seis meses se juraron amor eterno.

Kitty y yo perdimos el contacto durante algún tiempo, pero volvimos a recuperarlo estando aún casada. Recuerdo perfectamente que a mí me sorprendía muchísimo lo enamoradísimos que estaban ella y su marido. Él le iba diciendo a todo el mundo que era incapaz de imaginar su vida sin Kitty y prefería pasar todo su tiempo con ella antes que con ninguna otra persona.

Me acuerdo de que por aquel entonces yo envidiaba un amor como el de Kitty, me hubiera gustado tenerlo, pero era consciente de que quizás aquel no era mi destino. Y por supuesto no me esperaba que el matrimonio de Kitty llegara a su fin, o a un fin tan abrupto, como sucedió ese sábado por la tarde en que el marido de Kitty llegó a casa inesperadamente temprano. Había estado jugando al golf y estaba borracho, al igual que su amigo. Se acercó dando tumbos hasta Kitty y le dijo: «Eres una puta», y le puso en las manos los papeles del divorcio.

O lo intentó de alguna manera.

«¿Estás loco?», le gritó Kitty. No era la primera vez que lo veía en ese estado en los últimos meses. Al igual que la mayoría de la gente de esta historia, él tenía lo suyo, pero lo de los papeles del divorcio era nuevo.

Aunque Kitty los hizo añicos, aquellos papeles eran de verdad. Tanto como su leonino acuerdo prenupcial, lo que significaba que Kitty tenía que abandonar su casa, y rápido.

En esas, se alquiló una casa en la aldea para estar ella también cerca de sus amigas.

Con Kitty ya éramos cinco.

—Entonces, ¿tú a qué te dedicas aquí? —me preguntó Kitty una tarde.

—Escribo —le respondí.

—¿Y por la noche?

—Sigo un horario. Hago ejercicio, paseo a mis caniches por la playa y suelo cenar pronto. A veces, a las cuatro.

—¿A las cuatro?

—Perdón, a las seis —añado.

—¿Sola?

—A veces con Sassy y con Marilyn. Y con Queenie.

—¿Cenar a las seis? —preguntó Kitty soltando un bufido—. Eso no es vida.

Y tenía razón, estaba claro.

Finalmente, Tilda Tia, una de las amigas casadas de Kitty, apareció un buen día, sin previo aviso, desde el sur de Francia. Acababa de terminar una relación de doce años con un francés y estaba intentando empezar una nueva vida en los Estados Unidos.

Como todas nosotras habíamos hecho años atrás, cuando no había maridos, ni niños, ni trabajos absorbentes ni desamores de ningún tipo, nos reunimos para encontrar la solución a nuestras vidas.

Y lo hicimos concretamente en la cocina de Kitty.

De inmediato, como años atrás cuando todas éramos solteras, la conversación se centró, una vez más, en el sexo.

—¿Dónde está la diversión? ¿Qué hay de la excitación? —preguntó Kitty.

—¿Dónde están los hombres? —se animó Tilda Tia.

Y mientras contemplaba sus pequeñas y ansiosas caras, caí en la cuenta de que este podría ser un buen momento para dar respuesta a esos interrogantes.

Y así fue como, cuatro años después de haberme marchado de allí, regresé a mi lugar de siempre. Mientras cruzaba el puente que me adentraba en Manhattan, yo, una mujer blanca soltera de mediana edad al volante de un delicado SUV con dos grandes caniches en la parte de atrás, tenía que plantearme la pregunta obvia: ¿aún queda sexo en la ciudad?

CAPÍTULO 2
EL TRATAMIENTO MONALISA

Desde luego, si quedaba, no estaba esperándome a mí. Al menos no según mi ginecóloga.

Ella fue precisamente mi primera cita a mi regreso a la ciudad. Esa visita anual es siempre terrorífica, pero es algo para lo que las mujeres como yo hemos sido entrenadas: a enseñarle la vagina al menos a una persona una vez al año. O más.

Tras la revisión habitual, se reclinó en su asiento y sacudió la cabeza con aflicción.

—¿Recibiste la información que te envié sobre el MonaLisa? —me preguntó.

—¿El MonaLisa? —repetí para mí sintiendo ese ya familiar reguero de miedo. ¿Acaso me había perdido algo? ¿Había hecho algo mal? ¿Estaba condenada por algo?

Me puse la ropa y me encaminé hacia su despacho, temiéndome ya lo peor.

—Escucha, cariño —empezó a explicarme con dulzura—. El anillo hormonal no está funcionando. Tu vagina sigue sin ser lo suficientemente flexible.

Emití un ruido indescifrable.

—¿Cuándo fue la última vez que mantuviste relaciones sexuales? —quiso saber.

Y vino otra respuesta indescifrable por mi parte.

Puso los ojos en blanco. Llevaba siguiéndome ya cuatro años y, siempre que me sacaba el tema del sexo, le soltaba el mismo rollo, que «estaba en ello, que llegaría ya muy muy pronto». Como quien habla de limpiar los canalones.

Pero esta vez ya no se lo tragó.

—Justo por eso te propuse lo del MonaLisa —continuó, como si estuviera recién sacada de un anuncio—. Se trata de un nuevo tratamiento láser que restaura el tono y la elasticidad vaginal.

Y entonces me tendió una especie de panfleto morado.

—Piénsatelo, verás que, en lo que a sexo se refiere, notarás una enorme diferencia.

Tosí.

—¿Y de cuánto hablamos?

—Consiste en tres tratamientos por tres mil dólares.

¿Tres mil dólares? Pues va a ser que no, muchas gracias.

Al poco, salí a comer con un productor de Hollywood. Estaba empeñado en explorar la posibilidad de algún tipo de programa de televisión que tocara un poco sucintamente el tema del sexo, y a mí me estaba encantando mostrarme un tanto ambigua al respecto con tal de encontrar una excusa para vestirme en condiciones, salir a comer y limpiarme con una servilleta de tela.

—¿Has oído hablar alguna vez del tratamiento MonaLisa? —le interrogué.

El hombre se puso pálido.

Sabía todo sobre él. Su mujer, mejor dicho, su casi exmujer, se había sometido al tratamiento dos años antes, a los cincuenta y dos. Al principio todo había ido bien, pero enseguida ella le espetó que quería algo más y empezó una aventura con el entrenador de hípica que el pobre hombre había contratado para sus hijas adolescentes. Es más, ahora mismo estaban a punto de casarse. Y todo esto pese a que el jinete era más de veinte años más joven que su mujer.

Sentí mucha pena por mi acompañante. Tenía los ojos llenos de lágrimas. Parecía impactado por el hecho de que un hombre más joven pudiera preferir a una mujer mayor. Yo no pude evitar decirle que, si la situación hubiera sido al revés, si un hombre maduro se hubiera liado con una mujer más joven, seguramente él habría visto normales tanto la diferencia de edad como el comportamiento.

Y ahora, gracias al tratamiento MonaLisa, parecía que los papeles se invertían. Si las mujeres maduras pudieran tener las mismas relaciones que los hombres maduros (es decir, con parejas décadas menores), ¿las tendrían? ¿Acaso más mujeres osarían dejar a sus parejas masculinas de su misma edad para sucumbir a los encantos de hombres más jóvenes y calentorros?

Según mi amiga Ess, sí, sin duda. Sobre todo si estas mujeres, al igual que Ess, pertenecieran a la élite de la sociedad norteamericana. Para ella, hablamos de mujeres que llevan años cuidándose para atraer a sus maridos. «Tras haber seguido dietas, practicado yoga y gastado miles de dólares en bótox y rellenos..., ¿qué supone para ellas otro tratamiento láser?». Incluso no es nada raro que el marido regale a su esposa por su 50.º cumpleaños el tratamiento MonaLisa.

Como la gran mayoría de los tratamientos láser, el MonaLisa no funcionaba para todo el mundo. Pero, cuando daba resultados, cuidado. Ess era capaz de nombrar a tres mujeres que lo habían realizado y que habían terminado dejando plantados a sus maridos.

EL EFECTO VIAGRA

«Es similar a lo que sucedió cuando los hombres de cierta edad tomaron Viagra por primera vez —trató de convencerme—. De repente empezaron a tener erecciones y todo el día querían tener sexo con sus mujeres, pero ellas no tenían tantas ganas, así que acabaron dejándolas y yéndose con chicas más jóvenes. Pues en este caso pasa lo mismo, pero al revés».

Y algo así era. El gran problema que surge con esta analogía es que la mayoría de las mujeres, a diferencia de los hombres, no gozarán de la oportunidad de experimentar este nuevo fenómeno de citas. Como suele suceder, hay una gran diferencia entre el precio que los hombres pagan por su juventud y el que esta cuesta a las féminas.

¿Qué peso tendrá en la cartera de un hombre esa pequeña pastilla azul? Apuesto a que no mucho. Como muchas de las cosas que tienen que ver con ellos, probablemente sean cubiertas por algún seguro. Y de no serlo, casi seguro que no se acercan ni por asomo a los tres mil dólares.

Y eso fue lo que me hizo darme cuenta de que, si quería seguir explorando esta cuestión del sexo, iba a tener que recurrir a lo que ya tenía: mi bicicleta.

CONOCE A LOS NUEVOS CHICOS BICICLETA

Hace ya veinticinco años, cuando por primera vez escribí sobre los «chicos bicicleta», estos constituían un grupo, por así decirlo, rarito. Un poco infantiles, con aspecto juvenil, tendían a estar siempre con la cabeza en los libros y tenían un toque empollón. Por si fuera poco, resultaban un tanto molestos con sus bicicletas, sobre todo cuando intentaban subirlas a tu apartamento como si de una especie de mascota se tratara.

Montaban en bici de una forma absurda y hasta peligrosa. Todo ello era indicador también de falta de dinero.

Hoy se da exactamente lo contrario. En la actualidad los chicos bicicleta no solo están esparcidos por todos los sitios cual virus imposible de controlar, sino que, por si fuera poco, han mutado en docenas de tipos diferentes.

Te presento aquí una mínima parte de ellos:

EL TECNOLÓGICO Y MULTIMILLONARIO HOMBRE DE FAMILIA

Tiene muchos hijos con distintas mujeres y en alguna de sus propiedades de treinta millones de dólares cuenta incluso con su propio parque de atracciones. Le gusta impresionar con sus proezas a otros multimillonarios expertos en tecnología, por lo que una de las cosas que hace es ir con su bici, y volver, desde la ciudad de Nueva York hasta Montauk ¡en un solo día!

Lo bueno: es rico, está en forma y es fértil.

Lo malo: cambia de mujer como otros chicos cambian las ruedas de su bicicleta.

EL PANDILLERO

El pandillero es el tipo de hombre que siempre tiene que ir acompañado de otros iguales que él. Le gusta salir a pedalear en pelotón con otros hombres. No suele ser rico, pero sí puede permitirse gastarse dos mil dólares en una bicicleta. También es lo suficientemente rico como para dedicar varias horas a la semana a su *hobby*, mientras su pareja se queda en casa encargándose del trabajo sucio.

Lo bueno: está intentando cuidar de sí mismo, lo que significa que posiblemente también querrá cuidar de otra gente, al menos cuando no está pedaleando.

Lo malo: es el típico hombre experto en sacar de quicio a su mujer. Esta al principio lo pasaba por alto, pero ahora la situación consigue irritarla, ya que ambos se van haciendo mayores, sus hijos son ya adolescentes, y él se pasa el día fuera con su P*** bici.

EL AUTÉNTICO CHICO BICICLETA

Se trata de una persona verdaderamente joven que puede demostrar su juventud, en contraposición al hombre que actúa fingiendo ser un joven. El auténtico chico bicicleta puede ser más bajo o pequeño que tú, mucho más fuerte e, indudablemente, mejor ciclista.

Lo bueno: puede hacer acrobacias.

Lo malo: podrías acabar tú intentando hacer una acrobacia y aterrizar en el hospital con el coxis roto.

EL SOLTERO

El típico chico que disfruta de una cita de fin de semana con alguien a quien ha conocido en una *app* para encontrar pareja. Puede que el soltero no haya montado en bici más de tres veces en toda su vida. Sin embargo, y puesto que ha visto *El soltero*, *Despedida de soltera* y, muy posiblemente, *Soltero en el paraíso*, sabe bien que, en el mundo actual de las citas y el ligoteo, los chicos buenos deben hacer cosas como recorrer en bicicleta pintorescas ciudades de veraneo. Esto teóricamente es algo divertido, pero, por la expresión de su cara, para él de diversión no tiene nada.

Lo bueno: una parte de él está buscando realmente a su media naranja.

Lo malo: si te caes de la bici, en un abrir y cerrar de ojos te reemplazará por otra.

Con todo esto en mente, la pregunta es: ¿de verdad merece la pena subirte en una bicicleta para conocer a un tío? Decidí irme a Central Park para averiguarlo.

Estaba a tope de gente en bicicleta. El gran problema era que casi todo el mundo le daba a los pedales como si estuviera en el Tour de Francia. Si ya era difícil intentar parar a alguien, lo de enrollarte con alguno resultaba misión imposible. Y aunque había un montón de personas con Citi Bike a las que explorar, yo no tenía ya ni el estómago ni los reflejos ni la estupidez necesaria para atravesar en un vehículo de dos ruedas el ingente tráfico de la ciudad de Nueva York.

Con esas, decidí llevarme la pregunta a la aldea, concretamente planteé mi duda a Tilda Tia.

REPENTINAMENTE SAMANTHA

Al contrario que yo, Tilda Tia sí estaba abierta a todo tipo de experiencias relacionadas con las citas. Ella había sido «buena» durante doce años con su ex y ya estaba preparada para «volverse» mala con su libertad.

Tilda Tia era «Repentinamente Samantha». Y también una ciclista maníaca.

Durante las últimas doce semanas, me había estado escribiendo mensajes en los que me hablaba de que iba a hacerse 24, 29 y 34 kilómetros en menos de tres horas, y en los que también trataba de convencerme para que hiciéramos 39 kilómetros en ese mismo tiempo o incluso en menos. No se por qué motivo, pero accedí a ello. Aunque no fuéramos a conocer a nadie, al menos haríamos ejercicio.

Cuando pasé a recogerla, Tilda Tia apareció con un vestido de flores de tipo campesina y unas sandalias plateadas que daban la sensación de que nos íbamos a ir a una fiesta playera en vez de a una ruta en bici de más de 32 kilómetros. Acababa de volver de la peluquería y se negaba a ponerse el casco. De hecho, en vez de este, se colocó unos auriculares como si le fueran a salvar la vida en caso de accidente.

Y en el extremo opuesto estaba yo, vestida y equipada para todo lo que pudiera pasarnos. Me sentía segura enfundada en mis mallas cortas de ciclista acolchadas y el chaleco reflectante que Sassy me había prestado junto con un gran casco pintado de tal manera que parecía media sandía. Iba montada sobre una bicicleta de montaña naranja que en su día había atraído todas las miradas mientras pedaleaba por los sucios caminos que Angie y yo solíamos recorrer en Connecticut.

Digamos que era la peor bici para ir por cualquier otro sitio. Ideal para zonas de piedras y hierbajos, pero demasiado pesada para avanzar muy rápido. O al menos no era tan veloz como la de Tilda Tia.

Fui más o menos bien hasta que llegamos al límite de la aldea y nos adentramos en el carril bici. El primer obstáculo con que me topé fue un puente. Había cruzado ese mismo puente infinidad de veces en coche, pero nunca me había percatado de su tremenda inclinación. Ni de lo estrechísimo que era el carril que separaba a coches y bicicletas.

Llevaba ya recorrido más o menos la mitad cuando me tambaleé y me fui al suelo. Seguí a pie con la bici hasta llegar a lo más alto, desde donde divisé a Tilda Tia esperándome con impaciencia al otro lado.

—¿Te caíste de la bici? —me preguntó—. Pero, hija, si ni siquiera hemos subido una montaña de verdad.

—Tengo miedo a las alturas —le contesté. Y me monté de nuevo en la bici.

Al principio, pedaleé furiosa tras ella para intentar alcanzarla. Pero, cuando me di cuenta de que no iba a conseguirlo, aminoré el paso y decidí iniciar mi investigación fijándome en los otros ciclistas a los que me iba encontrando por el camino.

De entrada uno puede pensar que el ciclismo es cosa de jovenzuelos, pero para nada. Enseguida fui consciente de ello al ver que no dejaba de pasar una persona de mediana edad tras otra.

Al igual que yo, la mayor parte estaba en una forma aceptable. O sea, que era gente lo suficientemente sana como para hacer en bicicleta unos cuantos kilómetros, pero para nada eran seres obsesionados capaces de renunciar después a un apetecible plato de patatas fritas. Había muchas parejas, las cuales di por sentado que habrían decidido practicar más ejercicio y hacerlo juntos. Fuere como fuere, parecían felices. Bueno, lo cierto es que decir eso es un poco mentira. La verdad es que uno de los miembros de la pareja tenía aspecto enfadado o molesto, como si aún le costara creer que la otra parte hubiera logrado convencerlo o que aquello realmente fuera a ser un aliciente para su matrimonio. Aun así, iban de buen rollo. Cuando yo pasaba al lado, nos intercambiábamos un leve asentimiento de cabeza o una especie de saludo cortés a la antigua usanza.

Después estaban los fuertes caballos de batalla. Eran también hombres y mujeres de mediana edad, a la última en lo que a equipación se refiere, que iban en bicis de carretera con ruedas muy finas y marcos aerodinámicos. Debían de pertenecer a alguna clase de club (uno de supermadurit@s, como después me enteré) y solo se percataban de la presencia de los que eran como ellos. Estaban convencidos de que cualquier otro ciclista de menor clase acabaría despanzurrado en el asfalto cual animal atropellado.

Por último, los pelotones de amigos. Grupos mixtos de hombres y mujeres con una afición en común para pasar juntos su tiempo libre. Al tiempo que pedaleaba, me imaginaba la conversación que podría haberlos llevado a estar allí:

—¿Qué tal? ¿Hacemos algo juntos?

—Me encantaría, pero estoy intentando no comer ni beber mucho.

—Yo ando en las mismas, así que… tengo una idea. Vamos a montar en bici.

—¡Genial!

ATRAPADA EN EL PELOTÓN

Los pelotones de amigos estaban por todas partes. De hecho, apenas habíamos avanzado algo cuando me vi en mitad de uno de ellos.

El problema de estos pelotones es que todo el mundo pedalea a una velocidad ligeramente diferente. Suelen ir demasiado rápido para tomarles la delantera y demasiado lento como para permanecer por detrás. El resultado es que todo el mundo, sin darse cuenta, termina pedaleando uno al lado de otro y a la misma velocidad para poder ir manteniendo una conversación.

No suele ser ni difícil ni desagradable. Basta con un «Se ha quedado buen día para salir con la bici», regalar una sonrisilla, asentir y chasquear los dedos, para que alguien del grupo se ponga a la cabeza y todos los demás vayan detrás como patitos detrás de mamá pata.

En este pelotón concreto de cuatro personas, esto no sucedió. La mujer y uno de los hombres iban por delante, y los otros dos hombres permanecían detrás. Sí, en ocasiones esto también sucede, sobre todo cuando hay tanto tráfico que cruzar no es lo más aconsejable.

Los dos hombres alzaron la cabeza y se quedaron mirándome, y yo fijé mis ojos también en ellos. Uno era tremendamente anodino. Y el otro lucía un bigote. Un bigote grisáceo que encajaba a la perfección en la cara alegre sin una sola arruga propia de un hombre que comía en condiciones y sabía lo que tenía que hacer para disfrutar.

—Me gusta tu bicicleta —me confesó con una sonrisa.

—Gracias —le agradecí el cumplido, esperando ansiosa a que me adelantara. Estaban intentando que fuéramos los tres en hilera, lo cual era de todo menos seguro. Lo odiaba. Porque si un coche nos daba a uno de los tres, los demás caeríamos también en efecto dominó.

—¿Qué bici es esa? —volvió a dirigirse a mí.

¿Me lo está diciendo en serio? ¿Acaso este tío no sabe lo peligrosísimo que es ir hablando de una bici a otra en medio de coches que pasan acelerando a 65 kilómetros por hora?

—Es una bicicleta de montaña —le contesté a regañadientes.

Y entonces, gracias a Dios, hizo un gesto de asentimiento con la cabeza, y su amigo y él pasaron de largo.

La siguiente parada era el ferri. Esta embarcación era la encargada de llevar a los coches y a los ciclistas atravesando la bahía hasta una isla que era considerada la meca del ciclismo. Sus carreteras eran de lo más pintoresco y apenas había tráfico.

Cuando entré en el muelle, el ferri estaba llegando. El pelotón de amigos se encontraba apiñado a un lado mientras Tilda Tia permanecía firme al borde del muelle para subir la primera. Y eso significaba que yo tenía que atravesar todo el pelotón hasta llegar a ella.

—¿Vas para Shelter Island? —se interesó el bigotudo, como si Shelter Island no fuera la única parada del ferri.

Contesté que sí con la cabeza.

—Nosotros vamos en bici hasta Ram's Head Inn y comeremos allí. Podías venirte.

—Gracias —le dije agradecida. Hasta el momento esta aventura en bicicleta sí estaba resultando ser una buena manera de conocer a gente.

Apunté hacia Tilda Tia y dije a mi interlocutor que no estaba sola. Él le pasó revista, le dio el visto bueno y me propuso que se viniera también.

«Eureka», siseé al tiempo que llegaba con mi bici hasta Tilda Tia. Le señalé al grupo y le dije que me habían preguntado si queríamos comer todos juntos.

—No —me soltó rotunda.

—¿Por qué no?

—Pues porque me recuerdan a mi primer marido y sus amigotes, y no es precisamente lo que estoy buscando.

Y para demostrarlo y dejarlo bien clarito, se fue con su bici hasta la proa del barco, con el fin de poner la mayor distancia posible entre ella y el pelotón.

Ahora sé que ya entonces Tilda Tia tenía en mente un tipo de hombre totalmente diferente al que yo también conocería en cuestión de 16 kilómetros.

Íbamos dándole a los pedales por una preciosa península salpicada con casas históricas cuando, de pronto, se paró en seco.

—Aquí está —dijo maravillada apuntando hacia una mansión victoriana—. La casa de mis sueños. Aquí viviría si estuviera forrada.

Estábamos contemplando fijamente la casa cuando nuestros ojos cayeron rendidos ante un chico que salió de la vivienda que estaba justo al lado. Llevaba una camiseta de manga corta y unos pantalones de correr. Tenía los músculos perfectamente perfilados, era morenazo de pelo y su cara era la propia del protagonista de una película de acción. ¿Qué tendría, unos treinta años?

—Oh, Dios mío —suspiró Tilda Tia mientras el chico llegaba hasta el final de la calzada y empezaba a correr—. Es el tío que está buenísimo.

—¿Quién? —tuve que preguntar.

—¿Se me olvidó hablarte de él? Lo vi hace un par de días por la zona del puerto. Sin duda, es el hombre más atractivo del mundo. —Y salió disparada detrás de él.

No, no, por favor, no, no lo hagas. No me hagas hacer esto, por favor, te lo ruego, le suplicaba mientras le daba a los pedales con todas mis fuerzas para intentar alcanzarla. Y por esta sinrazón, pasó lo que tenía que pasar: que me gané una lesión.

Las calles de este elegantísimo enclave estaban repletas de elementos disuasorios: bandas de frenado, pequeños obstáculos triangulares y postes de metal ubicados al azar. Justo cuando intentaba evitar uno de estos postes, pillé una banda de frenado a demasiada velocidad y mis pies salieron volando de los pedales, pero no antes de que uno de ellos se soltara y me golpeara sin piedad en la espinilla.

«Ay», exclamé.

Me había caído de la bici, me iba a salir un señor moratón y me dolía. En algún momento de un futuro próximo dejaría de dolerme, pero mientras tanto me dolía y tenía que seguir pedaleando. Al menos hasta dar con Tilda Tia.

Había desaparecido por una pequeña subida. La llamé al móvil.

Me respondió de inmediato gracias a sus auriculares con *bluetooth*.

—¿Pero dónde te has metido? —me preguntó.

—Me llevé por delante una banda de frenado.

—¿Estás bien? ¿Quieres que me dé la vuelta y vaya a buscarte?

No, claro que no. Tampoco me encontraba tan mal.

Al final la alcancé en el cruce y le enseñé mi pierna.

Obviamente no necesitaba una ambulancia. Sin embargo, a las dos nos pareció que me iría bien un poco de hielo.

Así que nos dirigimos hacia un restaurante próximo a la playa que era muy conocido y que, según la *app* de ciclismo de Tilda Tia, estaba solo a 5 kilómetros.

Un cuarto de hora más tarde, sudando y exhaustas, por fin llegamos. Si bien antes había sido un local de moda para gente joven, el restaurante ahora estaba lleno de padres de entre treinta y cuarenta y tantos cargados de niños.

Tomamos una mesa, nos sentamos y nos abanicamos la cara con el menú.

—No entiendo cómo puedo estar sudando tanto —se quejó Tilda Tia.

—Pues yo, sí —respondí, y eché un vistazo al teléfono—. Nada..., si solo estamos a 32 °C y hay un 70 % de humedad.

Mi apreciación nos hizo soltar una carcajada. ¿Qué demonios estábamos haciendo, dos mujeres maduras empapadas de sudor montando en bici a 32 °C y pensando que así íbamos a conocer a algún hombre?

Bah, daba igual. Aquel restaurante era fantástico, con sus sillas de mimbre de colores y los ventiladores de techo. Fuera los niños jugaban en la playa mientras los turistas se empujaban unos a otros desde un barco de fiesta amarrado en la bahía.

Pedimos el especial de la casa, un Froze, que era un cóctel con vino rosado, fresas naturales, un buen chorro de vodka y bien de hielo. Y disfrutamos de unas patatas fritas que mojamos en mahonesa. Y luego, y como habíamos pasado tan buen día, volvimos en un Uber.

CAPÍTULO 3

EL EXPERIMENTO
DE TINDER

Unos cuantos días después, tras haber terminado a dos velas nuestro reto del chico de la bicicleta, estaba ya de vuelta en mi apartamento cuando de pronto me entró un correo electrónico. Una tal Emma me pedía que escribiera un artículo experimental sobre la famosa *app* de citas Tinder.

Podríamos decir que fue la palabra *experimental* la que me llamó la atención. ¿Qué demonios querría decir con eso?

Además, vi que Emma había incluido en el mensaje su número de teléfono. Aquel artículo tenía pinta de ser importante, ya que a día de hoy lo del teléfono se reservaba solo para las grandes ocasiones.

Después de intercambiar unos cuantos *e-mails*, concertamos una hora para hablar.

—¿Diga? —me respondió al otro lado Emma, la editora. Y entonces me explicó que tenía veintiséis años y que la mayor parte de su vida había transcurrido *online*. Incluso me confesó que no se sentía muy cómoda en lo que tenía que ver con la vida real, y que el teléfono le resultaba demasiado propio de la vida real.

Sin mayor dilación, le pregunté que a qué se refería con lo de «experimental». Y Emma me respondió bajando la voz.

—Quiero que cuentes toda la verdad sobre Tinder.

¿La verdad? ¿Y esa era la parte experimental?

La «verdad» era que Emma curraba para una de esas revistas que celebraban el sexo, las citas, el emparejamiento y el hecho de ser mujer. Y parte de ese ser mujer tenía que ver con adentrarse en ese entramado de la industria del amor en el que se animaba a creer en el amor verdadero y los romances de película, a tener niños y a soñar con el típico final de «y fueron felices y comieron perdices». Esta fantasía se vende de millones de formas diferentes, desde a través de *realities* de televisión hasta en forma de conjuntos de lencería y cortapelos de nariz. Compramos historias de amor, y maldita sea si con ellas no nos sentimos mejor.

Vamos, que Emma perseguía la trilladísima historia de siempre sobre cómo las citas *online* tenían sus más y sus menos, pero en ellas siempre había un final feliz. Dicho de otro modo, que siempre había alguien que acababa casándose.

Por otro lado, yo conocía de oídas la fama que tenía la popular *app* Tinder, que más que para citas era para «rolletes», un término un tanto vago que incluye cualquier cosa, desde tumbarse uno junto a otro para disfrutar de una peli de Netflix hasta tener sexo desenfrenado en un baño. El tema sonaba poco agradable: los tíos eran horribles, te enviaban fotos de pollas, jamás se parecían a la persona que decían ser en su perfil, mentían sobre todo, conseguían darse un revolcón contigo y luego no volvían a escribirte. Me habían contado que en dicha aplicación las mujeres eran juzgadas únicamente por su apariencia, y que, cuando los hombres quedaban con una, se pasaban todo el santo rato mirando su teléfono en busca de otro ligue. Había escuchado miles de cosas más en la misma línea, e incluso alguien me había emitido su sentencia final: los tipos de Tinder solo querían una buena mamada.

Yo no pensaba así.

—¿Aceptas? —me suplicó Emma.

—Pero ¿por qué? —respondí.

—Porque —contestó casi en un susurro— Tengo amigas..., y Tinder está arruinando por completo su vida. Y tú tienes que ayudarlas.

Pero lo cierto era que yo no estaba segura de poder hacerlo. Llevaba ya mucho tiempo sin escribir un artículo. Aunque aún recordaba perfectamente una regla: Acércate con la mente abierta. No decidas la historia antes de escribirla.

—Pero ¿y si Tinder resultaba ser bueno? ¿Y si acababa gustándome? —le pregunté.

Emma dejó escapar una breve y áspera carcajada, y me colgó el teléfono.

Y ahí fue cuando yo me descargué la *app* de Tinder y pulsé en el icono.

¡Menudo negocio!

De lo primero que me di cuenta es de que, aunque parece que en Tinder todo tiene que ver con el sexo, en realidad aquello no iba más que de dinero. Para comenzar a usar Tinder, inmediatamente me engañaron para que aceptara pagar 99 dólares al año durante el resto de mi vida. Aquello me irritó. Por culpa de sus hábiles artimañas, en cuanto terminara con esa mierda de experimento de Tinder, me tocaba indagar cómo leches darme de baja en la aplicación para que no me siguieran cobrando.

Y después el tema del enlace a Facebook. Yo ya no uso Facebook, así que por defecto Tinder inició sesión en una de mis cuentas de hace años y, tachán, ahí estaba una foto mía. Por si aquello no hubiera sido suficiente, también aparecía un miniperfil en el que constaban mi nombre y, cómo no, mis años.

Empezamos mal. Se suponía que Tinder era una *app* para ligar, ¿no? ¿Quién en su sano juicio iba a querer enrollarse con una cincuentona?

Por lo visto, exactamente dos hombres. Ambos sesentones y fumadores.

Estaba claro que aquello no iba a funcionar. Yo era ya gallina vieja y tampoco quería acostarme con un gallo viejo. ¿Qué había de novedoso en ello?

Examiné detenidamente mi perfil y comprobé que Tinder había ajustado automáticamente, y por su cuenta, el rango de edad de los hombres por los que podría interesarme. Oséase, tipos de 55 a 70.

Aquello volvió a enfadarme. Veía muy sexista que Tinder diera por sentado que una mujer de mediana edad solamente podía quedar con hombres de la edad que la *app* considerara adecuada.

Así que, para vengarme de Tinder, reseteé mi rango de edad: de 22 a 38.

Y ahí fue cuando, de pronto, todo cambió. Toda la acción se concentraba ahí, en ese grupo de edad. Sobre todo de entre los 22 a los 28 saltaban chispas.

En esas, pegué un telefonazo a Kitty.

—No acabo de pillarle el punto a esta mierda. ¿Se supone que ahora tengo que atraer a todos estos tíos? ¿Quién iba a pensar que tantísimos chicos jóvenes mostrarían el más mínimo interés por liarse con mujeres que, por su edad, bien podrían ser su madre?

¿Y qué carajos se suponía que yo tenía que hacer después? Naturalmente, nadie de mi quinta tenía la más remota idea. Ningún ser vivo de mi generación sabía más que yo al respecto, todos habían escuchado exactamente lo mismo: Tinder era una *app* para ligar con la que mujeres conocían a hombres, les hacían una felación y luego no volvían a verlos en la vida.

Las fotos de estos posibles receptores de sexo oral aparecían en una especie de cartas de juego, para a simple vista destacar la idea de que aquello no es más que un juego diseñado para mantener a sus usuarios enganchados a la aplicación el mayor tiempo posible.

Empecé a pulsar el botón de Like y, cada vez que daba un Me gusta, en la parte superior de la pantalla me aparecía un monigote que me informaba de que había logrado un *match*. ¡Genial! Parecía realmente divertido. Yo diría que hasta excitante. Estaba logrando *matches*, aun cuando no tuviera muy claro qué significaba eso.

Pocos segundos después, ya lo sabía. Podía recibir mensajes. Y empecé a leerlos.

«¿Tienes algo que ver con *Sexo en Nueva York*?».

«¿Eres Candace Bushnell?».

¿Qué podía responder yo a eso? «Sí».

Bing, respuesta recibida:

«Tú eres demasiado buena para esta aplicación».

Aquella afirmación me resultó alentadora. Esos hombres no me conocían, pero sí tenían una cierta idea de quién era. Yo era demasiado buena para esta aplicación. Sí, sin duda. Lo era.

Pero, al tiempo, el comentario me hizo ponerme un tanto nerviosa. Si se suponía que esa *app* era tan mala, ¿por qué todo quisqui estaba en ella? ¿Y por qué hasta los hombres que la utilizaban decían que era mala? ¿Acaso los tíos que trataban de vender su perfil allí no deberían contar maravillas para que más mujeres se animaran y ellos pudieran tener más entre las que elegir? ¿Quizás es que los hombres que estaban en Tinder no eran especialmente inteligentes?

En esas recibí un mensaje larguísimo de un chico llamado Jude. En él me contaba que teníamos un amigo en común en Facebook, un tal Bobby, y me relataba lo imbécil que este era. Luego me hablaba del resacón que tenía y terminaba con algo así como: «Intentando ligar en un *app* cuando la gente sabe que no vales nada».

«Lo sé, Jude, lo sé», pensé para mí. Aquello tenía pinta de

apestar. «Qué considerado por tu parte detenerte a pensar en mi situación».

Y le contesté: «¿Qué Bobby?».

Volví a mirar la foto de Jude. El chico que me había atraído lucía un pelo greñudo y oscuro, llevaba barba y gafas redondas, y mostraba una sonrisa divertida e inteligente, como si él mismo estuviera bromeando con la idea de ser una versión muy mona de Snoopy. Seguí bajando para ver todas sus fotos, y entre ellas encontré una en la que aparecía tocando la batería. Vi que vivía en Brooklyn y que pertenecía a un grupo de música, por lo que yo sola deduje que aquel bombón no estaba a mi alcance.

Pero, en realidad, ¿yo qué sabía?

SUEÑOS CON CHAMPÁN

Unos días después, Emma y yo decidimos reservar un miércoles por la noche para una quedada de Tinderellas (o sea, de Cenicientas de Tinder) en mi apartamento. El grupo, incluyendo a Emma, iba de los veintidós años de las más jóvenes a los treinta y tres de las mileniales.

Como la mayoría de las mujeres jóvenes con las que me juntaba, todas ellas eran impresionantes. Pensadoras independientes con un estilo totalmente propio. Sus profesiones eran muy importantes para ellas e incluso parecían considerarlas fuentes de placer.

Serví el champán y luego les fui pasando mi móvil. Y como de forma instintiva, empezaron a analizar a los hombres con los que había hecho *match*.

—Guau. Mirad a este chico. Emerson College. ¡Qué guapo! —susurró Hannah.

—No me veo yo ahora saliendo con un universitario —confesé—. ¿Y qué os parece este chico, que fue el que me dijo que le parecía demasiado buena para la *app*?

Eso es una treta, explicó Elisa.

—Los tíos siempre te dicen que eres demasiado guapa o demasiado buena para Tinder. Es como una frase hecha o estrategia que utilizan.

¿Y qué pasaba con Jude?

Todas fruncieron el ceño. Al parecer, sus mensajes eran demasiado largos.

—En Tinder no hay término medio. Los hombres o no te contestan o te escriben una novela.

—Pero, si lo que están es contándote algo, entonces es positivo, ¿no? —pregunté, ingenua de mí.

Y resultaba que no porque, cuando se lanzan a contar:

—Los hombres, todos, solo saben hablar de sí mismos.

—¿Realmente no crees que por ahí fuera pueda existir algún tío que no hable solo de él o no esté obsesionado consigo mismo? —insistí.

No rotundo.

Marion tenía una cuestión que plantear a todas:

—Como mujeres, ¿de qué manera podemos nosotras lidiar con ese ensimismamiento masculino? ¿O simplemente nos queda aceptarlo y encima ponernos tan felices cuando un hombre finja prestarnos atención durante dos minutos?

Emma dio su opinión al respecto. Ella era la única del grupo que no solo tenía una relación, sino que incluso estaba casada. Y lo explicó así:

—Yo pienso que mi marido no está para nada obsesionado consigo mismo, pero reconozco que yo sí lo estoy. Me paso el día hablando de mí y alguna vez, de cuando en cuando, me acuerdo de preguntarle por cómo le fue el día. Así que digamos que hay un equilibrio. Nosotras tenemos que estar igual de ensimismadas con nosotras mismas, porque en una relación se da siempre eso de «sálvese quien pueda». Así ambas partes cuidan ante todo cada una de ella misma, y luego un poquito también de la otra.

No pude evitar reírme.

—Si esa cita se hubiera publicado diez años atrás, la gente ahora estaría diciendo: «Esas perras egoístas, justo por eso no están con un hombre».

—Pero ella sí que está con un hombre —puntualizó Elisa.

Exacto, pensé para mis adentros. Y esa era una muy buena señal de que las cosas habían cambiado para mejor. Hoy en día las mujeres podían expresar libremente su opinión, y los hombres seguirían estando tan contentos de lograr un *match* con ellas.

Pero ¿Emma había conocido a su marido en Tinder?

No, claro que no. Y a medida que la botella de champán bajaba, todas empezaron a echar pestes de Tinder.

—Encontrar un tío en Tinder es tan divertido como intentar dar con el apartamento de tus sueños —afirmó Gena—. No hay nada más aburrido.

—Todos los veinteañeros que te encontrarás allí están medicados y ya han pasado por el loquero.

—De ellos solo te puedes esperar un: «No te he vuelto a escribir por culta de mi trastorno por déficit de atención».

—El mundo de los mensajes para ligar es inmenso porque es rarísimo —aseguró Corina—. A mí me pone mucho eso de escribirme con alguien que domine la ciencia de los mensajes de texto. Me encanta todo lo romanticón.

—Pues a mí me revolvería el estómago —añadió Gena.

—Cuando alguien me hace *match*, enseguida le propongo quedar en persona. No me voy a pasar la vida escribiendo mensajitos. Lo veo de niñatos.

—Me pasa lo mismo con los *gifs* de reacciones —apuntó Elisa.

—Ay, no. A mí los *gifs* de reacciones me encantan —agregó Corina, que solo tenía veintidós años.

—Los *gifs* son algo generacional —explicó Emma—. Pasa lo mismo que cuando tu abuela no sabe lo que es un emoji. Pues ahora soy yo la que dice: «No entiendo los *gifs* de reacciones». Pero todo esto debe de conducir a algo bueno al final, ¿no? ¿A una cita quizá?

—¿Citas? —cuestionó Marion en tono burlón.

—He estado con hombres que me han llevado al cajero automático. Para mí eso ya es una excursión en toda regla —se mofó Corina—. Me queda ir con ellos de pegote mientras hacen recados. O acompañarlos a recoger su ropa de la tintorería.

—Una vez me escribió un chico para quedar en un restaurante a las ocho de la tarde. Yo estaba eufórica. Pensaba: «Toma, por fin un chico con el que hacer un plan». Pero resultó que solo quería quedar en el restaurante para mear, y luego nos fuimos a un Starbucks, y ni siquiera allí se tomó un triste café. Lógicamente, nos echaron a patadas —recordó Hannah.

Gena arrugó el hocico.

—Fijo que el tío todavía dormía en casa de su madre.

Siendo como era una de las mayores del clan, me correspondía hacer la pregunta inevitable:

Si conseguir una cita cuesta y los tíos no son quienes dicen ser, ¿por qué no volver a conocer gente a la antigua usanza? Por ejemplo, en un bar.

¿Hablamos?

—El problema de salir a un bar es que no implica que necesariamente vayas a conocer a alguien. Yo me pasé años yendo de bares y solo conocí a dos hombres con los que me fui a casa y me acosté. Bueno, dos o cuatro a lo mejor —subrayó Gena.

Al margen, lo de intentar encontrar al amor de tu vida en una aplicación de citas también tenía sus dificultades, sobre todo en lo referente a esa química que debe surgir en la vida real.

—Veo a tantísimos hombres *online* que me planteo: «No, no están lo suficiente buenos; no, no me atraen», pero seguro que, si me los encontrara en la vida real, me atraerían —se aventuró a decir Hannah—. Cuando conoces a alguien en la vida real, te invade como un sentimiento de humanidad. Y eso en el mundo virtual no existe.

De repente la atmósfera se volvió tensa como si alguien hubiera dicho algo políticamente incorrecto. Hubo una pausa.

—Entonces, ¿tú preferirías conocer a la gente en la vida real? Si pudieras, ¿te gustaría conocer así a los hombres, en persona? —preguntó Emma, como si aquello fuera un imposible.

—No es que piense que lo *online* sea negativo —insistió Hannah—. Simplemente creo que la falta de contexto a veces puede llevar a decepciones. Puedes ver seis fotos que te encantan de un hombre, pero sigues sin tener ni idea de si en persona surgirá la química.

O de si aflorará algún sentimiento.

—Si te metes en Tinder pensando: «Yo solo quiero sexo», entonces perfecto, todo genial. Porque ahí tú sientes que eres la que controla la situación. Pero, en cuanto aparece un sentimiento de por medio…, aquello es la ley de la selva —aclara Corina.

—Cuando «te pillas» por alguien, como dicen ahora los adolescentes —añadió Emma—. Si te pillas por alguien, date por jodida. Eso es lo que le está pasando a la generación que viene por detrás de nosotras. Las cosas se les están poniendo cada vez peor.

—Pero a mí me gusta tener sexo con alguien y tener sentimientos al mismo tiempo —sigue Marion.

—Sí, y si la otra persona tiene esos mismos sentimientos hacia ti, entonces ya el sexo se vuelve brutal —remató Hannah.

—¿Te refieres a que la otra persona esté enamorada? —pregunté.

No.

—Hablamos de ese nivel básico en que te preocupas por alguien. A ver, que no me hace ninguna falta conocer a tus padres ni tengo que tenerte guardado en mi móvil como mi contacto de emergencia. Se trata solo de que te preocupas un pelín por la otra parte —detalló Corina.

—Hoy en día lo de ser bueno da puntos a los tíos. Con que no seas un maltratador psicológico, ya eres el más enrollado del mundo —afirmó Emma.

—Ser bueno implica ser abierto y honesto, no es en plan «Soy totalmente transparente». Si eres capaz de mantener una conversación y puedo darte un 6 sobre 10, acabaré acostándome contigo —dijo Hannah.

—Tampoco se pide un gran esfuerzo. Se trata solo de ser un ser humano —Marion concluyó.

Hannah se giró hacia mí y me preguntó con nostalgia:

—¿Cómo eran las citas cuando nosotras éramos jóvenes?

UN PASEO POR EL PARQUE

En comparación con lo que llevaba veinte minutos escuchando, ligar hace treinta años se me antojaba la mar de divertido. ¿Debería hablarles de paseos en helicóptero? ¿O de largas y románticas cenas en el Ritz de París? ¿Tal vez de yates? ¿Esperaban oír algo sobre góndolas en Venecia? Eché un vistazo a mi alrededor y me entraron náuseas. Vete a lo sencillo, me rogué a mí misma mientras me servía otra copa de champán.

—Pues, a ver —comencé con cautela—. Normalmente conocías a un chico y te intercambiabas los números de teléfono. Después cada uno continuaba con su vida con normalidad y un par de días más tarde él te llamaba al fijo. Y hablabais durante un rato. Cuando el chico era divertido, aquel rato al teléfono era genial. Luego te preguntaba si te apetecía quedar para salir. Y a veces, si esa primera conversación iba realmente bien, terminabais hablando otra hora. Y cuando se acercaba el día de la cita en persona, tú estabas emocionadísima por ver al chico. Y el chico también estaba muerto de ganas de verte.

—Pero ¿en qué consistía esa cita? —interrumpió Marion.
Pegué otro trago de champán.

—Pues ibas a cenar. Hablabas. Comentabas algo. Y después de cenar, si hacía buena noche o si nevaba, te ibas a dar una vuelta por el parque.

—Oh, Dios mío —dejó escapar Emma con la voz entrecortada. Me sentía avergonzada.

—Lo sé —gemí—. Es demasiado sentimentaloide todo.

—Yo no creo que sea sentimentaloide en absoluto —se apresuró a responder Corina—. A mí todo eso me suena maravillosamente bien.

Me eché a reír, dudando si me estaba tomando el pelo. ¿Era real esa nostalgia que estaba sintiendo por aquella época de citas y enamoramiento previa a la aparición de aplicaciones para ligar?

Emma miró con firmeza a toda la habitación.

—Para todo el mundo de nuestra generación ese tipo de romance resulta atractivo, lo que sucede es que, al mismo tiempo, no es para nada realista.

—Aun así, a mí me sigue gustando la idea de ir de paseo con un chico —confesó Corina con la esperanza de algún día poder hacerlo ella también.

Hannah soltó un suspiro.

—Yo lo hice una vez, y aquello me llamó mucho la atención. Fue como: «Anda, mira». Conocí a un chico y nos fuimos a dar una vuelta por un parque. Es lo más romántico que me ha pasado nunca.

Apenas diez minutos después cerré la puerta. Emma tenía toda la razón del mundo, pensaba convencida mientras recogía los vasos vacíos que habían quedado por allí. Tinder era algo negativo. El simple hecho de hablar de ello resultaba deprimente.

Al día siguiente, me esforcé en autoprepararme a la vez que iba haciendo clic en mi perfil. Y ahí aparecieron enseguida: esa sonrisa y ese brillo mágicos. Hacían resplandecer mi rostro como si me hubiera convertido en una de las poderosas princesas protagonistas de las películas de Disney. Ya había olvidado lo bien que hacía sentir esa chispa. ¡Y bingo! ¡Aquello había funcionado! ¡Un hombre había caído rendido a mis encantos! Un tipo de esos buenorros y musculosos llamado Dave.

Me gustó.

«¿Seguimos jugando?», me preguntó Tinder.

¡Sin duda!

Aquello era como estar en Las Vegas.

PUBLICIDAD ENGAÑOSA

Y ya después de aquello no pude parar de jugar. Y de hablar sobre ello.

Me repetía a mí misma una y otra vez: «Diga lo que diga la gente, lo realmente cierto sobre Tinder es que yo jamás en la vida había tenido a tantos hombres en el bote. Vamos, desde hace años no me pasa a mí esto. Y vuelven a decirme cosas bonitas. Sí, me regalan los oídos con piropos como "Tienes unos ojos preciosos". Y si miente... ¿Qué más me da a mí eso ahora? —continuaba diciéndome—. Ningún tío me ha dicho nada así en años».

Y todas las mujeres de mi alrededor me darían la razón, sobre todo las que hayan estado casadas y ahora se encuentren en pleno proceso de divorcio o se acaben de divorciar. Todas ellas sin excepción se quedarían mirando con anhelo mis *matches* de Tinder. Y luego, con un suspiro, se irían a toda prisa a mandarles un correo electrónico a sus respectivos amargados exmaridos para recordarles que el siguiente fin de semana les toca llevarse a sus hijos adolescentes.

Un buen día en la aldea, Kitty y yo nos dispusimos a examinar el panorama con el que Tinder me tentaba. Todo aquello era como años ha, cuando éramos unas veinteañeras sin un duro y nos pasábamos horas y horas hablando de hombres para tratar de entenderlos, como si en ellos estuviera la respuesta a todo.

—Tú siempre fuiste muy mona —dijo Kitty—, pero, vamos, jamás de los jamases has tenido a tantos tíos detrás de ti. Ni cuando tenías 25.

—Lo sé, lo sé. Y encima todos son más jóvenes. Aquí hay algo que no me cuadra.

—Déjame echarle un ojo a tu teléfono —añadió.

Miró detenidamente mi perfil y se echó a reír.

—A ver..., ¡ahora ya no me extraña! Estas son las mejores fotos tuyas que yo he visto en mi vida.

—¿Fotos? —pregunté a gritos—. ¿De qué fotos estás hablando?

Yo pensaba que solo había una.

Agarré con ímpetu mi teléfono.

¡Puto Tinder! ¿Qué coño más tienen mío? ¿Y cómo narices lo han hecho?

Kitty no bromeaba. En mi perfil aparecían otras tres fotos, todas ellas tomadas durante una sesión para la que me habían peinado y maquillado en condiciones.

Enseguida supe que las fotos las habrían sacado de Facebook o Instagram, pero ¿por qué precisamente esas? ¿Por qué se habían quedado solo con las fotos en que parecía más jovencita? ¿Qué tenían de malo todas las demás en que se me veía ya más madura?

En la mayoría de mis fotos actuales se me ve luciendo una sonrisa que no se puede negar que pertenece a una mujer de mediana edad; es más, posiblemente por mi aspecto más de uno pensaría que soy la típica madre con vida de maruja... ¿Puede existir una persona (de Tinder, me refiero) que personalmente haya estado escogiendo las fotos en que se me ve más joven, o es que hay por ahí algún tipo de misterioso programa de clasificación que selecciona las fotos matemáticamente más atractivas?

¿Podría decirse que Tinder había creado un falso yo?

Eso suponía que, incluso antes de haber tenido mi primera Tinder-cita, ya me había vuelto una falsa vendedora, como yo llamaba a todas aquellas que, empeñadas en negar la realidad, por Internet presumían de ser más altas, más guapas, más tetonas y más glamurosas, y se las daban de haber viajado, establecido mejores contactos y cosechado más éxitos.

—¿Y qué piensas hacer ahora? —quiso saber Kitty.

De mi garganta salió un gemido mientras mis ojos saltaban de un pretendiente a otro. Richard tenía veintiocho años, estaba bueno, pero se antojaba presumido y prejuicioso. También estaba Chris, veinticinco añitos. Por la foto parecía adorable y trabajaba en el departamento tecnológico del *New York Times*. Sin embargo, y aunque todo aquello sonara genial…, se le veía como un yogurín recién salido de la universidad. Después pasé a Jude, treinta y uno.

—¿Y qué me dices de este? —me interrogó Kitty.

—Vive en Brooklyn. Y toca en una banda. Suena como el típico cliché, ¿no?

—¿Y a ti qué te importa todo eso? Probablemente este te lleve a discotecas chulas de Brooklyn. Y eso para ti sería genial.

Y EL ELEGIDO ES… JUDE

Jude sería especial para siempre, me di cuenta unos días después, mientras me acicalaba para mi primera, y ojalá única, Tinder-cita.

Me cerré el vestido pensando una y otra vez que, desde el principio, Jude había puesto en entredicho todo lo que me habían asegurado sobre los hombres que usaban Tinder. Incluso lo más absurdo: «Esos tíos son incapaces de proponer un plan».

Falso. A Jude se le daba genial lo de hacer planes. Le bastaron solo cinco, o seis, o siete mensajes para darle forma a nuestra «cita»: tomar algo en un restaurante de Lincoln Square.

«Los tíos mandan fotos de pollas».

Para nada. Jude no podría haber sido más respetuoso. Tras su primera alusión a una resaca, todos los demás mensajes fueron de lo más educados y sobrios.

«El tío resulta ser un maltratador psicológico».

Me he pasado días y días estudiando a fondo todas las fotos de Jude para tratar de encontrar algo, y he de decir que estoy bastante segura de que sus ojos reflejan una bondad auténtica.

Todo el mundo al que le he enseñado su foto se ha mostrado de acuerdo conmigo en que es muy muy atractivo y en que parece un «hombre» de verdad, sea lo que sea que eso signifique. No obstante, el hecho de que sea atractivo implica que probablemente es bajito. A fin de cuentas, en la primera toma de contacto con Tinder una no puede ir pensando en encontrarse a un hombre guapo, bueno y encima alto. Y en ese preciso instante lo visualicé: pelo oscuro, barba, ojos negros brillantes. Si Jude fuera bajo, sería idéntico a Charles Manson.

Genial.

UN HOMBRE UNICORNIO EN TINDER

Según iba caminando hacia el restaurante en el que habíamos quedado, pensé en que Jude sería la primera persona a la que conocería a través de Internet. Incluso a mí aquello me resultaba imposible. ¿Cómo podía ser eso cuando, a día de hoy, la mitad de los matrimonios empezaron *online*?

Y de inmediato me planteé si esta cita de Tinder que me aguardaba acabaría siendo también una más de todas esas historias de las que tanto había oído hablar: contra todo pronóstico, dos completos extraños se conocen en una *app* de ligoteo y terminan pasando el resto de su vida juntos.

Noooooo.

Me recordé a mí misma que este encuentro tan solo era parte de mi investigación. Una investigación pura y dura. No iba a tener sexo con él, aquel hombre ni de lejos iba a convertirse en mi novio y de ninguna manera íbamos a estar juntos en un futuro cercano.

Entré al restaurante y miré a uno y otro lado.

A bote pronto no vi a nadie que se pareciera en lo más mínimo a Jude, aunque... ¿realmente yo qué sabía?

Al fin y al cabo, toda la gente decía que nadie se parecía a lo que mostraban sus fotos de perfil.

De pronto me fijé en un chico cualquiera con camisa y pantalones oscuros. ¿Sería aquel Jude? No parecía estar buscando a nadie, aunque tampoco daba la sensación de que se fuera a ir a ningún lado. Estaba ahí de pie, medio apoyado contra la pared. ¿Jude estaría así? ¿O quizás él esperaría allí simplemente de pie?

Me acerqué a aquel hombre.

—¿Eres Jude? —pregunté.

Se me quedó mirando como si yo fuera un trozo de basura pegado a la suela de su zapato.

—No —me contestó con brusquedad.

Me aparté de él y me fui hacia la barra.

Pillé sitio junto a una mujer que se apartó cuando me senté. Pedí un vino blanco con un vaso con hielo aparte.

¿Y si Jude no se presentaba?

Claro que iría. O al menos eso me había asegurado todo perro pichichi. Y es que a la gente le supone tantísimo esfuerzo quedar por Tinder que, al parecer, luego cumplen su palabra. Un consuelo al menos.

De pronto me erguí para acomodarme en el asiento.

La mujer sentada enfrente de la que estaba a mi lado había empezado a hablar. A voces.

Estaba echando pestes de los hombres.

Moví un poco mi taburete para acercarme.

Lo único que puedo decir es que he escuchado a muchísimas mujeres criticar a hombres desde que tengo memoria, pero esta vez había algo en el discurso completamente diferente. Su hostilidad, su amargura, su rabia. Pulsé el botón de grabar y deslicé disimuladamente mi teléfono hacia ellas.

Casi de forma instantánea la mujer dejó de hablar. Aguardé un momento y volví a agarrar mi teléfono. Eché un ojo a la grabación y di a «Borrar».

—Perdóneme, señora —me dijo bien alto, endulzando descarada y falsamente la voz.

Oh, oh. Houston, tenemos un problema.

—Acabo de percatarme de que, en cuanto comencé a hablar, usted toqueteó algo en su teléfono. Y luego, nada más callarme, volvió a agarrar su móvil. Quiero pensar que no me estaba grabando, ¿verdad?

Mierda.

—Pues sí, la estaba grabando —admití, mientras ideaba una excusa rápida y trataba de justificarme diciéndole que estaba escribiendo una historia sobre Tinder y solo quería comprobar si la grabadora funcionaba.

—Tinder da asco —bramó—. Es lo peor del mundo. Yo solo entro cuando tengo ganas de tomarme una copa gratis a costa de un tío. Y encima, la mayor parte de las veces ni lo consigo.

Sin embargo, yo, por lo que parecía, sí que iba a conseguirlo, porque Jude llegó en ese mismo momento. Y bueno, podríamos decir que era más alto y más atractivo en la vida real que en sus fotos.

¿Habría encontrado al unicornio de Tinder?

MÁS SEXO ORAL, POR FAVOR

Casi de inmediato, obedeciendo a lo que ya parecía ser un patrón fijo, Jude empezó a relatarme lo horrible que era Tinder. También según él, a los tíos que estaban allí solo les importaba una cosa: sexo puro y duro.

—Pero ¿qué tipo de sexo? —quise saber.

—Mamadas —pronunció con voz grave.

—¿Con algo de *cunnilingus*?

Negó con la cabeza.

—A algunas mujeres no les gusta nada. De todos modos, el objetivo de Tinder es que los tíos se corran. Y que lo hagan lo más rápida y fácilmente posible.

—¿Seguro que no todos los hombres son así?

No contestó.

—¿Tú eres así?

Negó con su desgreñada cabeza y se pasó la mano por el pelo, bastante avergonzado.

Y concluí que, aun cuando Jude pudiera haber sido «así» alguna vez, claramente ahora estaba intentando reformarse. Y era más que probable que por eso hubiera querido quedar para conocernos antes de nada.

Jude se pidió una cerveza y enseguida comenzó a hablarme de su exnovia sin tapujos.

Por supuesto, la historia de su relación era triste. Se veía que Jude había estado de verdad muy enamorado de esa chica. Estuvieron saliendo juntos durante más de un año. Era de su misma edad, y, por lo que me dijo, ella era un pez gordo en el mundillo de la música. Por lo que me contó, había tenido mucho éxito.

Por su parte, Jude tenía su propia trayectoria. Se había pasado los últimos tres meses de gira por Europa con su grupo. Había tocado en Berlín y en otros sitios así. Bolos bien pagados.

—Pienso que quizá me gustaría mudarme a Berlín —me confesó tímidamente mientras bajaba la mirada.

En aquel momento yo ya llevaba media copa de vino y me sentía bastante más relajada.

—Tú no te irás a Berlín —le aseguré alentadoramente.

—¿Por qué no? —preguntó.

—Porque eso es algo estúpido. Una pérdida de tiempo. Sería infinitamente mejor que te pusieras a trabajar aquí. —Llegué a casi acariciarle la mano—. No te preocupes. Aquí todo te irá bien.

O no, quién sabe.

Jude se desahogó y me contó que en su familia había problemas. Creía que su padre era bipolar. Su tío se había suicidado. Y, al tiempo, su abuela insistía en obviarlo todo.

—Son años y años de enfermedades mentales no diagnosticadas —admitió, y sus palabras me recordaron mi conversación con las Tinderellas.

Jude me prometió que él estaba perfectamente y, me temo que dándose cuenta de que se había ido de la lengua y había contado demasiado, cambió de tema y se puso a hablarme de su último viaje a la capital de Alemania. Y me enumeró un buen número de drogas que se había metido durante una juerga de tres días sin pasar por casa. Estuve a un tris de recordarle que lo de consumir drogas ilegales en un país extranjero era casi siempre una malísima idea, pero no quise parecer su madre.

Y poco a poco volví a orientar el tema hacia Tinder.

Jude me afirmó que en Tinder las mujeres jugaban en desventaja, puesto que la *app* era fruto de las mentes sexistas de unos cuantos tíos que lo único que querían era aumentar sus probabilidades de echar un polvo.

—Aquí es en plan: ¿qué puedes hacer por mí? Los hombres ven a las mujeres como simples mercancías. Objetos sin más. Porque están en pantalla —explicó Jude—. Y ya solo eso las vuelve algo no real. Así que pueden mangar la foto de una mujer y hacer con ella lo que se les pase por su sucia mente.

Y es esas, hablamos sobre la mirada masculina y lo repugnante que era. Y concluimos que Tinder sacaba a relucir lo peor de los tíos, y los reducía a poco más que sus instintos básicos.

LA HORRENDA VERDAD

A la mañana siguiente me desperté con una especie de resaca emocional.

Mientras me lavaba los dientes, llegué a la conclusión de que me sentía mal por Jude.

Aquello no tenía ningún sentido. ¿Por qué debería sentirme mal por él? Después de todo, si se suponía que uno se movía por Tinder sin afectos de ningún tipo, eso significaba que había que asumir que la otra persona tampoco iba a albergar ningún sentimiento, por lo que no importaba en absoluto.

Pero sucedía que Jude me había contado muchas cosas sobre su vida y yo no podía evitar preocuparme por él. Sabía de sobra que no iba a volver a verlo, pero, aun así, deseaba que le pasaran cosas buenas, porque él había sido muy amable conmigo cuando se podía haber comportado como un completo estúpido.

Y llegué a la conclusión de que precisamente ahí residía el problema: había tenido una buena experiencia en Tinder.

EL VALLE DEL ULTRAJE MASCULINO

Mi cabeza se preguntaba una y otra vez lo mismo: qué había de cierto en todo eso que Jude despotricaba sobre los hombres.

Pegué un toque a mi amigo Sam. Sam, que tenía veinticinco años, me diría toda la verdad.

—Cuéntame —me dijo.

—Sam —le respondí—. Jude, mi cita de Tinder, me soltó un montón de cosas horribles sobre los hombres. —Le hice un resumen rápido—. Tú has estado en Tinder —añadí con un cierto tono de reproche—. ¿Todo eso es verdad?

—Puff. ¿Quieres que vaya a verte?

Treinta minutos después, Sam entraba por la puerta de mi apartamento apretándose su nalga de hombretón.

—Si hay algo que los tíos sabemos bien, es esto: los hombres somos estúpidos. Pensamos con la cabeza de abajo. Y tenemos un buen motivo para llamarla «cabeza de abajo». Los tíos somos perfectamente conscientes de que nuestro pene no debería mandar. Pero lo hace.

—¿Y por qué?

—Porque las cosas son así hoy en día cuando eres un tío. No tienes elección. Es como cuando, a los doce años, te meten el porno encima. Te lo ponen delante y lo tienes que ver sí o sí, quieras o no. Con Tinder pasa exactamente lo mismo. Aunque no quieras, de un día para otro te vuelves adicto. Si eres un tío como yo, Tinder está diseñado para alimentar la peor parte de tu psique. Esa parte que en secreto sueña con convertirte en juez de un certamen de belleza.

—¿Me lo estás diciendo en serio?

—Por eso los tíos no podemos dejar de buscar y pasar fotos una tras otra —prosiguió—. Todo es cuestión de números. Los chicos se van a la izquierda de cada foto para ver lo que pueden conseguir. Además, todo es superanónimo hasta que te decides a dar vida a tus fotos diciendo algo. Y si la chica entonces por un casual te contesta, entonces es que ella está de acuerdo en tener sexo contigo. Pero tú sigues bajando y bajando para ver más. Te vuelves un cerdo. ¡Un cerdo! —Sam rechinó los dientes—. Cada vez que pienso en mis hermanas...

Volví a pensar en lo que Marion había dicho sobre simplemente querer que un tío se comportara como un «ser humano normal y corriente».

—Así que ¿me estás queriendo decir que todos los tíos que están en Tinder son unos cerdos?

—No todos —me contestó Sam—. Yo no, por ejemplo. Pero la mayoría, sí.

—¿De qué porcentaje estamos hablando?

Sam se encogió de hombros, como sintiéndose culpable.

—¿De un noventa por ciento?

¿Sería que Tinder era una *app* para gente que se odiaba a sí misma?, llegué a plantearme. ¿Quizá por eso los hombres eran tan negativos unos respecto de otros? ¿Puede que Tinder los hiciera odiarse a ellos mismos y luego eso los llevara a automáticamente odiar al resto de hombres también?

SOY INVISIBLE

Aquella tarde-noche, Sassy viajó a la ciudad desde la aldea porque había quedado en lo que supuestamente era un famoso bar para solteros y solteras situado en un hotel en Park Avenue. Aquel lugar me sorprendió nada más entrar. Esas cuatro paredes estaban repletas de tíos atractivos de una edad aceptable.

Me junté con Sassy en el bar. Un chico en concreto llamó nuestra atención nada más verlo: un bombón de pelo canoso. Y tanto Sassy como yo nos propusimos llamar también su atención a la vieja usanza: atrayendo su mirada.

Mierda. Ni tan siquiera fuimos capaces de atraer la mirada de la camarera.

—O estamos muy viejas, o nos hemos vuelto invisibles —exclamé, muerta de ganas de una copa de vino blanco—. Ya sé que estamos viejas —gimoteé—. Pero solíamos tener un cierto tirón en la vida real.

En esas estábamos cuando entró Christie, la amiga de Sassy.

Christie acababa de cumplir los cuarenta y, como muchas de las mujeres de Nueva York, parecía tener diez o quince años menos. Lucía una piel hidratada y sin impurezas, y tenía unos dientes preciosos.

Quizá Christie, que era una soltera de pura cepa, de las que nunca se habían casado, podría sacarnos de la duda. Así que, sin pensármelo dos veces, le dije:

—Christie, tú que eres guapa, joven y perfecta... ¿Crees que somos nosotras —nos señalé a Sassy y a mí—, o es verdad eso de que los hombres ya ni miran a las mujeres en un bar?

A DÍA DE HOY SOMOS MERAS MERCANCÍAS

Christie sonrió nerviosa mientras la camarera le preguntaba qué quería tomar.

—Es cierto. Los tíos ya no te miran en un bar. Lo de salir para conocer ya no se lleva. En la vida real hay muy pero que muy poquita interacción —afirmó mientras pedía para todas una ronda de vino blanco—. Es la época en que vivimos.

Sassy y yo asentimos con la cabeza. No había duda de que no teníamos ni idea de las normas.

—Yo he hecho de todo. Hasta me he creado un perfil en todas las aplicaciones de citas que existen. Tinder. Match. Plenty of Fish. Bumble. Incluso he consultado a un experto en el tema de lograr *match*. Ahora nadie sabe lo que le va a funcionar, así que se trata de ir plantando semillas.

¿Y estaba teniendo suerte y recogiendo algún fruto?

—He conocido a tipos geniales, pero los tíos que me gustan pasan de mí. A veces pienso que el problema está en mí. Si lograra averiguar qué es lo que falla, estoy convencida de que me resultaría infinitamente más fácil encontrar a alguien. —Se inclinó para susurrarnos algo—. Pienso que tengo que venderme más. Porque, si no, nadie va a querer comprarme.

Sassy pegó un sorbo de su bebida.

—¿Estás queriendo decir que eres un bien que necesita ser comprado?

Christie respondió afirmativamente con la cabeza.

—Soy un simple objeto. Y debo replantear un poco mi envoltorio para que entre por los ojos. —Hizo una pausa y miró a su alrededor—. ¿O sois de las que pensáis que todo el mundo no tiene esa sensación? Somos un objeto incluso en la relación que tenemos con nuestros amigos. Mirad —continuó—. Me encanta la vida que llevo. Me encanta mi trabajo, adoro a mis amigas... Pero necesito ese algo más. Es la única cosa que siento que echo en falta. Quizás es porque no lo he tenido nunca, pero ahora noto que quiero esa pieza que me falta.

SIGUE JUGANDO

Cuando me senté para ponerme a escribir, me di cuenta de que, mientras las mujeres siguieran queriendo hombres, y mientras hubiera la más mínima oportunidad de conseguirlos, por mucho que la suerte estuviera en su contra y el juego demostrara estar amañado, las mujeres seguirían jugando.

Decidí abordar el asunto con las más jóvenes. Me refiero a las chicas que eran demasiado jóvenes para beber, demasiado jóvenes para votar y probablemente demasiado jóvenes para tener una *app* de ligoteo como Tinder.

—Nada más romper con mi novio, volví a Tinder, porque él me había hecho borrar mi perfil cuando empezamos a salir —me detalló la adolescente de dieciséis años—. Y no tardé nada en volver a sentirme bien. A todos los chicos les gustaban mis fotos.

—Es la atención. La atención te hace sentir que todo lo que forma parte de tu vida es genial —me asegura una chica de diecisiete años. Se echa hacia atrás para apoyarse en el respaldo de la silla y da un lingotazo a su café—. Yo siempre digo lo mismo, que las redes sociales son como una droga. A mí me pasa, y me doy cuenta de que, cada vez que recibo un «Me gusta» por Instagram, mi cuerpo rebosa de endorfinas.

—Escúchame. —La joven de dieciséis años me mira fijamente a los ojos—. Muchas veces encuentras a alguien con quien echar un polvo. Tú tampoco quieres nada más. Te va bien así, siendo solo un polvo. Pero, de pronto, el chico empieza a molestarte. Y entonces, tú lo único que quieres es volver a Tinder. Porque en Tinder lo que importa es eso, la cacería.

TINDER SIEMPRE GANA

Emma me pegó un telefonazo. «Entonces, ¿alguna sugerencia?», me preguntó.

La palabra *sugerencia* me incomodó. Me llevó a pensar en los restaurantes de comida rápida y en todos esos menús gigantes con fotos de platos, de esos que, con solo verlos, se te hace la boca agua.

Me cuestioné si ese sería el futuro de las citas: sugerencias, apetencias… La gente se convertiría en cosas que pedir de un menú. Un poco como hamburguesa hecha a tu gusto. Yo estaba aún reflexionado sobre esto cuando Jude me escribió y me preguntó si me gustaría ir a ver juntos la obra *Enrique IV* a las dos en punto del mediodía en la Academia de Música de Brooklyn (BAM). Él ya se había encargado de comprar las entradas.

No pude decirle que no.

Y así fue como una fría mañana de sábado me metí en un taxi y me fui directa a Brooklyn.

El taxista me cobró treinta dólares por el viaje hasta allí, pero tampoco me importó mucho. Jude ya había pagado las entradas, y posiblemente le habían costado mucho más. Me recordé a mí misma que tenía que decirle que las entradas las pagábamos a medias.

Una vez en el teatro, entré.

En ese instante, como el clásico pringado al que van a dar calabazas de un momento a otro, contemplé a toda la gente que había a mi alrededor. Y cuando ya cada oveja estuvo con su pareja, imaginé que Jude me daría plantón.

Le escribí un mensaje: «Ey, ¿ha habido algún malentendido? Estoy en el BAM». Y luego, por alguna extraña razón que aún desconozco, añadí: «Eeeeeee».

Siendo sincera, en ningún momento pensé en volver a saber más de Jude, pero me equivoqué. Aquella noche recibí un mensaje: «Oh, mierda, vaya. No vi lo tarde que era. Lo siento muchísimo muchísimo. Anoche acabé en urgencias».

No pude reprimir un suspiro. Claaaaro, y yo voy y me lo creo.

Hubo ahí unos milisegundos en que sentí curiosidad por esa aventura en urgencias a la que se había referido. Pero en un santiamén se me pasó. Y entonces comprobé que yo también me había tinderizado. Todo aquello me importaba un pepino.

Visto lo visto, a Jude sí le importaba algo más. Y al día siguiente recibí otro mensaje de texto:

«Ey, perdona, lamento muchísimo el mensaje tan escueto que te envié ayer. Acababa de volver a casa desde el hospital y no tenía ni la más remota idea de lo supertarde que era y tenía un montón de mensajes de texto y de voz… Lo siento muchísimo, lamento en el alma haber echado a perder nuestro plan. Entiendo que puedas estar cabreadísima conmigo. Soy un desastre. Salí la noche anterior y me metí muchas mierdas, y me emborraché hasta las trancas. Al parecer, intenté meterme en un coche por ahí y llevármelo pensando que era el mío… Y acabó viniendo la pasma y casi me detienen (de hecho, estuve un ratejo esposado), y luego me mandaron a urgencias. Pienso que allí me sedaron o algo, porque terminé inconsciente durante unas doce horas. De nuevo, no sabes cuánto lo siento. Estaba deseando nuestra cita y estoy enfadadísimo conmigo mismo».

Contesté a su mensaje: «Me alegro de que estés bien», seguido de un emoticono sonriente.

Y luego me eché a reír. Tinder me la había jugado pero bien. Y es que Tinder es la banca, y la banca siempre gana.

LA RUSA ME LO ACLARÓ TODO

Estaba fuera, tomando un poco el aire en el transcurso de una cena de etiqueta en el Cipriani de Forty-Second Street, cuando advertí la presencia de una mujer de pie en los peldaños situados entre las columnas del viejo banco. Era alta y delgada, tenía muchísimo pelo, e iba vestida como una mujer guerrera enfundada en un vestido de cóctel entalladísimo a juego con unas botas altas de pie.

Como no podía ser de otra forma, me quedé observándola. Me sorprendió con los ojos fijos en ella y se acercó.

—¿Tiene fuego? —me preguntó con un marcado acento ruso.

—Por supuesto —le respondí.

Nos quedamos durante un rato en silencio, mirando absortas a toda la gente que iba y venía en su coche de ciudad y SUV.

—Permítame que le haga una pregunta —le dije—. ¿Tiene perfil en Tinder?

—¡Cómo no! —me soltó con una sonrisa de oreja a oreja.

—Y ¿por qué? Quiero decir, es guapa. No da la sensación de que necesite estar en Tinder.

Movió la cabeza afirmativamente, como para decirme que estaba de acuerdo conmigo, y luego me hizo señas para que me acercara.

—¿Quiere que le revele mi secreto respecto de Tinder?

—¡Me encantaría!

—Un perfil en Tinder te da muchísimos más seguidores en Instagram.

La miré.

¿Me lo estaba diciendo de verdad? ¿Aquello era cierto? ¿Se trataba solo de seguidores de Instagram? ¿Y qué pasaba con... todas esas mujeres que se creaban un perfil para ligar? ¿Con esas que conocían a chicos y quedaban con ellos, pero luego rehuían de una segunda cita? ¿Y qué había de ese chico al que le gustaba una chica, pero luego para ella él no era su tipo?

La rusa se volvió hacia mí.

—¿Que qué pasa? —me cuestionó—. Conoces la respuesta de sobra.

—Pues no, no la conozco —agregué.

—Pasa que las mujeres jamás cambian. Se repite una y otra vez la misma historia de siempre. —Hizo una pausa para apagar su cigarrillo—. Las mujeres no tenemos ni idea de lo que queremos.

Y esbozando una sonrisa triunfante, se dio media vuelta y se esfumó.

Yo me quedé allí de pie un rato más. ¿Tendría razón? ¿Obedecería todo aquello a algo tan sencillo como ese casi primitivo estereotipo paternalista?

Justo ahí me di cuenta de que estaba completamente equivocada. Por supuesto que las mujeres sabían lo que querían. Y en la mayoría de los casos, o eso parecía, lo que querían era muy simple. Un mínimo de respeto. Ser tratadas, como bien decía Hannah, como un ser humano.

Alcé la mano para llamar a uno de esos taxis amarillos ya pasados de moda.

—¿A dónde la llevo? —me preguntó el taxista.

Yo sonreí.

A casa.

CAPÍTULO 4

PREPÁRENSE, SEÑORAS: LOS CACHORRITOS LLEGAN A LA CIUDAD

Hace bien poco, y allí en la aldea, Marilyn tuvo un encontronazo con un cachorrín de solo veintiún años. El chico fue a su casa a dejarle algunas cajas y, de entrada, parecía el típico chaval supersociable, ya que, nada más abrirse la puerta, empezó a darle conversación como si se conocieran de toda la vida. A los quince minutos de cháchara, mi amiga por fin logró espantarlo de allí tras decirle por sexta vez que tenía una videoconferencia.

Marilyn tuvo su videoconferencia y se olvidó por completo del repartidor, hasta que a las seis de la tarde él le mandó un mensaje: «Eres guapísima —le puso—. ¿Quedamos para tomar algo? ¿O acaso los de veintiún años son demasiado jóvenes para ti?». «Sí, mucho», le respondió. Y de inmediato recibió otro mensaje: «Oooh, vaya. ¡Qué dura eres!».

Nosotras consideramos ese incidente una anormalidad de esas que a veces se ven, pero tan solo dos días más tarde Sassy se enfrentó a una experiencia similar. Fue a ver a una cantante de ópera que actuaba en una fiesta privada que daba una mujer ya de cierta edad perteneciente a la alta sociedad. Cuando el concierto terminó y toda la gente de mediana edad se dirigió corriendo a sus coches para llegar pronto a casa y meterse en la cama a su hora, Sassy fue asaltada por el hijo de veintidós años de esta mujer de clase alta. Al parecer, el chaval había permanecido durante todo el recital escondido al fondo con su grupo de amigos.

—Ey —susurró—. ¿Te apetece que terminemos la noche en una discoteca?

Y exactamente lo mismo le pasó poco después a Queenie. En su caso, ella había contratado a un becario de veinticuatro años para el verano. Apenas había pasado el 4 de julio cuando el chico le confesó que la encontraba increíblemente sexi e intentó besarla.

Todos esos acontecimientos me hicieron plantearme una cosa: ¿era posible que las mujeres maduritas fueran ahora carnaza para los hombres más jóvenes?

Al principio la idea me pareció absurda. No, aquello no tenía ningún sentido. Desde hacía años la simple idea de que un tío más joven se sintiera atraído por una mujer diez, veinte o incluso treinta años mayor que él era inconcebible. Aquello hasta casi se consideraba un crimen contra la propia naturaleza humana.

Además, mientras que hay tropecientas mil películas que giran en torno a la historia de amor entre un hombre mayor y una mujer joven, durante décadas la única vez que vimos en la gran pantalla una historia de amor justo al revés fue con *El Graduado*.

Para más inri, todos los filmes que nos muestran la pasión hombre mayor/mujer mucho más joven terminan con la huida de los tortolitos para ser felices y comer perdices el resto de su vida juntos (el tiempo que sea, teniendo en cuenta sus treinta años de diferencia), y *El Graduado* concluye muy mal para todos los implicados.

El mensaje que se ha querido siempre trasladar con esta película es más que evidente: mujeres de bien, no se os ocurra jamás meteros en un embolado como este.

Y eso hicieron durante casi veinte años todas las mujeres respetables hasta la llegada de los ochenta. Fue entonces cuando, de pronto, aparecieron las que se dieron en llamar mujeres puma, esas féminas maduras que osaban tener sexo o como poco sentir atracción por jóvenes cachondos a los que por aquel entonces se referían como *toy boys*, a menudo descritos como muchachos jóvenes en pantalones cortos negros y con músculos suaves y relucientes. Todo el mundo se mofaba de ellos, y era normal, porque resultaban ridículos. Era mirarlos y, sin querer, te preguntabas: «Si alguna vez me meto en la cama con un *toy boy*, ¿cómo demonios lograré quitar de mis sábanas esa mezcla de grasienta vaselina y sudor por la mañana?».

Y ahora ya han pasado otros treinta años de aquello. Y he de decir que, gracias a la pornografía, las cosas han cambiado. Para muestra, un botón: en 2007, la búsqueda porno más *googleada* fue «MILF», así, en inglés, que en español significa «madre con la que me acostaría».

Hablando en plata, que ahora mismo hay toda una generación de chavalines a los que les pone el simple hecho de pensar en acostarse con una mujer veinte y posiblemente hasta treinta años mayor que ellos.

Pues claro. ¿Y por qué no? Gracias al ejercicio, las extensiones capilares, el bótox y los rellenos, la alimentación saludable y un cuidado de la piel avanzado, aunque una mujer sea técnicamente mayor para quedarse embarazada, puede aparentar todo lo contrario.

Eso la convertía en la candidata perfecta para una experiencia de *cubbing*.

CARNAZA VERSUS MUJERES PUMA

Aquí ya nos olvidamos de esas historias de mujeres maduras que van detrás de un jovencito, como en *El Graduado*. Hablar de *cubbing* es hablar de un chico joven a la caza de una mujer considerablemente mayor que él. Y si bien el término «mujeres puma» va asociado al estereotipo de mujer dura que se viste demasiado juvenil para su edad; esas que han pasado a ser carnaza, a las que yo me atrevo a llamar *catnips* en alusión a la hierba gatera, tienden a ser mujeres buenas y sensibles, prácticas; de la ciudad, de los alrededores o de cualquier otro sitio, el lugar da igual realmente, y casi casi seguro son la mamá de alguien del cole.

Pero, de repente, pasa algo, y de un día para otro esa mujer sensible se ve en medio de una inintencionada situación de *cubbing*.

Basta con ver lo que le pasó a Joanna. Estaba como invitada en una cena en casa de Queenie cuando sucedió todo. Queenie había contratado a un chef. Y como en tantas situaciones de hoy en día en que son los mileniales los que hacen trabajos que solía hacer gente mucho mayor, el chico que estaba entre los fogones solo tenía veintisiete años. En un momento de la noche, sin saber cómo ni cuándo, Joanne y el chef cruzaron sus miradas y... ¡pum!

Una colisión involuntaria entre una mujer madurita y un cachorrín con delantal.

Quizá no habría pasado nada si el chico no hubiera sido el novio de la sobrina de Queenie. Queenie montó en cólera, y con razón. Joanne le aseguró que había surgido sin más, que ellos habían jugado limpio. Pero inevitablemente después de aquello se formaron bandos. Quién sabe lo que hubiera hecho de haberse visto en esa misma situación.

Yo me topé con Joanne en la ciudad tres meses después de que la pillaran con el chaval. Y di por sentado que ya habrían roto.

Y no. De eso, nada. Al revés.

No solo estaban saliendo, sino que incluso él llevaba tres meses viviendo en su apartamento. «Estamos viviendo juntos —me dijo, encogiéndose de hombros—. Nos divertimos muchísimo, es genial». Pero ahora él se ha comprado un piso. Se la notaba un poco avergonzada y vulnerable. Me di cuenta de que ella se había enamorado por completo de él y de que, sin duda, tenía miedo de que el hecho de que él tuviera su casa significara que quería dejarla. Percibí su vergüenza: a los cincuenta y tantos... ¿no se suponía que teníamos que ser ya más listas?

Y otra vez no. En absoluto. A los pocos meses Kitty se encontró con los dos. Estaban comprando electrodomésticos. Y seguían juntos. Resulta que, en el nuevo mundo del *cubbing*, aún hay hombres que se quedan para siempre. O incluso peor, los hay que se pillan de verdad.

No obstante, en esto del *cubbing* no todo transcurre de forma tan fluida. Desde el primer asalto inesperado por parte del cachorrillo hasta su alojamiento en tu particular Club de los Cachorros, y luego hasta el posible momento de pasar por el altar (imagínate ahí con un marido jovencísimo)..., salta a la vista que por el camino hay que sortear muchísimos obstáculos horribles. Por ejemplo: ¿y si te despiertas con tu chico en su casa y vas y conoces a sus padres?

Ups. Esto fue lo que estuvo a punto de pasarle a Tilda Tia hace un mes. Te aseguro que no te gustaría estar en su lugar.

LA CACHORRITOS – ¡PRESENTE!

Lo más curioso y, a la vez, complejo de este fenómeno del *cubbing* es que puede sucederle a cualquier mujer, incluso a aquella que jamás de los jamases se haya planteado la idea de salir con un hombre más joven.

No hay más que ver el caso de Kitty. Siempre le han atraído los hombres mayores que ella. De diez, quince y hasta veinte años más, como tenía su ya casi exmarido. «Me gustan los hombres inteligentes. Esos que tienen algo que decir. Y veo imposible que eso pueda encontrarlo en un niño de veinticinco».

Nadie se imaginó nunca lo rapidísimo que cambiaría de opinión. Todo comenzó en una pequeña fiesta para celebrar el cumpleaños de una de las amigas de Kitty que aún estaban casadas. Esta amiga casada, Alison, era una de las personas con las que Kitty había compartido mucho tiempo durante los años que había durado su matrimonio. Además, era también una de las poquísimas amigas de su vida de casada anterior que la seguía invitando a fiestas.

Seis meses después de haber vuelto a la soltería, Kitty empezaba a darse cuenta de que toooodas esas cosas desagradables que la gente decía sobre el hecho de estar divorciado eran verdad: los amigos en común acababan decantándose por uno u otro miembro de la expareja, y continuamente oías hablar sobre encuentros y quedadas para los que nadie te había avisado.

Durante aquella fiesta, Kitty trató de tranquilizar a sus amigas todavía casadas asegurándoles que ella se encontraba bien y las cosas le estaban yendo también bien. Y ellas se esforzaron igualmente en reconfortarla. Los maridos buscaban la ocasión de hacer un aparte con ella para decirle que siempre habían pensado que su ex era un auténtico idiota, y ellas, por su lado, se congregaban en la cocina para augurarle que encontraría a alguien mejor.

Mientras la cena, la conversación volvía a girar en torno a Kitty y su nuevo estatus amoroso. Y desde el desconocimiento al respecto por el hecho de estar casados, allí unos y otros hablaron, demostrando no tener ni idea, de si lo de ligar *online* funcionaba o no funcionaba, y de por qué sí o por qué no Kitty debería probarlo.

En mitad de todo aquello, mi pobre amiga Kitty se fue encontrando cada vez más y más deprimida. Su cabeza no dejaba de idear la posible forma de salir de allí antes de que sacaran la tarta de cumpleaños. Quizá podía fingir estar sufriendo una infección estomacal o cualquier otro tipo de enfermedad mundana, o incluso podía romper a llorar desconsoladamente por algo que supuestamente le hubiera pasado a su perro... Cavilaba y cavilaba cuando, de repente, la puerta se abrió y por ella apareció todo un pelotón de chavales de veintitantos.

Esta imprevista inyección de hormonas masculinas fue como un gran chute de heroína para el cerebro. El ambiente cambió de forma radical. De pronto todo se volvió mucho más animado. Todo el gentío de mediana edad que había allí se estiró en su silla, y su conversación se tornó infinitamente más mordaz, jovial e incluso más alta.

Aquello era como si los adultos se disputaran sin ton ni son la atención de los jovenzuelos allí presentes.

Kitty enseguida supuso que el guaperas más bajito sería el hijo de veintitrés años de Alison, Mason, a quien llevaba sin ver desde que tenía doce más o menos. Y todos los demás eran amigos de Mason. Para no interrumpir a los padres, todos ellos se despidieron un poco a la francesa y se bajaron a disfrutar de su propia fiesta en el sótano ya terminado de la vivienda.

Los adultos pasaron al salón. Y su conversación ahora se centró en las vacaciones, ese gran placer que Kitty ya jamás podría permitirse. Sus ojos seguían fijos en la puerta abierta y su cabeza no dejaba de pensar en la forma de escapar de allí. En uno de esos vistazos hacia lo que representaba su libertad en aquel momento, Kitty pilló a Mason y dos de sus amigos entrando a hurtadillas en la cocina.

Kitty se aclaró la garganta y dejó escapar una risilla educada. Apoyó en la mesa la peculiar taza en que le habían servido el expreso y se levantó. Estaba a mitad de camino de la puerta cuando mi anfitrión se dio cuenta. Aquel hombre debía de haber sido guapo o superatractivo de joven, pero era evidente que de eso ya no le quedaba ni rastro.

—¡Kitty! —le vociferó, con un del todo inapropiado tono de

autoridad masculina que ella nunca antes le había escuchado, como si, ahora que volvía a estar soltera, él se creyera con algún tipo de poder sobre ella—. Pero ¿a dónde vas?

—Al baño —contestó Kitty.

Siguió hacia él y, de camino, cayó en la cuenta de que podía colarse en la cocina sin que ninguno de los avispados del salón la llamara al alto. Y para allá que se fue.

—Ey —le dijo Mason.

—Disculpa —le respondió Kitty—. Solo quería un poco de agua.

El más atractivo, el chaval alto de pelo oscuro y alborotado, le sonrió educadamente y, mirándola a los ojos, le dijo:

—Yo te ayudo.

Abrió la nevera, sacó una botella de agua Fiji y se la dio. Kitty no dijo nada.

—Realmente preferiría un trago de tequila —dejó escapar.

Se produjo un silencio, y los chicos se echaron a reír como si sus palabras les hubieran resultado divertidas. Ahí fue cuando Mason dijo:

—Eres la única divertida de todas las amigas de mi madre.

Y como por arte de magia, Kitty se empezó a sentir mejor.

¿Por qué demonios aceptaría bajarse con ellos?

EL INESPERADO ASALTO DEL CACHORRO

Pues sí, para abajo que se fue con ellos, a esa vieja sala de recreo, como ella misma había hecho de adolescente.

Sin embargo, estos niños saltaba a la vista que ya no eran adolescentes. Eran adultos jóvenes. Y aquella sala de naufragio también difería mucho de la de su época. Allí ya no había solo un sofá con mucho trote y una vieja mesa de pimpón. Aquel lugar tenía casi 279 metros cuadrados, y en él se distribuían una mesa de pimpón, una sala de proyección y una barra húmeda. Había música y cerveza. Llegaron otras dos chicas a cuya madre Kitty también conocía, y una de ellas le ofreció una cerveza.

Kitty asió su cerveza y se fue a seguir conversando con Mason y su amigo. Ambos estaban fumando algo. Al verlos, Kitty les preguntó que qué era, y ellos le respondieron que un vaporizador. Cuando le ofrecieron probarlo, ella pensó en que tenía que volver a subir y se imaginó la escena: todas esas caras serias y responsables de mediana edad que ella conocía desde siempre. Y vapeó.

El amigo de Mason continuó hablando con ella. Incluso le tocó el antebrazo un par de veces, aunque ella se convenció de que habría sido un error y de que lo habría malinterpretado. Y volvió a recordarse que debía subir.

—Me tengo que ir —pronunció con pocas ganas mientras miraba a su alrededor, buscando a Mason—. Debo despedirme ya.

Y lo habría hecho si el amigo de Mason no la hubiera convencido para echar otra partida de pimpón y disfrutar de otro vapeo. En esas, de alguna manera y en algún lugar a lo largo del tramo que había entre la mesa de pimpón y la escalera, el chico hizo un intento de besarla.

Mejor dicho, la besó, y con todas sus ganas. Le rodeó la cara con las manos y notó sus femeninos, gruesos y juveniles labios. La comenzó a besar, y ella le devolvió aquel apasionado beso.

Pero, de pronto, se percató de dónde estaba y de qué estaba haciendo. Si alguien la descubriera, no tendría forma de explicárselo a Alison. Y sufriría las consecuencias.

Apartó al muchacho. Parecía que se hubiera llevado un chasco, pero la dejó irse. Kitty subió rápido las escaleras y se metió en el baño, donde se atusó el pelo y miró su reloj. ¡Había pasado media hora! Fijo que alguien se habría percatado de su ausencia.

Según se iba adentrando como si nada en el salón, se dio cuenta de que nadie la había echado en falta. Todos estaban absortos discutiendo sobre la última transgresión política que se había producido en Washington.

Mientras, los pensamientos de Kitty seguían atrapados en aquel asalto del que había sido víctima por parte de ese cachorro. Ese beso le había hecho cuestionarse su deseo de solo hombres maduros.

¿Qué narices le estaba pasando?

Kitty logró levantarse y, nada más hacerlo, el grupo de gente joven apareció mágicamente por las escaleras que subían de la planta de abajo. Daba la casualidad de que ellos también tenían que irse.

De hecho, daba la casualidad de que precisamente para eso necesitaban a Kitty, única y exclusivamente para que los llevara a una discoteca.

Al igual que tantísimos otros mileniales, estos niños habían olvidado algo. En este caso, habían olvidado sacarse su carné de conducir.

Y he aquí el problema con eso del *cubbing* inexperto: ¿te imaginas lo que habría pasado si Kitty hubiera seguido morreándose con ese cachorrito y luego se enterara de que este solo la estaba usando como taxista para salir de fiesta?

Alison se habría puesto furiosa. Y la vida social de Kitty tal y como la conocía ahora se habría ido irremediablemente a la mierda.

Todas podemos sacar alguna conclusión de la experiencia de Kitty.

Cualquier mujer es vulnerable a un asalto de cachorro inesperado si ella: (a) se acaba de divorciar o separar de su pareja, (b) no ha recibido mucha atención por parte de un hombre en los últimos años, o (c) hace algo que normalmente no hace o que llevaba mucho sin hacer, como vapear.

No obstante, pese al cuasi-accidente de Kitty, hay que decir que no todos los asaltos de cachorro resultan tan infructuosos. De hecho, para las recién iniciadas, un asalto de cachorro a menudo conduce a un encuentro cachorril en condiciones, esto es, con sexo incluido, o al menos con la posibilidad de que surja. Y es que, aunque me repita, en este nuevo escenario de las citas aún nos quedan muchas lecciones por aprender. No hay que olvidar que el simple hecho de que un cachorrito sea joven y dispuesto no significa que el rollo vaya a ser buena idea...

OJITO CON EL CACHORRITO ROMEO

Atención a lo que le pasó a Tilda Tia cuando asistió a una fiesta que se daba en un club en Southampton. Aquello parecía ser todo un fiestón a rebosar de gente joven, y mi amiga allí conoció a un chico; era alto, bastante atractivo y muy posiblemente rico. Y resultó que, cuando aquel cachorrito la asaltó, ella le siguió el rollo encantada. La cosa podría haberse acabado tal y como empezó, pero el muchacho era excesivamente emocional, tanto como solo un veinteañero era capaz de ser. Le insistía una y otra vez en que estaba locamente enamorado de ella, y pasó a escribirle mensajes unas quince veces al día solo para ver qué tal estaba y con quién. Al poco intentó dejar una maleta bien llenita de ropa en su habitación. Y luego la invitó a conocer a sus padres.

En concreto, la invitó a disfrutar de una comida de domingo en compañía de sus padres. Y en una dirección que Tilda Tia conocía de maravilla, puesto que había comido allí mismo muchísimas veces antes, concretamente hacía veinticinco años, cuando sus padres y ella eran muy amigos y aquel cachorrito en cuestión ni tan siquiera había nacido.

De ninguna manera. Era obvio que aquel encuentro no iba a producirse. Ella no iba a estar saliendo con el hijo de unos amigos aun cuando llevara décadas sin verlos. Así que escribió al chaval: «Desde ahora mismo nuestra relación se ha terminado».

Lamentablemente, ese cachorro se asemejaba a Romero, por lo que esa técnica del «Adiós, muy buenas» no hizo más que exacerbar su enamoramiento, y el chico siguió y siguió detrás de Tilda Tia, y hasta llegó a suplicarle que le diera otra oportunidad. Los dos extortolitos tuvieron una gran discusión, y, al final, la pobre solo pudo librarse de él cerrando la puerta de su casa con llave y lanzando el teléfono móvil de su despechado por la ventana... desde un segundo piso.

En resumidas cuentas, que aquel cachorrín estuvo a punto de convertir a Tilda Tia en algo que ella jamás había sido: un personaje más loco que cualquiera de los que aparecen en *The Real Housewives*.

NUNCA JAMÁS DE LOS JAMASES TE METAS EN CASA DE UN CACHORRITO POR LA NOCHE. ¡NO SABES LO QUE VAS A ENCONTRAR!

Eso es justo lo que le pasó a Marilyn. Ella estaba acostumbradísima a pasar sus sábados por la noche tranquilamente en casa en compañía de Netflix, absorta del todo en lo que parecían historias mucho más interesantes que la suya propia. Sin embargo, y como a todo el mundo a veces le pasa, unos cuantos amigos de Miami fueron a visitarla a la aldea y, como no podía ser de otra forma, quisieron salir a darse un garbeo. Lo que implicaba que a Marilyn también le tocaba salir.

¡Menudo coñazo! Aquello le cayó como un jarro de agua fría. Marilyn, que solía tener todo el tiempo del mundo para ella sola..., no se había ni bañado en tres días. ¡Y llevaba una semana sin lavarse el pelo! Y casi casi un año sin comprarse ni una prenda de ropa. Pero tuvo que hacer el esfuerzo, no le quedó otra.

Sus amigos de Miami querían darlo todo en los locales más famosos de la aldea. Al principio, Marilyn no pudo evitar aburrirse y sentirse fuera de lugar y hasta un tanto cohibida. Pero enseguida sus colegas se lanzaron al tequila, y ella fue detrás. Los otros se pusieron a jugar a los dardos. Entonces Marilyn entró al bar a por otra ronda y entabló conversación con el camarero. Mike, como así se llamaba, no tenía más de veinticinco años, pero dio la casualidad de que Marilyn y él procedían de la misma ciudad de Australia. Y aprovechando el *momentum*, el chico le preguntó si quería ir con él a la parte de atrás.

Nadie le estaba haciendo ni caso, por lo que Marilyn se dijo: «¿Y por qué no?». Y nada más salir, el australiano se lanzó a besarla junto a los contenedores.

De nuevo en el interior del bar, la invitó a otro chupito de tequila. Y después le propuso ir a su casa para fumarse allí un porrito juntos. A esas alturas de la noche, Marilyn estaba lo suficientemente borracha como para que incluso aquello le pareciera una gran idea.

La «casa» (por decirlo de alguna manera) del cachorrito resultó ser una caravana Airstream completamente hecha un asco. Marilyn se esforzó al máximo por intentar admirar el suelo de linóleo parcheado, un deprimente diseño de finales de 1970. Había un conjunto de mesa entre dos bancos de plástico integrados cubiertos con restos de chico joven: una cachimba, un altavoz, un cactus, varios botes pequeños, tazas de café sucias. Mike se sentó y se dispuso a liar un porro, pegando dos papeles y enrollándolos en modo experto hasta formar una especie de cono, en el que luego echó una mezcla de tabaco y maría.

—¿Qué te parece mi choza? —preguntó—. Mola, ¿eh?

—Sí, sí, mola mucho —le contestó Marilyn, preguntándose a sí misma si, si acabara saliendo con él, ella también comenzaría a hablar utilizando palabrejas de esas como «choza»—. ¿Y tú dónde duermes?

—Allí encima —le respondió Mike, señalando con el dedo un colchón lleno de manchas y apoyado contra la pared. Mientras el chico daba un lametón al papel y doblaba la punta, Marilyn se dio cuenta de que ella no podía seguir adelante. No, no era capaz de acostarse con un tío sobre un colchón que ni siquiera tenía funda y allí en una caravana Airstream de los años setenta.

Tenía que marcar sus límites.

A Mike, sin embargo, aquella negativa no le gustó ni un pelo.

—Pero ¿por qué? —cuestionó—. ¿Es que no te gusto?

—Pienso que eres un chico fascinante. Perooo —hizo una pausa y luego jugó la gran baza de aquel chaval—: podría ser tu madre.

—Qué va, tú eres mayor que mi madre —le espetó.

Y con esas, Marilyn regresó a la ciudad, agradeciendo a su ángel de la guarda que la sacara de allí a tiempo antes de que ella hubiera cometido cualquier estupidez de la que luego se habría arrepentido enormemente.

CUENTO CON MORALEJA: COMPRUEBA SIEMPRE LAS CREDENCIALES DE TU CACHORRITO

Si tienes en mente enrollarte con un cachorrín, sé inteligente y piensa con la cabeza. Recuerda que tú eres más adulta e inteligente, y sabes de sobra que a veces los cachorritos hacen cosas realmente absurdas.

Y a veces también puede suceder que te conviertas en la víctima de un cachorro idiota. O aún peor si cabe: en su cómplice.

Tal cual fue lo que le sucedió a Mia.

El marido de Mia, Brian, era un tipo con fondos de inversión multimillonarios, y Mia era su tercera mujer. Cuando cumplió los cincuenta, Brian le preparó una enorme fiesta en una carpa con luces rosas, una pista de baile y la actuación en directo de una estrella del pop. Y luego le regaló un collar de diamantes y le aseguró que, sin ella, no sería el hombre que era.

Tan solo un mes después, se fue a Las Vegas, conoció a una bailarina de veintiún años y perdió la cabeza por ella. Apenas dos meses más tarde, engañó a su bailarina en un apartamento en Upper East Side próximo a aquel en que Mia y él habían convivido. A los cuatro meses de aquello, su nuevo amor ya estaba embarazada.

Mia y Brian habían firmado un acuerdo prematrimonial irrefutable: en caso de divorcio, Mia se llevaría la nada despreciable suma de treinta millones de dólares. Por si fuera poco, se quedaría también con la casa situada en Los Hamptons y con toda la joyería si la quisiera, la cual estaba valorada en, como poco, cinco millones de dólares.

Y como Brian era más que conocido en el mundo de las finanzas y se había comportado, según quienes lo conocían, de un modo que no le pegaba en absoluto, su divorcio había terminado llenando las páginas de cotilleos. Junto con cada uno de los puntos de su acuerdo, que también salieron a la luz.

Mia salió huyendo de allí a la casa de Los Hamptons. Dos hermanas y unas cuantas amigas se fueron sin pensárselo a estar con ella para ayudarla a pasar aquel mal trago. Se quedaron allí como paño de lágrimas durante unas cuantas semanas, hasta que las aguas se calmaron y Mia ya se sentía fuerte para estar sola.

Bueno, tampoco del todo, porque la casa de Mia contaba con todos los lujos (piscina climatizada, grandes jardines, pista de tenis) y siempre había gente por allí.

* * *

Una tarde, mientras Mia estaba tumbada en la piscina, su hermana la llamó por teléfono. Como siempre, la conversación giraba en torno a Brian, al hombre tan terrible en que se había convertido y a cómo Mia debería haber supuesto de alguna manera que todo esto llegaría a pasar. Al mismo tiempo, llegaron dos chicos para revisar los equipos de aire acondicionado de la vivienda.

Cuando Mia colgó, observó que uno de ellos estaba a tan solo unos centímetros de ella. Se trataba de un niño inusualmente atractivo, de ojos brillantes y labios tentadores. Durante un instante, Mia no pudo evitar pensar que aquel chiquillo era demasiado joven y demasiado guapo como para dedicar ya su vida a arreglar aires acondicionados.

—Por nuestra parte, ya hemos terminado —le aseguró el chico.

—Estupendo. —Mia le devolvió una sonrisa educada.

Sin embargo, en lugar de darse la vuelta para marcharse, el chaval dudó, como si quisiera preguntarle algo.

—¿Sí? —siguió Mia.

Y de repente aquel chico le tendió la mano.

—Soy Jess, que no me presenté.

—Yo, Mia —añadió ella. Y percibió que la palma de su mano era suave y agradable.

Jess sonrió de tal modo que Mia pensó que aquello significaba que el chico era consciente de que era hiperatractivo y confiaba en que su buena pose fuera el trampolín para aspirar a algo mejor.

—No pude evitar escuchar un fragmento de su conversación. ¿Está usted casada con...? —Y soltó abruptamente el nombre de Brian haciendo una reverencia.

Mia se contrajo. Escuchar el nombre de Brian salir de la boca de aquel niñín era como una bofetada. Notó que su furia contra Brian y, por extensión, contra todo aquel que lo conociera, incluyendo ese pipiolo, se despertó estrepitosamente, y con ella también sus sospechas. ¿Por qué mierdas ese muchacho preguntaba por Brian? ¿Acaso lo conocía? ¿Lo habría mandado el propio indeseable de Brian para espiarla?

—Estuve —le respondí, con gigantesca frialdad—. ¿Por qué te interesa?

—Simplemente quería decirle que él es mi ídolo.

Al principio, nada de aquello tenía sentido. ¿Brian el ídolo de alguien? ¿Cómo podía ser eso? Pues sí, visto lo visto, fácilmente podía ser, pensó Mia. Siempre hay por ahí algún crío equivocado que rinde culto al altar del dinero.

De pronto Mia se dejó llevar.

—Mi marido es un auténtico gilipollas —soltó bruscamente.

Mas de inmediato se arrepintió de haberlo dicho, puesto que aquel chaval, Jess, comenzó a disculparse enormemente por haber mencionado el nombre de Brian.

Aquella era su particular agonía. Jess era joven e inseguro, y tardó hasta diez minutos en tranquilizarlo y asegurarle que no pasaba nada, que ella estaba bien, que por supuesto que no estaba enfadada con él y que claro que él no iba a perder su trabajo.

El chico finalmente se fue, y salió por una puerta lateral ubicada justo detrás de una hilera de setos que hacían difícil ver quién entraba o salía de la propiedad.

Mia entró directa a la cocina, y se cruzó por el camino con una de las dos internas que vivían allí con ella y que se iba a la tienda. Conversaron un segundo sobre los aires acondicionados, lo que no hizo sino recordar a Mia la conversación que había tenido con aquel muchacho sobre Brian. Al echarse más vino, vio que le temblaba la mano por el enfado que la invadía.

—¿Mia?

Mia estuvo a punto de dejar caer la copa cuando se giró para comprobar que no solo era que Jess hubiera vuelto, sino que estaba allí de pie delante de ella en la cocina.

—Lo siento mucho. Olvidé algo. ¿Está bien? —preguntó.

—¿A ti te parece que estoy bien? —le contestó Mia, mirándolo fijamente mientras bebía un sorbo de vino, con la esperanza de que el alcohol la ayudaría a volver a tomar el control. Pero no lo hizo. Al contrario. Cuando Jess dio un paso hacia ella y se interesó por lo que Brian le había hecho, Mia, que se sabía de memoria la historia porque se la había contado en bucle a todas sus amigas, le contó todo lo sucedido y le dio todo tipo de detalles, incluso íntimos.

Cuando la asistenta regresó, Jess se fue por fin, y se despidió diciéndole que en unos días él mismo u otro compañero irían para comprobar que el aire funcionara correctamente.

Mia pasó todos esos días bebiendo vino rosado y hablando por teléfono sin parar. Algunas veces se terminaba una botella a las seis de la tarde, cuando la cabeza ya le estallaba y, con un poco de suerte, caía dormida, y estaba así unas cuantas horas. De hecho, la tarde en que Jess volvió a la vivienda para probar la unidad, Mia acababa de beberse casi una botella entera.

Estaba un poco borracha y un poco enfadada. Lo acompañó afuera, a la zona de la casa en que estaban escondidas las enormes unidades justo detrás de los cipreses. Aprovechó la ocasión para preguntarle por qué Brian era su ídolo, y Jess le explicó que Brian donaba dinero para unas becas que ofrecía su colegio cuya finalidad era fomentar el que chicos como él pudieran entrar en el mercado laboral.

Y él lo había conseguido. Además, al mismo tiempo estaba estudiando en la Universidad de Southampton. Y cuando no estaba ni trabajando ni en clase, disfrutaba de su tiempo libre surfeando. Propuso a Mia animarse a practicar surf, y ella se echó a reír y le aseguró que se lo pensaría. Y de nuevo, Mia se sorprendió a sí misma temblando. Pero en esta ocasión no por miedo, sino por un repentino e inesperadamente intenso deseo por Jess.

Dos días más tarde, Mia estaba en una bodega comprando una caja de vino rosado cuando se dio de bruces con Jess en el aparcamiento. El muchacho le preguntó si iba a dar una fiesta, y ella le dijo que no, que simplemente iban a visitarla unas cuantas amigas y que a todas les gustaba beber.

Por educación y por quedar bien, se autoconvenció Mia, lo invitó a pasar por su casa un día que quisiera a tomar algo.

Y quizá también por quedar bien y corresponder la invitación, él apuntó su número de teléfono en la agenda de su móvil.

La tarde siguiente, en torno a las siete, cuando Mia estaba en la cama viendo uno de esos *realities* que le gustaban en Bravo, su teléfono vibró.

Un mensaje de texto: «Ey, hola, soy Jess».

El ánimo de Mia subió de repente. «Hola, Jess», le mandó de vuelta. «¿Estás despierta? ¿Te apetece que nos tomemos algo?».

«Por supuesto», le escribió Mia, sin importarle nada que quizá le costara mantenerse recatada.

Lo mismo le pasó a Jess. Ni tan siquiera se habían bebido una copa de vino cuando él le agarró suavemente la cara y la besó. Mia esperaba resistirse, pero, en vez de eso, ella misma se sorprendió por la rapidez con que se había excitado, una sensación que jamás había pensado que pudiera aún experimentar.

Tras una breve sesión de preliminares, Jess tomó su mano y la guio a una habitación de invitados vacía que había en el piso de arriba. Una vez allí, se quitó la ropa, y Mia lo copió. Después se fue al baño, abrió la ducha y la invitó a unirse a él.

Jess se inclinó (era, como poco, 20 cm más alto que ella, lo cual para Mia era fascinante, teniendo en cuenta que Brian había sido 5 cm más bajo), y empezaron a juguetear de nuevo mientras se enjabonaban el uno al otro. Otra cosa más que Mia llevaba muchísimo tiempo sin hacer. Después la envolvió en una toalla, que más tarde le desenrolló y dejó caer sobre la cama. Se inclinó de nuevo hacia ella, y la fue besando hasta que quedó debajo de él,

Y a partir de ahí, como en una película porno. Él le practicó el *cunnilingus*, su lengua fue jugueteando por aquí y por allí, y después la hizo girarse para fundirse en un sesenta y nueve. Su pene era pequeñito y ancho, y, antes de que ella pudiera llegar al orgasmo, Jess se dio la vuelta para alcanzar un condón que ya había dejado preparado. Se lo puso y colocó a Mia a horcajadas sobre él para que lo cabalgara. Ella frotó muy hábilmente la punta de su pene contra su vagina, tratando de encontrar esa mágica abertura por la que él podría entrar en ella sin esfuerzo. Le bastó un movimiento de cadera para entrar, y Mia empezó a balancear su pelvis de un lado a otro mientras lo sentía muy dentro de ella y, por primera vez en muchísimo tiempo, se sintió segura. Como si fuera una experta. Como si de verdad estuviera en una peli porno.

«Venga, vaquera, cabálgalo», se repetía para sus adentros.

Y él se corrió cuando ella estaba ya también a punto de hacerlo, pero no pudo. Pero le había ido muy bien, lo tranquilizó. La próxima vez llegaría al orgasmo.

El chico desapareció de allí diez minutos después. Y Mia, o estaba demasiado agotada como para darse cuenta, o de verdad no le importaba.

Pasaron dos semanas y luego tres. Tres semanas durante las cuales Mia ni vio ni tuvo noticia alguna de Jess. Al principio aquello la enfadó. Pero después aquella emoción se fue desvaneciendo. Se reprendió a sí misma por haberse sorprendido: tendría que habérselo imaginado. Todos los tíos son iguales, y Jess no era más que otro ejemplo de ello.

Se dejó caer nuevamente en los brazos de su botella de vino rosado, el único que jamás la defraudaría, y se sumió en sí misma.

Un extraño mensaje de texto la sacó de su estupor: «Ey —decía—. ¿Nos vemos un rato?».

¡Jess! Ya casi había pasado página y, otra vez más, no podía creer lo excitadísima que estaba por volver a tener noticias suyas. Así que le respondió: «¿Cuándo?».

Él le contestó de inmediato. «Estoy con un amigo. En veinte minutos estamos allí». Drew, el amigo de Jess, le resultaba escalofriante, pero Mia hizo todo lo que pudo por ignorarlo para no echar a perder su oportunidad de ver a Jess. Ella se emborrachó enseguida. Bueno, los tres acabaron como cubas. Después Drew se marchó, y Jess y ella subieron las escaleras.

—No te voy a hacer nada —dijo Jess—. Estás completamente borracha.

Aquello era lo último que Mia quería escuchar.

—Pues claro que no estoy borracha. Venga, vamos —le afirmó, impactada por la desesperación que se dejaba entrever en su voz.

Jess vaciló, pero la duda se le disipó enseguida. Se quitó los calzoncillos y Mia rodeó su pene con las manos, admirándose una vez más de esa supererección de la que solo un chaval podía presumir.

Pero en esa ocasión el sexo terminó muy rápido, y, antes de que Mia pudiera detenerlo, Jess ya se había marchado. Agarró una botella de vino y volvió a meterse en la cama. Y un día más, poco tiempo después, el reloj marcaba las seis de la mañana y le estallaba la cabeza. Así que bebió agua y se tomó otra mitad de su pastilla para dormir.

Una semana después, a las dos del mediodía, Jess volvió a presentarse en su casa en compañía de Drew.

Mia, que ya no se molestó en fingir más, abrió una botella fría de vino y sirvió en cada copa. Los tres se sentaron en torno a la mesa de la cocina.

—Pues bien, Mia, escucha con atención —le soltó Drew—. Tenemos un problema.

—¿Tenemos?

Aquello no era precisamente lo que Mia esperaba escuchar. Para nada creía conocer a ninguno de esos dos chicos lo suficiente como para tener «un problema» con ellos.

—Jess me ha contado lo que pasó —continuó Drew.

—¿De qué narices estáis hablando? —Mia miró a Jess inquisitivamente.

—Es menor de edad —afirmó Drew.

—¿Perdona? —El primer instinto de Mia casi la lleva a esconder el vino. Si Jess era menor de edad, no debería estar bebiendo.

Miró con sentimiento de culpabilidad el vaso que Jess tenía delante—. ¿Se puede saber por qué no me dijiste nada?

—Tú no me lo preguntaste —le contestó Jess.

Así que Mia le pidió pruebas que confirmaran lo que estaban diciendo. Drew puso la excusa de que Jess se había dejado su carné de conducir en casa. Mia le recriminó que le hubiera hecho eso a ella, y Jess parecía asustado. Ni siquiera le salían las palabras.

Drew llegó donde quería llegar. Él y Jess iban a chantajearla y querían, como mínimo, cien mil dólares. Sabían lo rica que era. Habían leído sobre su acuerdo de divorcio en los periódicos. Y ahora ella se había acostado con Jess, que era menor de edad; así que, si no les daba lo que querían, acabaría arrestada.

Los tres días siguientes Mia los vivió presa del pánico. ¿Cómo le podía haber pasado eso a ella? Necesitaba contárselo a alguien, pero ¿a quién? Sus amigas no la entenderían. Es más, se sentirían horrorizadas. Todas dirían que aquello no hacía más que confirmar lo que en secreto todas sospechaban desde hacía mucho: que Mia era una malísima persona y que se merecía que le pasaran cosas terribles.

Pero, a fin de cuentas, aquello daría igual, porque sería arrestada. Su foto se haría viral. Su vida estaría acabada.

Un par de días después, el jefe de Jess se pasó por su casa. Era un chico muy amable, que había vivido ya en varias ciudades, y que estaba casado y tenía dos hijos ya mayorcitos que seguían viviendo en Los Hamptons. Le resultó muy hablador y, al poco de empezar a conversar, probablemente porque no tenía a nadie más con quien desahogarse, Mia le confesó lo que había sucedido con Jess.

Se puso furioso. Conocía muy bien a Jess. De hecho, Jess había ido al instituto con su hija. El chico no le mintió cuando le habló de la universidad. Tenía veinte años, no diecisiete.

Cuarenta y ocho horas después, Jess llamó a su puerta para disculparse. Según él, nada de aquello había sido idea suya.

Todo había sido una ocurrencia de Drew. Él había estado presumiendo con Drew de lo genial que era estar metiéndose en la cama con la exmujer de su ídolo, y fue entonces cuando Drew, como de coña, trazó ese plan. Jess al principio pensó que estaba bromeando, pero Drew estaba loco..., y no volvería jamás a cruzar palabra con él.

Mia lo perdonó. En parte porque ella de por sí era buena persona, y en parte porque no soportaba seguir escuchando a Jess y sus excusas lastimeras.

Mia se lo acabó contando con pelos y señales a sus amigas, y todas se rieron muchísimo. A fin de cuentas, Mia era como todas las mujeres de mediana edad cuya aventura con eso del *cubbing* pasaría a ser simplemente otra de esas cosas raras e inexplicables que les pasarían en los años siguientes.

Otras, sin embargo, llevan esto del *cubbing* más allá y dan un paso más.

EL CLUB DE LOS CACHORROS

Esto sucede cuando una mujer pasa de lo que considera que será un encuentro de una o dos veces a una serie de citas más regulares. El cachorrín comienza a pasar la noche en su casa. Y de pronto existe una probabilidad bastante alta de que se mude a vivir allí.

Y de repente ahí está, viviendo en tu casa.

Algunos interrogantes al respecto:

¿Cómo le presentas a tu cachorrito a tu círculo de amigas? ¿Cómo les explicas que os conocéis desde hace un mes, pero ya está viviendo en tu casa? ¿Y si a tus amigas no les gusta? O, aún peor, ¿qué pasa si simple y llanamente acuerdan ignorarlo?

Ahí va lo que nos sucedió a Sassy y a mí.

No habían pasado más de quince días de junio cuando James apareció en nuestras vidas. Se sentó incómodamente en un extremo de la mesa de la cocina, rodeado por todas las chicas, Sassy, Tilda Tia, Marilyn, Queenie, yo, y la hija adolescente de Queenie.

Yo di por sentado que sería un amigo de la hija de Queenie. Tampoco me paré mucho a pensar en aquel intruso, puesto que todo el mundo estaba hablando a voces. Además, y como suele pasar en estos casos en que un hombre es superadísimo en número por todo un puñado de mujeres, James enseguida desapareció al fondo.

Pero imagina mi sorpresa cuando, tan solo dos días después, volví a pasarme por casa de Sassy y allí estaba él otra vez. Era mediodía, y Sassy parecía estar pasando algo de vergüenza, aunque enseguida fue capaz de formular una explicación:

—James me está echando una mano con mi nuevo móvil.

Yo asentí con la cabeza sin más. Como más tarde aprendería, volverse indispensablemente útiles (por ejemplo, para programar el iPhone, enseñar a conectar música, o incluso ir rápido al súper para comprar alcohol y alguna que otra pijada para comer) era una de las jugadas más expertas de los cachorritos para lograr que una mujer los dejara instalarse en su casa.

Lo cierto es que en esta ocasión tampoco invertí mucho tiempo en volver a pensar sobre ello. Realmente no volví a hacerlo hasta que Sassy organizó una barbacoa y allí estaba James de nuevo. Había sido él quien había traído la carne. Pero aun con esas.

La presencia de James empezaba a irritarme un poco. ¿Iba a estar allí metido siempre? ¿Y por qué? Tenía, como mínimo, veinte o veinticinco años menos que nosotras. ¿Qué demonios le resultaba tan interesante de un grupo de amigas de mediana edad que se juntaban para hablar de sus cosas? ¿No tenía un plan mejor que tenía que estar siempre allí pegado?

Al día siguiente, Tilda Tia y yo salimos a montar en bici. No pude esperar y de inmediato le pregunté por James. ¿Qué sabía ella sobre él? Tilda Tia se encogió de hombros.

—Es agente inmobiliario.

—¿Estás segura de que tiene edad para estar trabajando?

—Tiene casi treinta tacos. Rompió con su novia hace cuatro meses, así que imagino que estará más aburrido que una ostra. No quise ni preguntar la edad que tenía su novia. En lugar de ello, me interesé por cómo lo había conocido Sassy. Le podía haber preguntado a Sassy yo misma, pero la verdad es que la situación tenía algo que me impedía hacerlo.

Tilda Tia fue muy escueta en su respuesta. Mencionó algo de una noche de fiesta, hacía tiempo, en la época en que nuestra amiga se había mostrado dispuesta a eso del *cubbing*. Tilda Tia ya había pasado de esa tendencia de buscar jovencitos, y ahora se sentía más a gusto en Tinder.

Pasó otro mes. Cada vez que coincidía con Sassy en una fiesta, me sorprendía y me ponía negra ver a James también por allí rondando. Estaba pendiente de lo que Sassy quería beber y trataba de llevarse bien con todas nuestras amigas. Pero yo albergaba mis sospechas. Sin embargo, cada vez que preguntaba a las demás, todas me respondían que «adoraban» a James. Les resultaba muy útil, y él, encima, estaba encantado de ser el chófer designado por excelencia.

Y de pronto, por casualidad me enteré de que estaba viviendo en casa de Sassy. Vamos, durante un tiempo. Tenía una habitación alquilada en otra casa, solo iba a quedarse con ella un mes. Así que ahora tanto él como su Volkswagen estaban temporalmente aparcados en la entrada de Sassy.

¡Equilicuá! Otra artimaña típica de los cachorros: meterse en tu casa cuando pierden la suya.

Exactamente igual que James, el cachorro siempre afirma tener un sitio en el que vivir cuando te conoce. A continuación, ese «sitio en el que vivir» se convierte en un lugar menos definido, quizá más bien un sitio en el que pasar la noche de gorroneo. Y luego sin previo aviso ese sitio desaparece y el cachorrito se queda de repente sin hogar. ¿Y qué mejor lugar al que irse a vivir que tu casa?

Naturalmente el chaval te jura y perjura (y te advierte de) que esa convivencia será solo temporal. Los cachorros son muy conscientes de que las mujeres que los meten en su casa no quieren que eso sea así para siempre. Es demasiado pronto para un para siempre. Suena como si te estuvieran tomando el pelo, asusta incluso. Sobre todo cuando ni tan siquiera sabes qué será de tu vida en tres meses.

Puede que por todo ello Sassy prefiriera mantener aquello en secreto. Aunque yo en todo momento intuí que ella y James estarían acostándose, en realidad no puedo confirmarlo. No hubo nada que la delatara, no soltó ni prenda. Ninguna mirada sospechosa. En ningún momento los pillamos de la mano. No se decían cositas al oído en el *hall*.

Mientras Sassy y yo conversábamos en el porche, James solía estar dentro de casa en Internet. Pasaba por delante de él de camino al porche y solíamos saludarnos con un «Hola». Las pocas veces que Sassy y él interactuaban, solían hablar de lo que tenía que hacer.

¿Acaso era algún tipo de asistente?

Un buen día me salté mi sesión de bici con Tilda Tia y, a media mañana, y puesto que había ido hasta la ciudad a echar unas cartas, decidí ir a ver a Sassy a su casa.

Vi allí los coches, así que entré. Aquello estaba vacío. No obstante, fui hasta la habitación de Sassy para cerciorarme. La cama estaba hecha un desastre, y pude comprobar que se habían usado las almohadas de los dos lados. En el suelo había un paquete de papel de aluminio.

¿Era yo la única que parecía no tener ni idea de lo que se estaba cociendo allí?

—¿Por qué no me lo contaste? —le dije a Tilda Tia más tarde ese mismo día.

—¿Contarte el qué? —me respondió. Para variar, ella estaba a lo suyo en su mundo de Tinder y su próxima cita.

—Sassy y James no son solo amigos. Se acuestan juntos —le espeté a voces, como si fuera el mismísimo Charlton Heston en una de sus películas religiosas.

—¿De veras?

—Ella jamás me contó que estuvieran juntos.

—Ni a mí tampoco —me confesó Tilda Tia—. Lo que significa que, si no nos lo ha contado, es porque no quiere que lo sepamos.

—Vale, de acuerdo. Pues nosotras no sabemos nada —afirmé. Sin embargo, estaba decididísima a preguntárselo directamente a Sassy.

—¿James y tú estáis...? —casi no me salían las palabras.

—¿Acaso te crees que voy a acabar con un tío que tiene veinticinco años menos que yo? Venga ya, por favor —me soltó.

Sin decir nada, Sassy echó a aquel cachorrín de casa a finales de verano. Y quizás, en la línea de la clandestina naturaleza de su aventura de *cubbing*, Sassy y James a día de hoy siguen siendo amigos. De hecho, James va a ir a visitarla pronto y va a ir acompañado de su nueva novia. Sassy se muere de ganas de conocerla. Y nosotras igual.

EL FUTURO

No sabemos mucho sobre relaciones mujeres mayores/hombres más jóvenes, todo hay que decirlo. Es más, apenas conocemos nada, puesto que no se han dado las suficientes como para poder extraer conclusiones significativas.

Pero creo que en el futuro irán surgiendo cada vez más. Al menos por lo que podemos deducir de Internet, que está plagado de sitios dedicados a explorar la dinámica mujeres mayores/hombres más jóvenes. Por supuesto, algunas de estas parejas parecen de modelos, pero, por lo general, no son más que mujeres normales como Meegan, de cuarenta y dos años, que tiene su propio videoblog y resume así los romances de edad inversa: «Ey, mujeres, vosotras que habéis probado lo que existe entre mujer joven/hombre maduro, ¿cómo os ha ido? Uh, Uh».

El futuro del *cubbing* está en el aire.

CAPÍTULO 5
LA CREMA FACIAL DE QUINCE MIL PAVOS, LAS RUSAS Y YO

—¿Por qué zona está tu apartamento? —solía preguntarme la gente.

—Por Upper East Side —respondía una y otra vez, y, casi por norma, todos fruncían el ceño.

La zona de Upper Side East no era para nada divertida. Más bien era bastante aburrida, todo cerraba al atardecer, y por allí solo se veía a muchos paseantes y muchísima gente mayor. En resumidas cuentas, que aquel no era el lugar más interesante para irte a vivir. Por otro lado, el hecho de que por allí no quisieran ver ni a *hipsters* ni a hipermodernos hizo que el apartamento, para los estándares de Nueva York, fuera más o menos asequible. Para mi pesar, fue el único sitio de toda aquella parte de la ciudad que lo era.

BIENVENIDOS AL MUNDO MADISON

Lo descubrí la segunda mañana en que me propuse salir a caminar. No había ni llegado a la mitad del bloque cuando pasé por un escaparate de gafas y me acordé de que podría comprarme un par nuevo. Así que entré.

Con paredes de madera anudada y estanterías decoradas con cajas de cigarrillos, la pequeña tienda parecía más bien un club de hombres en el que se podía disfrutar de espectáculos. Un joven apuesto se acercó a mí y me preguntó si quería ver algo. Yo señalé un par de monturas de tortuga. Me quité mis gafas y me coloqué aquellas monturas sin cristal. Pero resultaba que no tenía ni la más remota idea de cómo me quedaban, puesto que sin mis gafas estaba completamente ciega, tanto como Piggy en *El señor de las moscas*.

—Pues no lo sé —le dije—. ¿Qué precio tienen?

—Tres mil dólares —me respondió tan tranquilo, como si aquel fuera el precio habitual de unas monturas en todo el mundo.

¿Tres mil dólares? ¿Otra vez?

—Y a esa cantidad le tiene que añadir luego el coste de las lentes. Calcule otros mil dólares por cada una.

Vamos, que cinco mil dólares por unas gafas.

—Perfecto —le contesté, y me di la vuelta con una gran sonrisa dibujada en mi rostro.

Salí de la tienda un tanto acomplejada. Yo no pertenecía a ese vecindario, y todo el mundo de allí lo sabía.

El Mundo Madison, lo llamé a partir de entonces. Situado entre la Quinta Avenida y el Parque, era como la Cueva de las Maravillas de Aladdín, lleno de oro y plata, de diamantes y de relojes con joyería incrustada, de zapatos con piel de cocodrilo y de vestidos con pedrería de cristal cosida a mano. En aquel Mundo Madison, las mujeres lucían ropas extravagantes y desfilaban calle arriba y calle abajo como si esa fuera la pasarela más famosa del mundo.

En aquel lujoso lugar todos sabían que yo era una intrusa. Para adivinarlo, les bastaba con fijarse en mis arrugados pantalones de algodón, prácticos y cómodos al mismo tiempo. También lo podían averiguar por mi pelo, que llevaba semanas sin ni siquiera ser alisado por el calor del secador. Y la mayoría lo supondría por mis zapatos, unas chanclas de dedo.

Tendría que aprender de nuevo a vestir.

EL IMPACTO DEL PRECIO EN EL MUNDO MADISON

Y ahora posiblemente pienses que hice lo obvio: ir a una tienda de la avenida Madison y comprarme algún modelito. Pero salir de compras por la avenida Madison no funciona así. Más bien digamos que es un proceso complejo. Hay mucha interacción con otros seres humanos que están allí solo para decidir si van a venderte o no sus artículos, si tú puedes o no permitírtelos, e incluso si eres merecedora o no de llevarlos puestos. Comprar algo en el Mundo Madison es un poco como intentar llevar a tu hijo a un exclusivo colegio privado.

Bueno, realmente el proceso para acceder a una escuela privada resulta más agradable, puesto que en él no te piden que te desnudes delante de desconocidos.

Primeramente debes encontrar algo que probarte.

Y créeme que no es tan fácil como parece. Las carísimas prendas suelen estar atadas con cadenas a sus estantes como si fueran caballos de carga en un rancho. Y esto no es para desalentar el robo, puesto que resultaría muy evidente, teniendo en cuenta que esas «prendas» a menudo son tan elaboradas que no se pueden esconder fácilmente, ya sabes, en una bolsa de la compra normal. No. Estas prendas están encadenadas como advertencia y recordatorio severo de que bajo ningún concepto estás autorizada a manipularlas. Para poder acercarte a ellas y encaminarte al probador, necesitarás la ayuda de un fornido dependiente. Y si tal panorama no logra intimidarte, ya te intimidará el probador en cuanto entres. Es muy posible que esté amueblado más caro que tu apartamento. Quizá tenga uno o dos sofás con unos cuantos cojines por encima. Y en alguna ocasión verás cómo algún ricachón o ricachona se anima a celebrar allí una fiesta vespertina.

Y precisamente esto es lo que nos lleva a lo mejor de salir de tiendas en el Mundo Madison: puedes beber. En la mayoría de las *boutiques* te sirven champán. Y a diferencia de los exorbitantes precios con que los restaurantes te clavan por una botella, aquí, en el Mundo Madison, es completamente gratis.

Apuesto a que querrás beber algo de ese champán para obtener todo el coraje holandés que te hará falta. Aparte de los sofás, es muy posible que el probador cuente con una plataforma dispuesta justo en el centro de un grandísimo espejo de tres lados. Quizá consigas sobrevivir a tu propia mirada, pero ¿lograrás sobrevivir a la mirada de todo el personal de la tienda? Y es que, mientras te estés cambiando, te aseguro que no podrás evitar que alguien llame a la puerta: «¿Cómo está?». Pregunta con la que el dependiente de turno lo que realmente estará preguntando es: «¿Cómo están las prendas?».

Y créeme cuando te digo que ese calvario aún está lejos de terminar. Si al final «encuentras algo» que quieras llevarte a casa, tendrás que comprarlo. Y eso en todos los rincones del mundo es tan sencillo como pulsar un botón. En todos menos en este, en el Mundo Madison.

Por algún extraño motivo, pasarán como poco quince minutos desde que te pasan la ropa por caja hasta ese instante en que ya puedes introducir tu tarjeta de crédito y pagar. Durante todo este lapso de tiempo, agotada, es más que posible que acabes desplomándote sobre uno de los muchos divanes (o sofás de desmayos) alineados junto a ese espacio que se abre en la pared por el que los dependientes desaparecen para llevar a cabo esta misteriosa y prolongada transacción.

Y luego ya llega el momento de pagar. Siempre es más de lo que te temiste. Entrar en una tienda del Mundo Madison es muy similar a adentrarte en un casino. Nunca tienes ni idea del montante de dinero que llegarás a perder.

Sin embargo, detrás de esas deslumbrantes estanterías de joyas, excelentes cueros y conjuntos de *backgammon* con incrustaciones de nácar, se esconde un horrible deseo: las tiendas del Mundo Madison están arruinadas.

Esta es una cantinela que he escuchado mil veces. He oído hablar de ello desde a los dependientes que salen a la calle a tomar el aire durante su jornada como al camarero del Bar Italia.

Pero, bueno, que lo mismo las cosas no estaban tan mal. Si las tiendas se estuvieran yendo al garete, habría descuentos. ¿No era esa la primera regla de los negocios? Si algo no se está vendiendo, quizá se deba a que es demasiado caro.

Decidí hacer mi primera parada en Ralph Lauren. En Ralph solía haber buenas gangas. De hecho, hace un año me compré una monería que todavía tengo, una *biker* de cuero, que estaba rebajada un 80 %. La llevaba a todas partes; es más, resulta que es la que llevaba puesta justo el día ese en que volví a entrar en la tienda.

Por mucho que en la vida real hubiera habido 24 horas de noticias desastrosas, era poner un pie en la tienda y, de pronto, te teletransportabas a otro mundo en el que no podía suceder nada malo. En el aire imperaba el olor a dulce. De fondo sonaba una música que te hacía sentir maravillosamente bien, una especie de melodía familiar que medio te colocaba y te hacía verte más joven y con todo un futuro por delante. Yo allí me sentía como dentro de un cascarón.

Aunque aquella sensación no me duró mucho.

Inmediatamente me vi rodeada de un pelotón de dependientas que a la primera reconocieron mi chupa de cuero.

—Recuerdo perfectamente esa cazadora de la temporada pasada. Siempre me encantó.

—¿Has visto ya la versión de esta temporada?

—Uhm, pues no. Pero ¿cuántas chaquetas de estas necesita una mujer? —pregunté, mientras una dependienta de lo más educada y políticamente correcta me obligaba a examinar la cazadora de cuero llena de tachuelas que había sacado de la estantería y ahora me mostraba como si de un bebé recién nacido se tratara. Eché un vistazo a la etiqueta del precio. Cinco mil dólares. No entendía en absoluto qué hacían allí todos detrás de mí. ¿Cómo iba toda esa gente a saber que de ninguna manera yo podía permitirme una *biker* de cinco mil dólares y que la que llevaba encima la había comprado con un 80 % de descuento?

Me quedé contemplando la entrada, deseosa de escapar, pero las dependientas bloqueaban mi camino. Así que lo que la gente decía sobre que esas tiendas estaban en las últimas debía de ser verdad. Por eso a las dependientas se las veía tan desesperadas.

La pregunta era: ¿qué grado de desesperación tenían? ¿Y que serían capaces de hacerme cuando descubrieran que yo no era más que una falsa compradora? Me imaginaba una escena sacada de la película *La invasión de los ladrones de cuerpos*.

Intenté escabullirme escaleras arriba, pero dos dependientas de inmediato me siguieron:

—¿Le gustaría ver algo?

Mis ojos instantáneamente se fueron al artículo más brillante y resplandeciente de la habitación: un enorme vestido de fiesta elaborado en tul. Me apresuré hacia él, con la esperanza de poder ocultarme tras esa gran falda.

No hubo suerte.

—¿Puedo ayudarla en algo? —me preguntó la dependienta.

—Nada, gracias, tan solo me preguntaba lo que costaría —murmuré.

—¿Qué le gustaría saber?

—¿Qué precio tiene?

La dependienta fue hacia el vestido y dio la vuelta a la etiqueta. Tomé aire mientras en voz baja hacía unos cuantos cálculos. Hace veinte años, ese vestido habría costado 350 dólares. Teniendo en cuenta la «inflación», a día de hoy su precio rondaría los cinco mil. Y luego a eso había que añadirle la tasa de los ricos.

La «tasa de los ricos» es el precio que pagas por el simple hecho de ser rico. Si hay algo que la mayoría de la gente no comprende sobre los ricos es que no hay absolutamente nada que les guste más que desplumar a otros ricos. Es justo por eso por lo que, cuanto más rico se vuelve el rico, más caro es todo lo que necesita comprar para demostrar al resto que forma parte de ese club de los más ricos de entre los ricos. Y ojo, porque los yates, las casas en Los Hamptons y la ropa también suben de precio cuando nos situamos ya en este nivel.

Por tanto, y a sabiendas de esa tasa de los ricos, suponía que el precio del vestido estaría en torno a los ocho mil dólares. Vamos, que estaría al alcance de un 0,001 %.

—Veinte mil dólares —exhalé—. Si eso es lo que cuesta un coche pequeño. ¿Quién demonios puede permitirse pagar eso por un vestido?

La dependienta miró a un lado y a otro para asegurarse de que no la escuchaba nadie.

—Te aseguro que te sorprendería quién puede darse el capricho.

—¿Quién?

—No puedo decirlo —me contestó en un susurro—. Pero, venga, ¿se anima usted a probárselo?

Respondí que no con la cabeza.

—Pues no, porque jamás en la vida seré capaz de permitírmelo. Además, ni siquiera tengo adónde llevarlo.

—Nunca se sabe —agregó la dependienta.

Y ahí salió. El mantra ese de la eternamente esperanzada. Compra este vestido. Llévatelo a casa. Puede que esta vez el hechizo funcione. Quizás esta vez el vestido logrará transformar tu vida de verdad.

¿QUÉ PRECIO TIENE ESA MARAVILLA DEL ESCAPARATE?

Me he pasado semanas cojeando metida en un viejo par de zapatos de piel de marca que, aunque me hacían daño, la verdad es que no me hacían tantísimo como el resto de mis viejos zapatos. Aguantaba hasta dos horas antes de sentirme agonizar.

—No puedo —acabé admitiendo—. Realmente es que ya no puedo andar con esto.

Había llegado el momento de comprarme unos zapatos nuevos. Y puesto que no tenía tanto dinero como para andar tirándolo, tenía que ver los zapatos como una inversión.

Y eso significaba que tenía que escoger un básico. Uno de esos zapatos que pudiera ponerme tanto por el día como por la noche. Unos que fueran con todo. Con pantalones y con un vestido de cóctel. Un zapato combinable. Uno con el que pudiera andar.

Y creía haber dado con los zapatos que mis pies necesitaban.

Unas plataformas de ante en color negro con unos cordones cosidos a mano. Y con un rosetón arriba. Pese al floripondio, los zapatos tenían un toque firme y robusto, en ellos había una reminiscencia militar.

Pero estaba en el Mundo Madison, y aquí no bastaba simplemente con entrar, probártelos y comprarlos. Igual que en Ralph Lauren, aquí imperaba un protocolo preestablecido. Los vendedores de zapatos son muchísimo más amables cuando te ven luciendo ya un par de zapatos caros, puesto que piensan que, si ya tienes unos zapatos que te han costado un riñón, también puedes permitirte muchos muchos otros. En esas, me quité mis botas de diseño y con un tacón ya sin tapas que me había comprado justo antes de marcharme de la ciudad. Aquellas botas no eran realmente mi tipo de calzado ideal, pero recuerdo que las compré en un momento de mi vida en que me sentía muy confundida. Me acababa de divorciar y no sabía cuál era el siguiente paso que debía dar. El dependiente, un hombre joven con un pelo rizado precioso y ojos de perrito entusiasmado, me contó que Nicole Kidman había llevado esas mismas botas en un anuncio. Y como prueba de ello, me señaló un póster que colgaba de la pared.

En aquella fotografía, Nicole Kidman parecía una mujer que sabía perfectamente hacia dónde iba y qué estaba haciendo. Para nada era una mujer triste. No era una mujer sola, ni deprimida, ni sentía que su vida fuera un fracaso. Tenía el control de su mente y de su destino.

Así que me compré los zapatos y me esforcé por andar con ellos. Pero las proporciones estaban mal a la fuerza. Las botas me hacían las piernas más cortas y los pies más grandes. Eran unos chismes altos, estrechos y desagradables que me apretaban insoportablemente. Me las puse dos veces y automáticamente las jubilé.

Hasta ahora.

Pero por supuesto que me siguen destrozando los pies.

Entré en la tienda con el rictus marcado en el rostro. La sección de zapatos estaba yendo todo recto hasta el fondo. Había que pasar un pasillo de 15 metros con ropa que no podía permitirme; dejar atrás a una pareja de nuevos ricos de Sillicon Valley de cuarenta y tantos años que sí podían autorregalarse esos lujos, y luego adelantar a unas cuantas dependientas que se arremolinaban allí debatiendo si me ayudaban o no. Entonces les dije:

—Emm, disculpen, ¿podría ver esos zapatos que tienen en el escaparate?

Como era habitual, una dependienta que había por allí me preguntó qué zapatos exactamente, yo creo que forzándome a regresar al escaparate y, por tanto, a la entrada, para que así yo solita me saliera de la tienda, lo que alguna vez llegué a hacer.

Sin embargo, los zapatos no estaban allí. Es más, eran unos zapatos que gustaban tantísimo que allí había otra mujer probándose el único par que les quedaba del número 38,5.

Esa era mi talla.

No sé muy bien la cara que puse, pero la dependienta al momento se apiadó de mí.

—Tallan pequeño —me dijo. Estaba segura de que tenía dentro un 39. Aquellos probablemente me quedaran bien.

La buena mujer que estaba al lado probándose el 38,5 era la típica dama clásica del Mundo Madison. Aparentaba cuarenta y pocos, pero podría tener alguno más.

Su cabello tenía el rubio típico del Mundo Madison, un tono ni muy platino ni muy dorado, alegre pero nada llamativo. Parecía lleno de vida, y no lo tenía ni largo ni corto. Dicho de otro modo, el rubio del Mundo Madison representa un estilo de pelo que se puede conseguir fácilmente y queda bien a muchas mujeres. Además, suele hacer que todas tengan un aire idéntico, hasta el punto de que con bastante frecuencia estas mujeres son confundidas con otras rubias del Mundo Madison. ¡Incluso sus maridos las equivocan!

Pero da igual. El rubio del Mundo Madison representa un color ambicioso, alcanzable y fraternal. Permite a mujeres que no se conocían de antes crear lazos instantáneos entre sí y forjar amistades, convencidas de que entre ellas habrá otra dama del Mundo Madison en común.

Si yo quería encajar en aquel Mundo Madison, iba a tener que convertirme también en una versión de todas ellas. Lo que se traducía en que, si esas rubias se compraban esos zapatos, a mí no me quedaba otra más que hacer lo mismo.

La dependienta volvió a salir. Solo les quedaba un 39,5.

—Me temo que van a quedarle muy grandes —se lamentó la mujer.

—De todos modos, me los pruebo —afirmé, con ese tono universal que caracteriza la persuasión femenina—. Nunca se sabe.

La vendedora me tendió los zapatos con serias dudas.

Los saqué de la caja y los coloqué en la alfombra. E introduje suavemente mis pies. Me levanté del asiento. Arriba, arriba, arriba. Los zapatos, que en el escaparate parecían muchísimo más ligeros y delicados, resultaban ruidosos y enormes, y hacía falta tener unas piernas musculosas a base de pilates para poder maniobrar con ellos por aquel paisaje de pavimento irregular, bordillos, rejillas y demás obstáculos que se debían negociar al caminar sobre taconazos.

Di un paso hacia delante. Luego, otro. Los zapatos eran preciosos, y todo el mundo que en ese momento estaba en la tienda lo sabía.

—Pero te quedan demasiado grandes —apuntó la dependienta.

Y un poco de razón tenía. Me sobraban unos 3,2 mm entre mi talón y el extremo final del zapato.

—Puedo llamar a alguna de nuestras otras tiendas. Es posible que a ellos les quede algún 39.

—No —rechacé rotunda—. Me van bien. Puedo andar con ellos.

El triunfo por haberme hecho con los zapatos adecuados activó algo en mi cabeza y, a partir de ese instante, no pude dejar de comprar. Cuando la carísima y sofisticada droguería de la esquina puso todo a mitad de precio por cierre, allí que me fui de miniexcursión para gastar. De pronto sentía la necesidad imperiosa de acumular cosas que ni me había planteado en años. Como guantes de piel. Y brochas de maquillaje. Seis botellas de un champú que normalmente costaba cuarenta dólares.

Mi penúltimo derroche fue en un par de botines de neopreno de un color rosa brillante. Me autoconvencí de que era una buenísima idea comprar esos botines, puesto que estaban hechos del mismo material que las zapatillas de la piscina, lo que significaba que serían cómodos y mucho más baratos que los de piel.

He de decir que no me resultaron muy cómodos. Su color gritaba: «Mírame». Ahí fuera en el mundo real, cuando tu ropa grita: «Mírame», se espera que seas una modelo de más de 1,80 de altura o, como poco, una persona joven y atractiva. Pero yo no vivía en un mundo de personas de carne y hueso. Vivía en el Mundo Madison, hogar de un amplísimo espectro de *fashionistas*. Más allá de las damas del Mundo Madison y de las modelos, por allí había otro prototipo de fémina: una mujer ya de cierta edad enfundada en ropajes que en cualquier otro sitio del mundo se considerarían extraños e inadecuados.

Arriba y abajo de la avenida desfilaban mujeres en colores neón y detalles dorados brillantes. Llevaban cuero negro desde la cabeza hasta los pies, chándales en verde lima con zapatillas de plataforma, lentejuelas y pantalones satinados de rayas que me recordaban a los de circo. Y su pelo, ay, su pelo. Rubio de bote con gruesas mechas en rosa, verde y azul brillantes, como si aquello fuera el plumaje de un pavo real. En el verdadero estilo del Mundo Madison, estas pájaras del mismo plumaje tienden a arrimarse unas a otras. Suelo verlas a todas juntas junto a una farola echándose un pitillo. Otras veces están todas juntas sentadas en la terraza de la casa de repostería de lujo Ladurée, con sus refinados traseros apoyados en sillas con cojines de rayas verdes y blancas, deleitándose con *macarons* en tonos pastel.

Aun con esas, yo tenía la corazonada de que ninguna de esas mujeres era del Mundo Madison. Las auténticas damas del Mundo Madison no se ríen a voces con sus amigas paradas en una esquina ni hablan a gritos por sus teléfonos móviles.

Y, sobre todo, no fuman cigarrillos, y mucho menos aún osan fumar por la calle.

Un día la curiosidad se apoderó de mí. Cuando vi a un gran número de ellas frente a una tienda, saqué un cigarrillo y me coloqué lo suficientemente cerca como para tratar de escuchar lo que estaban diciendo.

Eran rusas. O hablantes de ruso. Interesante. Una fuente muy bien situada del Mundo Madison me había dicho una vez que las rusas eran las principales responsables del subidón que había experimentado la tasa de los ricos. Se podían permitir pagar el precio íntegro de cualquiera de los vestidos de las tiendas, lo cual había disparado los precios.

Y ante ello, las princesas de Park Avenue casadas con multimillonarios norteamericanos habían puesto el grito en el cielo. Hasta ellas mismas pensaban que pagar veinte mil dólares por un vestido de fiesta era un exceso.

Y ahora las rusas habían invadido todo el Mundo Madison. Y no se dedicaban solo a comprar ropa.

BAJO EL PODER DE LAS RUSAS

Mientras tanto, y sin ninguna otra identidad entre la que elegir, aquí servidora se convirtió en ese viejo y cansado cliché urbano: el burro de carga. Ya han pasado años desde que dejé de ser un burro de carga, pero lo recuerdo como si fuera ahora, y no precisamente con mucho cariño. Iba siempre con todo a cuestas, el trabajo, los zapatos, mi vida, apiñado en bolsas del tamaño de una arpillera, en bolsones de la compra viejos de cualquier gran almacén y en bolsitas de plástico de la frutería. El peso me obligaba a encorvarme mientras, como un *sherpa*, trataba de abrirme paso entre el sucio fango, los depósitos de aspecto tóxico, los viandantes, los mensajeros en bicicleta, las escaleras mecánicas que subían y bajaban, y las peligrosamente tranquilas y sucias escaleras de la boca de metro. Transportaba todos mis aperos del trabajo a los bares y de los bares a las discotecas, y luego las metía en los baños de esas discotecas y finalmente las llevaba de vuelta a su diminuto estudio. Me dolían la espalda y los pies, pero seguía cargando con todo, soñando con ese día en que algo mágico sucediera y por fin pudiera dejar de cargar.

En mi ruta habitual con mil cosas a cuestas de un lado a otro, solía pasar por el Mundo Madison, y por allí empezó a ser costumbre lo de toparme con lo que parecía un grupo de jóvenes rusas de palique en la puerta de una tienda. Eran chicas atractivas, y se atisbaba en ellas esa chulería típica de las niñatas que saben que están más buenas que tú. A veces estaban con música, pero casi siempre se reían en corrillos y hostigaban a los transeúntes. Yo misma una vez las vi persiguiendo a una pobre mujer hasta la esquina de la calle y tratando de convencerla a voces de que podían ayudarla a alegrar sus «ojos tristes».

Cada poco asomaba por allí un tipo mayor fibroso que parecía estar al cargo de todas ellas. Salía por la puerta, las gritaba y las ordenaba volver a incorporarse al que resultaba ser su verdadero trabajo: repartir muestras gratuitas de crema facial.

No, muchas gracias.

Yo odiaba eso de recibir muestras. Odiaba entablar conversaciones con extraños. Por eso, solía evitar a esos grupitos de rusas hasta que un buen día una de las chicas llamó mi atención bien alto: «Ey, me mola tu estilo».

Aquellas palabras consiguieron detenerme. A fin de cuentas, ¿quién podía saber más de estilo que aquellas chiquillas? Se pasaban el día plantadas ahí fuera, contemplando a la gente híper de moda que desfilaba arriba y abajo por la gigantesca pasarela del Mundo Madison.

Y en esas, al final, inicié una cierta relación con aquellas rusas a las que desde hacía tiempo conocía de vista. Cuando me pillaban de buen humor, pasaba por allí, aceptaba el paquetito de crema facial que me daban y hablábamos sobre mis perros. Sin embargo, cuando estaba de malas, optaba por cambiarme de acera. Me di cuenta de que, si bien a otras mujeres las animaban a entrar a la tienda, a mí nunca me lo preguntaban. Así que me dije que quizá no me veían lo suficientemente buena para su loción facial.

Hubo un día en que me sentía especialmente depre, demasiado incluso para cruzar al otro lado. Ese redoble de tambores recordándome que ya estaba en la mediana edad (y que de ahí en adelante todo en mí iría cuesta abajo) no dejaba de retumbar en mi cabeza. Estaba absolutamente convencida de que ya no volvería a pasarme nada bueno, de que ya estaba en la edad de eliminar de mi vida todo aquello que llevara consigo excitación y placer, de que ahora ya lo único que me quedaba era mi inservible existencia.

Ese día, ese día en que consiguieron que cayera en su red, he de decir que también iba particularmente cargada de bolsas y trastos.

—Vas muy atareada —me espetó la chica que aquella vez anterior había piropeado mi estilo. Normalmente a mi paso intercambiábamos unas pocas palabras de cortesía. Aquella jovencita era la más amable de todas, y resultaba ser griega y no rusa.

En aquella ocasión me detuve. Por algún motivo, sentí que necesitaba explicarme. Sí, estaba muy atareada, pero no iba haciendo nada especialmente importante.

—Debes tomarte un descanso —me aconsejó otra.

Tenían toda la razón del mundo. Mi cuerpo necesitaba descansar.

—¿Fumas? —me preguntó el joven esbelto más esquivo, quizá por sus aires de modelo masculino. Me tendió una cajetilla de cigarros extranjeros.

Era la primera vez que me ofrecían un cigarrillo. Me dije que sería de mala educación rechazar uno, por lo que tomé uno. En aquel momento se me pasó por la cabeza que quizá querían que nos hiciéramos amigos.

—Ey —exclamó la chica griega—. Trabajas tantísimo que voy a hacerte un especial.

—¿Me lo estás diciendo en serio?

—¿Quieres olvidarte de todas esas bolsas que tienes bajo los ojos?

¡Qué demonios! Por supuesto que sí.

La chica lanzó una mirada al joven que parecía ser modelo, como si necesitara su aprobación para dejarme entrar. Era como si aquel hombre fuera el matón que hacía las veces de portero de su secreto club de crema facial.

Me miró de arriba abajo, alzó las cejas como si yo fuera algo así como una causa perdida, y asintió con la cabeza.

¡Me habían admitido!

El interior no me defraudó. Era blanco y brillante, como uno de esos elegantes decorados propios de Broadway. Escalones de mármol acentuados con oro conducían a lo que podría haber sido un pequeño escenario real. Sin embargo, allí solo estaba la caja registradora.

Sabía que me había equivocado por completo. Aquel era un sitio caro. Carísimo. Excesivo para mi presupuesto.

—Lo siento. Yo no puedo permitirme esto.

—Venga, vamos. No tardaremos más de cinco minutos.

Me resistía. «Cinco minutos» en el Mundo Madison equivalían a quince o veinte en cualquier otro lado.

—¿En serio que no dispones de cinco minutos? —preguntó, como si aquello le resultara imposible que fuera cierto—. ¿No tienes cinco minutos para ponerte guapa para tu novio?

Me eché a reír.

—No tengo novio.

—Posiblemente después de este tratamiento lo tendrás.

Me empujó para que me sentara en una silla que había frente

a la ventana. Me quitó las gafas y comenzó a pintarme la cara como si fuera un conejito.

—Eres guapa —me dijo—. ¿Por qué eres tan guapa?

Aquella era una pregunta sin respuesta. Y no solo eso, era una pregunta que inmediatamente sospeché que le haría a toda mujer que se sentara en esa silla. Sacó una jeringuilla gigante de un cajón y, expurgando una pastosa crema en tono beis, me la fue aplicando mediante unos golpecitos alrededor de los párpados superiores e inferiores de mi ojo izquierdo.

El resultado fue como uno de esos mágicos trucos de la ciencia (esos diminutos dinosaurios que crecían un 1000 % en agua, pero justo al revés).

Adiós a las ojeras y las líneas de expresión. La piel alrededor de mis ojos tenía un aspecto milagrosamente suave. Mi estado de ánimo subió de inmediato. Si era capaz de librarme de aquellas bolsas tan fácilmente, quizá también podía hacerlo de las múltiples arrugas que surcaban mi rostro. Cara más joven, vida fresca. Puede que, después de todo, mi vida no estuviera tan acabada. Quizá podía volver a subirme a la rueda una vez más.

La voz del joven ruso me sacó de mi ensimismamiento.

—¿Te has enterado de que ahora tenemos una oferta irresistible? Solo pagas 400 dólares por el producto y encima recibes una limpieza facial gratuita —trató de convencerme aquel modelo, que se había acercado hasta donde estábamos para ver los resultados.

—Eh, eh…, ¿un tratamiento facial? ¿Quieres decir de toda la cara?

Examiné la piel alrededor de mis ojos. Si realmente tenían algo que funcionara tan bien para el resto de la cara, claro que lo probaba.

Así que acabé comprando aquella crema antibolsas y antiojeras de 400 dólares y reservando una cita para el tratamiento facial al día siguiente a las tres de la tarde.

—Has tenido suerte —me dijo un chico de más edad—.

Krystal estará aquí mañana, así que ella se encargará de hacerte el tratamiento.

—¿Quién es Krystal? —pregunté.

—Es la esteticista capaz de hacer milagros con la piel.

—Es una auténtica diosa —le dio la razón el chaval que parecía modelo.

—En efecto, es algo así como la Madre Teresa de la juventud.

Y unos y otros continuaron hablando en el mismo tono de aquella misteriosa mujer rusa de nombre Krystal.

—Lo único que puedo decirte es que hagas todo lo que ella te diga —exclamó el hombre adulto.

¡Mierda! ¿En dónde diablos me había metido?

Fuera lo que fuera, a la mañana siguiente me desperté convencida de hacer algo por salir de allí. Por lo que se ve, las rusas también pensaron que podría arrepentirme, porque a las nueve en punto clavadas recibí una llamada de la chica de la tienda.

Quería confirmar mi cita. Me repitió lo afortunada que era. Krystal iba a ser quien me tratara, y esa Krystal cambiaría por completo mi vida.

No tuve las narices de cancelar.

Albergaba la esperanza de que aquel tratamiento fuera algo supertecnológico y poco médico. En lugar de ello, de nuevo fui llevada a otro tocador iluminadísimo en el que me hicieron sentar en un taburete giratorio. Debí de parecerles una persona escéptica, puesto que el personal no dejaba de acercarse para exaltar las virtudes de Krystal. Era un genio de la piel. El hombre mayor me informó de que podía considerarme muy afortunada por coincidir con Krystal en Nueva York, puesto que ella casi nunca estaba allí.

—¿Y dónde suele estar?

—Viaja por todo el mundo. Va a California. A Suiza. A París.

—¿Y a Rusia? ¿O no? —cuestioné.

Me miró con cara divertida.

Cuando por fin me quedé sola, me quité las gafas para poder ver mi teléfono. En ese preciso instante, Krystal salió de una especie de pequeño vestíbulo abierto.

Era muy muy atractiva. Lucía una camisa blanca muy fresca, una falda de tubo negra y unas zapatillas blancas. Tenía el pelo rubio platino, y en sus ojos sus iris azul claro se veían envueltos por una especie de banda de color azul oscuro. El cuello abierto de su camisa dejaba entrever la parte alta de sus senos. Llevaba un iPad y un cuaderno de esos que se pueden encontrar en cualquier tienda de barrio. Desprendía frescura. Demostró una gran determinación, como si estuviera representando un papel.

También tenía una espinilla en la barbilla. Se la vi cuando se inclinó sobre mí para escudriñar más a fondo mi piel.

Aquella espinilla me preocupó. ¿Acaso ella no usaba sus propios productos? ¿Alguna de todas aquellas chicas usaría sus productos? Al igual que yo, muy probablemente ellas tampoco pudieran permitírselos. La piel de ninguna de ellas se veía espléndida.

Y la mía, tampoco.

Krystal retrocedió un paso y me miró con firmeza.

—¿Qué tipo de persona eres?

—¿Disculpa?

—¿Eres del tipo de gente capaz de recibir bien una verdad?

—Digo yo.

—Apuesto a que todas tus amigas te dicen que estás guapísima, ¿no?

—Son mis amigas, así que...

—Pero yo no soy tu amiga, aún no. —Krystal dejó escapar un suspiro—. Precisamente por eso, yo voy a ser honesta contigo. Tu piel está mal.

Durante un momento me quedé petrificada. Amigas de mierda. Krystal tenía razón, suspiré.

—Justo por eso estoy aquí. Quiero mejorar mi aspecto.

Krystal me tocó el rostro.

—Se te ha ido un poco demasiado la mano con el relleno de las mejillas.

Todos los dermatólogos que me fueron viendo me decían lo mismo, aunque luego eran ellos los que decidían inyectarme un poquito más.

—¡Y tienes rosácea!

Sí, efectivamente, también tenía eso. Vamos, que, hasta ahora, nada nuevo.

De pronto llegaron las buenas noticias:

—Si haces todo lo que yo te digo, te aseguro que puedo arreglarte la cara. Tendrás una piel perfecta. Puedo hacerte parecer veinte años más joven.

¿Retroceder veinte años en el tiempo? Aquello eran palabras mayores. Parecía mucho pedir, y seguro que científicamente no era posible. Sin embargo, aún no estaba preparada para tirar la toalla.

—Y no volverás a tener que usar bótox ni rellenos —añadió.

Aquello sí que me sobresaltó. El bótox y los rellenos son los pilares gemelos que sustentan el sueño de parecer más jóvenes. Si realmente existiera en el mercado alguna crema con efecto bótox, a estas alturas de mi vida ya habría oído hablar de ella.

Y al poco me di cuenta de que sí que lo había oído.

Queenie me había hablado en una ocasión sobre ella. Recuerdo que me había contado que le habían dicho de mujeres que iban a Upper East Side a comprarse un montón de productos por miles de dólares, ya que les habían asegurado que luego ya no volverían a necesitar ni bótox ni rellenos.

Entonces incluso yo le había preguntado quién podía ser tan estúpida como para creerse aquello.

Y ahora resulta que estaba a punto de averiguarlo.

—Creo que puedo ayudarte —me dijo Krystal. Y se agachó ligeramente tal y como suele hacer la gente joven cuando piensa que su interlocutor es mayor de lo que realmente es y quizá no escuche bien. Mi línea de visión estaba en su escote. Levanté la vista enseguida y opté por mirarla fijamente a los ojos—. Debes prometerme algo.

—¿El qué? —le pregunté.

—Si te digo lo que tienes que hacer, ¿lo harás?

Dudé, mientras me preguntaba a mí misma si habría alguna forma educada de salirme por la tangente. Sin embargo, al momento, la chica griega me colocó una capa sobre los hombros, me enrolló una toalla alrededor del cuello y me cubrió con plástico. El taburete estaba girado, por lo que me quedé sentada frente al espejo.

Con capa y con toalla, sin gafas…, no hay duda de que parecía una presa fácil. Abrí los ojos de par en par y me mostré receptiva a lo que estuviera por venir.

PONGAMOS LOS NÚMEROS SOBRE LA MESA

—Y ahora ya empezamos con el tratamiento —me avisó Krystal. Trabajaba muy rápido y me iba cubriendo una mitad del rostro con una especie de pringue similar a la arcilla.

Nada más terminar, dio un paso atrás para que pudiera verme. Pegó su cabeza a la mía, como si fuéramos dos chicas en una foto de Snapchat.

—Hacemos primero un lado de la cara y luego el otro, para que así puedas ver los resultados y tú misma compruebes la diferencia entre el antes y el después. Estás con ganas, ¿no?

—Sí, con muchas.

Se sentó en su taburete justo enfrente de mí. Nos sonreímos la una a la otra.

—Entonces —le dije al rato—, ¿cuánto tiempo se tarda en cada lado?

Se encogió de hombros.

—Pues no sé. ¿Veinte o veinticinco minutos?

Al oírlo, se me cayó el alma a los pies. Eso quería decir que iba a estarme allí inmóvil como mínimo una hora entera.

El simple hecho de pensarlo me hizo agonizar. No era muy amiga de los tratamientos de belleza precisamente por eso, porque no tenía paciencia para estar allí sentada sin hacer nada. ¿Qué demonios se suponía que iba a hacer durante los próximos cincuenta minutos?

No tardé mucho en descubrirlo.

Krystal se hizo con algo así como una almohadilla de papel y un lápiz, y se acercó. Durante un momento, deseé con todas mis fuerzas que solo quisiera iniciar una conversación. Pero, muy al contrario, empezó a hacerme unas preguntas muy extrañas sobre mi economía.

¿Que cuánto dinero gastaba en bótox y rellenos al año?

—¿Dos mil dólares? —le cuestionaba.

Y ella me miraba con lástima.

—La mayor parte de las mujeres gasta doce.

Y apuntaba algo en su bloc de notas que yo, obviamente, no podía ver.

—¿Cuánto gastas en tu rutina para el cuidado de la piel?

—¿En mi rutina?

—Ya sabes, limpiador, tónico, cremas faciales... ¿Mil al mes?

Evidentemente, no.

Krystal negaba con la cabeza y se centraba en los números.

—Pues, a ver —empezó a decir—, ahora mismo esto es lo que gastas en un año en tu cara. Y esto de aquí —siguió, señalando otra cifra— es lo que gastas en más de dos años.

No quería tener que pedirle mis gafas para luego ponérmelas encima de todo ese potingue que tenía por la cara, así que hice lo que suelo hacer siempre en estos casos: fingir que lo veo.

Además, aún podía leer el lenguaje corporal de Krystal. Y estaba claro que a mí me tocaba ahora mostrar sorpresa e indignación. Y cumplí haciendo lo que se esperaba que hiciera.

Con mucha floritura, Krystal tachó todos aquellos números y volvió a escribir desde cero en una nueva página.

—¿Qué me responderías si te dijera que podría mejorar tu piel sin bótox ni rellenos y que en dos años y medio no tendrías que volver a comprar ninguna crema facial? ¿Y si encima te asegurara que, además, solo te costaría la mitad de lo que vienes pagando? ¿Y si te prometiera una piel dos décadas más joven en solo un par de años e incluso por menos de la mitad de dinero? ¿Y qué me dirías si te demostrara que yo puedo conseguirte todo esto y mucho más? ¿Pagarías por lo que te ofrezco?

—Pues no tengo ni idea.

Anotó otro número y lo rodeó como si de una profesora de colegio se tratara. Empezaba a inquietarme y a sentir náuseas. Aquello estaba completamente fuera de mi alcance.

Pero ¿cómo podía ser aquello? Era una mujer adulta cien por cien responsable tanto de mi vida como de mi cartera. Además, ¿cuánto podría costar aquella dichosa crema de cara?

Krystal comenzó a interrogarme sobre mis hábitos. ¿Me consideraba una persona disciplinada? ¿Era capaz de seguir una rutina?

—¿Una rutina?

—Vamos, que entonces deduzco que no tienes ninguna. Si alguien te diera una rutina, ¿la seguirías?

Pues muy probablemente no, en absoluto. Quizá yo sea muy vaga, pero en ese momento lo único que pensaba era: «Por favor, no me des otra tarea más, no me encargues otra cosa más que hacer, y encima probablemente absurda».

—Supongo que podría intentarlo —contesté con evasivas.

—¿Y unas cuantas instrucciones?

—Puedo seguirlas.

—Porque este tratamiento facial debes hacerlo una vez al mes.

—¿Qué facial?

Me sentía confundida.

—Yo te enseñaré cómo tienes que hacerlo. Y ahora vamos a comenzar por la crema de activación. Vas a notar un poco de calor.

Me extendió un gel claro sobre aquel pringue. E inmediatamente empecé a acalorarme.

—¿Notas el calor? —me preguntó—. ¿Lo sientes?

—Sí, ¿por?

—Significa que el producto está funcionando.

—Entonces, ¿realmente funciona?

Me miró fijamente.

—Claro, por supuesto que funciona.

Mostró «la prueba de la verdad». Fotos del antes y el después en su iPad a las que podía acceder a través de un enlace.

—Se supone que no podemos enseñarlas. —Miró a su alrededor furtivamente—. Pero te las enseñaré.

En aquel momento no pude evitar preguntarme a mí misma si aquella no sería una especie de maniobra intencionada, algo así como un doble juego. Porque..., si el producto funcionaba..., ¿por qué alguien no iba a querer mostrar esas imágenes anteriores y posteriores?

Krystal me explicó que la gente que aparecía en las fotos provenía de un pequeño pueblo de Siberia en el que nunca jamás se había utilizado crema para la piel.

—Por supuesto, nosotros les pagamos por usarla —me dijo encogiéndose de hombros.

Yo apenas podía ya escuchar sus palabras. Me había quedado completamente estupefacta al ver esas fotografías de mujeres con la cara arrugada como una manzana y luego convertidas en reinas de la belleza con el rostro más suave que uno pudiera imaginar.

Bueno, bueno, está bien. Los resultados no eran tan hipermegallamativos. Pero sí eran bastante llamativos. Tanto que yo ya no podía parar de cavilar sobre qué efecto tendría en mí esa crema milagrosa.

Tenía que probarla.

¿DE CUÁNTO ESTAMOS HABLANDO?

Cuando yo ya estaba lista para hablar de números, resultaba que Krystal no. De repente, a Krystal le invadieron las ganas de hablar sobre Dios.

—Esta mañana, cuando me desperté, recé a Dios —me contó—. Y Dios respondió a mis plegarias.

—¿De veras?

Durante un instante me sentí completamente confundida. Si yo me dedicara a vender y tuviera que vender una crema facial en el Mundo Madison, no estoy nada segura de que me pusiera a hablar de Dios.

—Creo que has sido enviada aquí por una razón —me dijo.

¿En serio? ¿Dónde estaba la cámara oculta? Si estabas sentada en una silla con un misterioso potingue en la cara, deberías saber que habías sido enviada allí por algún motivo. Y ese motivo era sencillo: van a desplumarte, sí, sí, así, tal cual. Van a sacarte dinero de una u otra manera. Y lo podrán hacer a dolor vivo o con sutileza. Pero, de un modo u otro, lo que está claro es que no lograrás escapar de esa silla, no serás capaz de volver a tu casa, no volverás a poder pasar por allí sin abrir antes de par en par tu cartera y soltar unos cuantos billetes de mil.

Y, de nuevo, le pregunté cuánto costaba.

Y también de nuevo Krystal intentó engatusarme con lo de la mitad de los dos años, y luego la gran sandez de los dos tercios… No obstante, esta vez le pedí que fuera al grano y me dijera de una vez por todas la cifra final. Volví a tener un mal *feeling* cuando se negó a pronunciar la cantidad en voz alta. Cuando una persona no te dice un número en alto, normalmente es porque ese número no es nada bueno. Justo eso es lo que hacen los vendedores de coches.

En lugar de decírmelo, anotó algo, lo metió en un círculo y giró la libreta para que yo pudiera verlo.

Esta vez no me importó un bledo la edad que aparentara.

121

Me incliné hacia delante para descifrar los números que aparecían en la libreta.

Estaban borrosos, pero fui capaz de distinguir un uno, un cinco y tres ceros.

Al principio mi mente se negaba a juntarlos y descubrir la cifra. ¿15 000?

¿Quince mil?

¿15K, a lo norteamericano? ¿Quince mil dólares por una crema para la cara?

El corazón se me salía del pecho. Imaginaba que aquella crema facial iba a ser cara, pero... ¿cómo iba a costar quince mil dólares?

Durante un segundo sentí como si me hubieran lanzado a otro universo.

Me esforcé en explicárselo a Krystal de la forma más clara que pude.

—Lo lamento mucho, pero yo no me puedo permitir gastarme quince mil dólares en una crema para la cara.

—Pero realmente son 750 al año.

—De verdad que lo siento, pero no puedo permitirme gastarme setecientos cincuenta dólares al año en una crema solar.

—Pero estás hablando de tu cara —me gritó Krystal, como si yo estuviera asaltando el santo grial de la feminidad—. Es tu carta de presentación. Tu forma de presentarte al mundo. Tu pasaporte para la vida.

La palabra *pasaporte* trajo a mi mente la última foto de pasaporte que me había sacado apenas seis meses antes. Había salido francamente mal.

Sin embargo, mi determinación era mucho más fuerte que una pésima foto de pasaporte.

Suspiré profundamente.

—Realmente no puedo.

Presuponiendo que algo no estaba yendo bien, el ruso mayor entró en la zona en que nosotras estábamos.

—¿Hay algún problema?

Nos miró acusadoramente, primero a mí y luego a Krystal, como si las dos estuviéramos causando algún tipo de problema en clase. Como si yo estuviera saltándome el guion y Krystal tuviera que esforzarse más para que yo aceptara lo que me proponía.

—No, no —respondí, mirando a Krystal—. Ningún problema en absoluto.

—Krystal cambiará tu vida. Ya lo verás. Sea lo que sea que Krystal te sugiera, por tu bien, hazlo —me recordó. Y movió el dedo.

Krystal informó de que había llegado el momento de quitarme la mascarilla. Fue más fácil decirlo que hacerlo. Retirar todo ese potingue resultó tedioso y llevó muchísimo tiempo.

Todo el mundo de la tienda se arremolinó a mi alrededor para ver los resultados. Por supuesto, no hubo ninguno. Pero, llegados ya a ese punto, lo cierto era que no me importaba nada.

FALSA BELLEZA

Sin nada de mascarilla en el rostro, era consciente de que aquella era mi última oportunidad para huir de allí. En el momento en que les permitiera ponerme la mascarilla en el otro lado, ya estaba perdida: sí o sí tendría que quedarme allí sentada otra media hora. Otros treinta minutos diciendo que no. No habría forma de escapar de allí y salir a la calle con la cara impregnada de ese potingue.

Y toda la gente de allí lo sabía también.

Así que, por mucha excusa que inventara, los rusos me las tiraban todas por tierra, insistiéndome en que no podía irme de allí con un lado de la cara mucho mejor que el otro.

—Me produces muy buenas vibraciones —insistió Krystal—. Estoy realmente convencida de que fuiste enviada aquí por una razón. Y he tomado una decisión. Voy a ayudarte.

—Pero...

—Tú tienes muchas amigas, ¿no?

—Efectivamente. O eso creo.

—Te diré lo que vamos a hacer. Tú y yo vamos a hacer un trato.

Inmediatamente lo aproveché como una posible salida para escapar de aquella encerrona. Aunque yo no pudiera permitirme esa crema facial, ¿realmente tenía amigas que pudieran hacerlo?

—Sí, tengo muchísimas amigas —le respondí—. Y créeme, todas van a querer hacerse también con esta crema facial. Les hablaré maravillas de ella en cuanto salga de aquí.

Pero Krystal tampoco iba a colar por ahí.

—Hablarás a tus amigas sobre estos productos. Pero no hasta que yo te lo diga.

—¿Perdona?

—Que no le digas nada a nadie. Debes guardar el secreto de la crema. No podrás decir nada hasta que tus amigas digan algo de tu piel. Hasta que se acerquen a ti y te digan: «Hola. Qué buen aspecto tienes. Tienes una piel maravillosa». Y luego ya entonces, solo entonces, podrás revelarles el secreto.

—¿Esto es algo así tipo Facebook?

—Intuyo que pasará en unos tres o cuatro meses. —Acercó más su taburete—. Dime la verdad. ¿Realmente es cuestión de dinero?

—Bueno...

—¿Cuánto te gastas en bolsos de mano?

—No lo sé.

Me sentía como si alguien me estuviera clavando agujas en los ojos.

—¿Y en zapatos? ¿Y si yo pudiera suministrarte estos productos durante diez años a cambio de diez pares de zapatos?

—No.

—¿De verdad gastas más dinero en tus pies que en tu cara? ¿Cuánto tiempo piensas vivir así?

—No lo sé.

—¿Y si hablamos de ocho pares de zapatos?

—Por favor —imploré.

—¿Cinco?

—De verdad que no puedo.

—Entonces, ¿cuánto puedes pagar? —preguntó.

¿Qué podía yo decir? ¿Que nada? ¿No puedo pagar nada? Miré a mi alrededor. Todo el mundo que había en la tienda nos miraba.

—¿Quizá dos pares y medio?

—Eso no es suficiente. ¿Y...? —Krystal escribió otro número en la libreta. Le dio la vuelta y me la acercó a la cara.

—¿Sí?

Miré el número y me rendí.

—Sí —dije—. Sí.

LAS REPERCUSIONES DE LA CREMA FACIAL

Cuando abandoné aquella tienda, completamente en estado de *shock*, mi cartera pesaba 4000 dólares menos, y las múltiples bolsas que llevaba encima, 9 kg más. Iba cargada de productos distribuidos en cajas de distintos colores. Dentro de las cajas había mascarillas, ampollas, cremas, tónicos, limpiadores y exfoliantes; todos ellos, con instrucciones que incluían imágenes borrosas de los productos y el orden en que debían utilizarse.

—Así que te acabaron enganchando —me dijo Queenie cuando volví a la aldea ese fin de semana.

—Pues sí, al final caí.

—¿Cuánto te dejaste ahí?

—Ehhh —contesté evitando decir mucho. ¿Acaso podía contarle la verdad? No. Ni siquiera podía decirme la verdad a mí misma. No podía ni digerirla.

—¿Unos dos o tres mil dólares? —mentí.

No podía ni explicármelo a mí misma. ¿Era posible que Krystal me hubiera hipnotizado para sacarme todo ese dineral? O quizás a mí me había dado demasiado miedo herir sus sentimientos o enfadarla.

Había otra parte que yo misma me negaba a admitir, y era que yo realmente quería esa crema facial. Bueno, mejor dicho, lo que yo quería era que la crema funcionara.

Necesitaba algo que tuviera sentido. Algo que no fuera una completa y absoluta pérdida de tiempo.

Usar aquellos productos no era nada fácil. Mi rutina implicaba preparar mascarillas finas y pringosas, y tenerme que tumbar con una especie de viscosa almohadilla sobre los ojos. Vamos, que tenía que reservar un tiempo a cuidar de mi piel.

Pero menuda mierda si la crema facial no funcionaba, y menuda mierda si no pasaba exactamente lo que Krystal le había dicho que pasaría.

Durante las seis primeras semanas, nadie percibió nada. Pero luego fui a mi dermatólogo y me dijo que mi rosácea había mejorado. Y tres meses después, la señora que limpiaba en mi casa me insistía una y otra vez en que parecía mucho más joven y más feliz. Cuatro meses más tarde, me encontré con unas viejas amigas y me dijeron que no habían sido capaces de reconocerme por lo joven que estaba.

Sabía que los efectos no durarían para siempre. La pregunta era: ¿qué iba a hacer cuando se me acabaran las cremas?

Y aquello sucedió antes de lo que pensaba. Justo cuando mi piel estaba en su pico más alto en cuanto a luminosidad, tres de los productos se me acabaron a la vez. Y en ese preciso instante hice lo que cualquier persona cabal haría, buscar los ingredientes por Internet y tratar de encontrar otros productos que dijeran tener el mismo efecto pero fueran mucho más baratos.

Y luego realmente no volví a pensar al respecto hasta que, tras el larguísimo invierno, los días empezaron a volverse más cálidos y los vecinos del Mundo Madison volvieron a llenar las calles para, otra vez, disfrutar del sol.

Y, de nuevo, las joyas destellaban en las grandes cristaleras mientras las modelos lucían *outfits* que uno solo podía llevar en su imaginación.

Pero no todo era igual. Había más lugares oscuros. Tiendas vacías abandonadas y ocultas tras ese tipo de papel marrón de construcción.

Y en esas no pude evitar sentir un cierto alivio al ver que las rusas volvían a estar allí en la puerta molestando a los transeúntes.

Me pregunté si me reconocerían.

—Ey —me gritó desde la distancia la chica griega—. Me gusta mucho tu estilo.

Hice una pausa en mi camino. ¿Acaso era el Día de la Marmota?

Aquello me hizo sentir molesta.

—¿Me estás tomando el pelo? ¿De verdad que no te acuerdas? Estuve aquí hace seis meses y me persuadisteis para que comprara esa crema para la cara.

—¿Eres una de nuestras clientas? —La chica me miró como si no pudiera creérselo.

¿No era suficientemente buena como para entrar en esa tienda, o es que estaba ya demasiado arrugada como para ser una de sus clientas? Y fue aquí cuando me percaté. Quizás aquella chica no se podía creer que yo fuera tan estúpida.

«Aquí tienes», me dijo, y me puso un paquetito de crema facial de muestra en las manos.

Y lo acepté.

CAPÍTULO 6
LA LOCURA DE LA MEDIANA EDAD

—No vas a poder creerte lo que ha pasado —me dijo Tilda Tia.

—Prueba, a ver.

—¿Recuerdas que Ess y Jennifer se fueron a una de esas escapadas de bienestar?

—Uhhhh.

—Pues parece ser que tuvieron una bronca monumental y que Ess le tiró a Jennifer una copa en toda la cara.

La verdad es que aquello debería de haberme pillado por sorpresa, pero no lo hizo.

Ess, cincuenta y tres, y Jennifer, cincuenta y siete, suelen ser lo que la gente da en llamar «buenas personas». Rara vez se muestran en desacuerdo con alguien y son capaces de sacrificar felizmente sus sentimientos solo por evitar que cualquier otro se sienta mal. De hecho, van incluso un paso más allá, y ambas están siempre dispuestas a cargar con las culpas de cosas que no tienen absolutamente nada que ver con ellas. Son ese tipo de féminas que ven *Real Housewives* convencidas de que todo está preparado.

Sin embargo, está claro que algo les pasó. Y ese algo es lo

que yo suelo llamar la «locura de la mediana edad», LME para los amigos.

LA LME ARRASA CON TODA UNA ALDEA

Puede que la meteorología también tuviera algo que ver en todo aquello. A casi 27 ⁰C, con poca humedad y un sol radiante, aquel clima no hay duda de que era el ideal para esos encuentros y, por supuesto, libaciones siempre tan apetecibles.

Es más, enseguida amigas de amigas empezaron a oír hablar de la alegría que imperaba en la aldea, y unas y otras no tuvieron ningún problema en autoinvitarse a pasar unos días. Y fue justo ahí cuando empezaron a aparecer los problemas.

Primero fue Margo, la amiga de Sassy. Acababa de decidir separarse de su marido en Atlanta y estaba deseosa de «probar» la vida de soltera, por lo que se embarcó en una excursión en barco con un cachorrillo. Como la gran mayoría de los eventos con jovenzuelos, aquello se prolongó mucho más de lo esperado, es decir, que Margo acabó bebiendo una copa tras otra a pleno sol y terminó arrestada en el aparcamiento de la Marina cuando, ni corta ni perezosa, intentaba sentarse al volante.

Después fue Marilyn.

Tan solo dos meses antes, Sassy y yo éramos incapaces de conseguir que Marilyn saliera de casa. Sin embargo, ahora Marilyn solo quería estar fuera. Día y noche. No se perdía una fiesta, estuviera o no invitada. De la mano de Queenie, a la aldea llegó también todo un rebaño de mujeres europeas que en nada estaban ahí quitándose el sujetador con el desenfreno ese propio de Saint-Tropez.

Los cuchillos comenzaron a volar en cuanto los hombres hicieron acto de presencia. Kitty y Margo tuvieron un encontronazo por culpa de un amigo de Kitty que flirteaba con las dos. Por su parte, Marilyn y Queenie discutieron por algo que

Marilyn le dijo a su novio a distancia. Tilda Tia también tuvo un enfrentamiento con alguien deseoso de encontrar gresca. Y, para rematar, Marilyn y yo casi llegamos a las manos.

Desde principios de verano se palpaba una extraña tensión entre Sassy, Marilyn y yo que no hacía más que ir en aumento a medida que los días iban haciéndose más largos. Quizá fuera porque nunca antes habíamos estado en una pandilla toda de mujeres y Marilyn estaba obsesionada con conseguir la aprobación de todo el grupo, pero lo cierto es que empezó a hacer y decir cosas completamente fuera de lugar. Si bien siempre había insistido en que a ella le gustaba pasar desapercibida, en un abrir y cerrar de ojos se convirtió en el centro de atención, y contaba a diestro y siniestro un sinfín de historias indiscretas sobre personas y lugares de los que Sassy y yo nunca jamás habíamos escuchado hablar. Evidentemente, las mujeres que acababan de conocer a Marilyn pensaban que siempre había sido así.

Era imposible explicar que antes hubiera sido de otra forma, y, durante un tiempo, esa Marilyn de antes y de después generó una enorme confusión.

Una tarde fue ya la gota que colmó el vaso. Marilyn entró y nos encontró a Kitty, a Tilda Tia y a mí sentadas en torno a la mesa de la cocina. No recuerdo ya bien los detalles de lo que nos hizo explotar, pero sí me acuerdo perfectamente de que, de repente, todas nos pusimos furiosas unas con otras. Llegó un momento en que le dije:

—Ya no te conozco.

—Pues esta soy yo. Aquí tienes a mi nuevo yo —me respondió Marilyn.

Entonces agarró todas sus cosas y amenazó con salir de allí violentamente.

—No vuelvas a huir como haces siempre.

La verdad es que soné un poco como una idiota, puesto que Marilyn nunca antes había huido, ya que ella y yo hasta entonces jamás habíamos discutido.

A partir de ahí las palabras nos golpeaban como si estuviéramos pegándonos bofetadas.

—¡Que te jodan! —me espetó Marilyn.

Me quedé boquiabierta. En dos décadas de estrechísima amistad, nunca nos habíamos dedicado la una a la otra esa palabra con J. Mis ojos no daban crédito. ¿Qué demonios nos estaba pasando?

—Pero ¡¿cómo te atreves?! —grité, mientras nos poníamos en guardia en el comedor.

Notaba el corazón a mil por hora. Estaba enfadadísima, molesta, y me invadía un sentimiento atávico. Era como si me estuviera enfrentando a una especie de demonio que no tenía nada que ver con Marilyn. Me parecía imposible que pudiéramos estar ahí, enfadada la una con la otra. Alzamos las manos como si fuéramos a pegarnos.

Pero nos detuvimos.

Algo pasó sobre nuestras cabezas y nos hizo recobrar el sentido.

Me di la vuelta, y ella también se la dio, o puede que aquello sucediera en el orden inverso. Pusimos distancia de por medio. Marilyn salió por la puerta principal y se fue directa al coche, mientras que yo regresé a la cocina de Kitty.

Las dos llamamos inmediatamente a Sassy.

Y Sassy nos obsequió con una de esas charlas trascendentales sobre que somos unas mujeres adultas hechas y derechas que no podemos comportarnos de ese modo. Aquellas no éramos nosotras, nos dijo. Y tenía razón. Aquello era la LME.

LME VERSUS CRISIS DE LA MEDIANA EDAD

Así, a simple vista, la LME se parece mucho a lo que la gente solía llamar la «crisis de la mediana edad» (o de los cuarenta).

Hace años, esta crisis afectaba sobre todo a los hombres, y

principalmente cuando se adentraban en la cuarta década de su vida. Se consideraba algo así como un rito de transición, una forma de rebelarse contra las restricciones de la sociedad. Esos grilletes que eran las obligaciones familiares y luego «el hombre» o la empresa para la que, hace mucho tiempo, la mayoría de los hombres trabajaban. En el momento de máximo fragor de la crisis de los cuarenta masculina, a un hombre solía darle por comprarse una moto, leer la *Playboy* o tener una aventura. A veces esta crisis de la mediana edad conducía al divorcio, aunque no necesariamente tenía que ser así. Se consideraba una fase. Una etapa que los hombres debían atravesar.

Paralelamente, a las mujeres no se les permitía pasar por ninguna clase de crisis de la mediana edad. En su caso, se decía que tenían ataques de nervios, que es lo que a día de hoy llamaríamos una «depresión no diagnosticada». Y así, hace años, durante esas crisis de la mediana edad, los hombres escapaban mientras a las mujeres no les quedaba más que meterse en la cama y cubrirse la cabeza con la almohada.

En la actualidad, pasar por una crisis de la mediana edad a los cuarenta y algo no puede sonar más absurdo. Para empezar, porque mucha gente no encuentra a su media naranja o se decide a tener hijos hasta los cuarenta. A los cuarenta es cuando la gente por fin comienza a madurar y adopta un comportamiento ligeramente adulto. Ahí es cuando compran casa a las afueras de las grandes ciudades y adoptan ese típico estilo de vida reproductivo que tan solo gira en torno a sus niños y a otros adultos con niños a su alrededor a los que los más pequeños de la casa inevitablemente atraen y a quienes los procreadores están obligados a llamar «amigos».

Y es que el estilo de vida reproductor de hoy es agotador, extenuante y tenso, porque consume muchísima energía tanto mental como física, y todo eso ejerce un efecto de disuasión que aleja cualquier posible crisis de la mediana edad. Simple y llanamente, lo que sucede es que no hay tiempo para plantearse el sentido de la vida ni hacerse a uno mismo la famosa pregunta de «¿Qué pinto yo aquí?».

No obstante, el hecho de que el estilo de vida reproductiva aleje la crisis de la mediana edad no significa que esta se vaya del todo. Únicamente supone que sucede más tarde en la vida. Y por lo general tiene lugar justo en el peor momento que puede haber para una crisis de la mediana edad, al mismo mismo tiempo que acontecen otro grandísimo número de acontecimientos que transforman por completo la existencia humana, véase un divorcio, un fallecimiento, la menopausia, el abandono del nido por parte de los hijos y la pérdida del trabajo.

Antes no solía ser así. Los cincuenta y pocos se relacionaban directamente con el inicio de la jubilación (trabajar menos, bajar el ritmo, dedicar más tiempo a las aficiones y las amistades, quienes, exactamente igual tú, avanzaban hacia un estilo de vida más ocioso y relajado). En resumidas cuentas, a la edad de la jubilación ya no se esperaba de la gente más que el que envejeciera y engordara un poco, y tuviera que ir más tanto al médico como al baño. Nadie albergaba la esperanza de que alguien próximo a jubilarse se dedicara a hacer ejercicio, emprender, mudarse a un estado distinto, echar polvos de vez cuando con extraños, ser arrestado y empezar de nuevo desde cero, salvo, eso sí, con una décima parte de los recursos, y en muchos casos regresando a una situación social y económica idéntica a aquella de la que han estado intentando escapar durante sus treinta y cuarenta.

Pero así es exactamente hoy la vida de muchas mujeres de cincuenta y sesenta años.

EL IMPLANTE DE PECHO EXPLOSIVO Y LA FELIZMENTE INFELIZ VIDA DE DESPUÉS

He aquí el ejemplo de Ess. De muchas maneras distintas, su historia es la típica de una mujer en plena LME, excepto por el hecho de que su LME tuvo lugar en ese acomodadísimo mundo solo asequible para un uno por ciento. O sea, en teoría, Ess debería de haber sido capaz de permitirse un techo bajo el que dormir. Ess no es ni de lejos el parangón de la virtud femenina, ni tampoco pretende serlo. Digamos más bien que representa al prototipo de mujer que hace todo aquello que la sociedad dicta a las mujeres que deben hacer; que quiere todo aquello que la sociedad dice a las mujeres que deben querer, y que se ha dado cuenta de que es mejor no pararse a pensar mucho en ello.

Ess creció en Southern New England, en un grandísimo rancho en una urbanización de casas nuevas. Aquel era uno de esos lugares en los que todo el mundo gana más o menos lo mismo, lleva un estilo de vida similar y viste de forma parecida, con prendas de los mismos *outlets* y catálogos.

Ess tenía dos hermanos mayores y una hermana más joven que ella. Ess y uno de sus hermanos, Jimmy, eran muy guapos. Su hermana, que era idéntica a su madre, era la inteligente de la familia. Ess era la niña de los ojos de su papito. Como muchos otros hombres en aquella época, el padre de Ess era lo que hoy consideraríamos un alcohólico, pero por aquel entonces era un «bebedor habitual». Volvía de la oficina a las cinco de la tarde y, a las seis, cuando la madre de Ess conseguía que todos estuvieran ya sentados a la mesa para cenar, él ya se había ventilado tres *gin-tonics*. A veces lo de que papá bebiera era bueno. Pero otras, no tanto. Cuando la borrachera agriaba el carácter de su padre, Ess buscaba la forma de divertirlo y entretenerlo para que dejara a un lado su terrible mal humor, por lo que todos los demás de casa le estaban silenciosamente agradecidos. La niña daba por sentado que aquel era su trabajo. Probablemente de por vida.

Cuando la niña se graduó del instituto, Ess se detuvo a valorar bien sus cartas. Era alta y delgada, y tenía el cuerpo ese atlético que se decía, un eufemismo para evitar decir que era más plana que una tabla. Llevaba una copa A. Sin duda, un fastidio. No tener tetas estaba en lo más alto de la lista de imperfecciones femeninas aberrantes, muy por encima de ser «gorda», «peluda» y «gorda y peluda». Ser plana se consideraba toda una anormalidad, un verdadero insulto al género masculino, ese tipo de cosas que sus hermanos nunca se cansaban de repetirle. Y ellos no eran los únicos. Durante todo el décimo curso fue acosada por un compañero en concreto que se burlaba de su falta de plenitud. Solía ir hasta su casa en motocicleta y, una vez allí, le disparaba con su pistola de balines.

—Un día te mataré —la amenazaba a voz en grito.

—Eso es porque le gustas y no sabe cómo expresarlo —la consolaba su madre, aunque Ess sabía que era mentira. Realmente aquel chico la odiaba.

Frente al espejo, mirándose de arriba abajo, Ess se daba cuenta de que solo había una forma de vengarse no solo de aquel muchacho, sino de todos los demás como él: siendo modelo.

Y lo logró. Trabajó muchísimo, lo suficiente como para mantenerse a sí misma en ese mundo de dinero, drogas y *rock and roll* en el que las modelos invertían su tiempo cuando no estaban ante las cámaras. No obstante, y a diferencia de muchas otras chicas, Ess jamás esperó que aquel estilo de vida fuera a ser el suyo para siempre. Ella soñaba con formar ese tipo de familia cariñosa e inquieta que ella misma había tenido de niña.

A los veinticinco años, Ess se casó con el amor de su vida, un atractivo exjugador de fútbol profesional de Irlanda que había cambiado el balón por la promoción inmobiliaria. Desde fuera, parecía una pareja muy bien avenida. Ess era algo así como una dinamo social, esa clase de personas que saben romper el hielo entre los extraños, alguien capaz de sonsacarle la confesión más íntima al hombre más poderoso de la sala. Era una mujer muy apañada, en absoluto peligrosa. Al revés, disfrutaba ayudando al otro a solventar sus problemas. Por su parte, su marido, con su pasado deportivo, impresionaba a todos los familiares de Ess en las barbacoas del 4 de julio.

El matrimonio fue sobre ruedas durante unos cinco años, pero a continuación llegó el batacazo con la realidad.

Ess tuvo dos hijos varones. Se marcharon de Nueva York, su marido perdió todos sus contactos y empezó a ganar menos dinero, y ella intentó con todas sus fuerzas trabajar, pero solo sabía ganarse el pan como modelo, y a esas alturas de la vida era evidente que no, que ya no volvería a tener el cuerpo que le hacía falta para hacerlo. La situación continuó así durante unos cuantos años, hasta que su marido, al poco de cumplir los cuarenta, se vio sorprendido por la crisis de la mediana edad y se largó.

Y resultó que aquel hombre no tenía ni un duro. De hecho, fue un divorcio sencillo, ya que no tenían nada que repartirse.

Sin un sitio al que ir, a Ess le tocó regresar a su casa, otra vez a ese rancho en el que se había criado. Todo estaba igual, excepto por el hecho de que en esta ocasión sus hijos ocuparon las habitaciones de sus hermanos, y ella volvió a aquel cuarto rosa y recargado de su infancia.

Sus padres adoraban a sus nietos. Sin embargo, tenían ya setenta y alguno, y justo entonces estaban saboreando la jubilación esa, prototipo de antes, que incluía muchas horas de golf al día y escapadas de fin de semana al increíble casino Mohegan Sun para ver a Celine Dion. Saltaba a la vista que lo de tener a una hija divorciada de cuarenta y dos años y sus dos hijos en casa no era el plan que más les gustaba para la etapa de la vida en que se encontraban.

Si esta fuera una historia inventada, justo este sería el capítulo en el que Ess tomaría la determinación de cambiar. Dejaría de ver la vida pasar y tomaría las riendas para escribir su propia historia. Encontraría un lugar en el que vivir con sus dos retoños casi adolescentes, una vivienda pequeña pero limpia y con posibilidades de mejora. Ella misma pintaría las paredes y, milagrosamente, conseguiría que sus dos hijos la ayudaran. En cuanto los viéramos reírse y jugar a lanzarse pintura los unos a los otros, tendríamos la certeza de que Ess sería capaz de mantener el barco a flote. Y ahí sería cuando conseguiría trabajo en una pastelería y descubriría su talento oculto para la decoración de tartas. Y el tiempo iría pasando, y todo seguiría bien... En todas esas historias que las mujeres se cuentan entre ellas, la mujer siempre tiene una habilidad especial o un don oculto que le permite ganar dinero, cuidar de sí misma y de sus hijos y mantener su dignidad.

Sin embargo, en la vida real las cosas no siempre son así.

Frente a ese espejo de su dormitorio en el que se observaba de niña, Ess vuelve a hacer recuento de lo que tiene. Su cara sigue siendo bonita. Sus piernas también se conservan muy bien. Pero sus pechos (sus malditos pechos otra vez) no podrían tener peor aspecto. Dos uvas pasas arrugadas. Haciendo oídos sordos a las advertencias de su madre («Unos pechos pequeños nunca se recuperan de la lactancia», le siseaba cada vez que Ess se desabrochaba la camisa), Ess había amamantado. Se afanaba en proteger a sus hijos de cualquier daño, sin darse cuenta de que para lo que no había defensa alguna era para esa mala suerte con que de tanto en tanto nos sorprendía la vida.

En el mundo de antes, en ese mundo en el que la gente permanecía junta, las tetas caídas y los signos de la edad no importaban ni lo más mínimo. Sin embargo, ahora no podían importar más.

Precisamente eso es lo que hizo que Ess fuera a ver a un cirujano plástico para un aumento de mamas.

Consiguió el nombre a través de una amiga y, cuando llegó a su consulta, se sorprendió al ver tras la mesa del despacho a un hombre rechoncho y de aspecto normal que le recordaba al padre de alguien. Lucía una especie de mascarilla óptica que oscurecía sus ojos y le confería el aspecto de un robot.

La enfermera, que en ningún momento se movió de la habitación, suavemente le abrió la bata de papel a la altura de los hombros para dejar ver esos dos pedazos de carne sin vida. Con la mirada fija al frente, el cirujano agarró con cuidado sus pechos como si estuviera pesándolos en una balanza.

Se deslizó hacia atrás en el taburete y suspiró. Ella se incorporó y se cerró apresuradamente la bata.

—Me da que puedo hacerte muy muy feliz —le dijo.

—¿En serio? —le cuestionó ella.

—Puedo hacer que utilices una copa D. Si me apuras, incluso una doble D. Tienes mucha carne extra.

—¿Y eso es bueno? —preguntó Ess.

—¡Es absolutamente fantástico! —añadió la enfermera asintiendo con la cabeza—. Eso quiere decir que vas a tener pechos de modelo de bikinis.

—Vas a parecer una jovencita de veintiún años —le aseguró el médico orgulloso.

Por fortuna, Ess estaba como loca por parecerse a una de veintiuno. Cualquier otra cosa la habría sumido en la miseria.

Tuvo que pagar el tratamiento por adelantado: trescientos cincuenta pavos cargados a la tarjeta de crédito.

Abrió los ojos tras la operación ante lo que fueron más buenas noticias:

—El doctor fue capaz de ponerte un poquito más de pecho del que hablamos. Ya eres oficialmente copa E —chilló la enfermera, de modo que lo de «copa E» se escuchó como si fuera un ratón el que estuviera hablando—. ¿Es que no es fantástico?

Ess trató de respirar profundamente y casi entra en pánico. Notaba un peso al que no estaba acostumbrada a la altura del tronco. El peso de los pechos. El peso de la atracción sexual. El peso de desear y ser deseada. Por un momento, se preguntó qué había hecho. ¿Estaba preparada para tal cosa? Por el peso que notaba, podía adivinar que sus senos eran grandes. Muy grandes. Se preguntaba cómo sería capaz de maniobrar por el mundo con semejantes montañas de sal, así, literalmente. Sus pechos serían inevitables, y absolutamente todo el mundo se pararía a mirarlos. El simple hecho de pensar en los hombres mirándola, deseándola, la activaba por dentro.

—Tu nuevo cuerpo va a experimentar muchísima diversión. Salir de compras, comprarte sujetadores sexis—le decía la enfermera—. Además, ahora tienes la excusa perfecta para comprarte todo un armario nuevo de ropa. Ya verás. Toda tu vida va a cambiar.

Parecía deseosa, y es que ¿por qué no? A todas las mujeres les suena eso de renovarse. Es más, es algo que entendemos como una historia de éxito. Cuando una mujer logra una versión más agradable, comercial y universalmente aceptable del estereotipo femenino, a partir de ahí vive una vida completamente diferente.

Tanto es así que Ess descubrió que tener ese nuevo cuerpo era como tener un bebé. Todo el mundo a su alrededor lo celebraba. La única diferencia era que esta vez ella no se sentía tan agotada, tenía un aspecto radiante e incluso podía beber. Muy poco después empezó a hacer nuevas amistades. A sus nuevas amigas las conoció en la *happy hour* de un bar del muelle próximo a la estación de tren. Unas estaban casadas y otras no, pero todas ellas lucían una piel de lo más bronceada, iban hiperarregladas, llevaban ropa carísima y, como ella, se habían puesto implantes de pecho.

Ahogada por el tácito desacuerdo de sus padres, a Ess no le quedó otra más que dejar su casa para poder quedar libre y soltarse la melena con sus nuevas amigas, quienes se mostraban muy empáticas con su calamitosa historia pasada. Sabían que se había casado con el amor de su vida, que él había destruido todos sus sueños y que ahora ella iba a hacer lo que tenía que haber hecho desde el principio. Y la animaban a ello. Se casaría con un tío solo por dinero.

De cara a la galería, sus nuevas amigas la aplaudían. En el mundo de las mujeres, utilizar a un hombre por su dinero se considera la moneda de cambio que se merecen, es la venganza femenina por ser usadas para casi todo.

Sin embargo, si bien la idea de casarse con un tío por dinero parecía buena, la verdad era que su ejecución solía resultar bastante problemática. Encontrar a un hombre ya era de por sí harto complicado, tuviera el dinero que tuviera. Dicho de otro modo, cuando una mujer dice: «Voy a encontrar a un hombre rico con el que casarme», la gran mayoría piensa en secreto: «Síííí, claro, claro».

Sin embargo, en el caso de Ess, fue dicho y hecho. Y eso es precisamente lo que torna su historia un poco diferente.

Hasta el mismísimo día de su boda, ella incluso admitía que no estaba enamorada de aquel hombre. Algo también bastante inusual. En la típica historia en la que una mujer se casa con un hombre por dinero, nunca se espera que la mujer lo admita. Al contrario, se espera de ella que al menos finja amar al hombre con el que va a pasar por el altar. Mas todo aquello no iba con Ess. Mientras se vestía de blanco en la recargada *suite* nupcial de mil dólares la noche, en aquel hotel y rodeada por todas sus damas de honor, Ess se encargó de recordarles a todas que solo se estaba casando con Eddie por la pasta que tenía.

—Entonces no lo hagas, cariñito —le imploraron dos de sus amigas.

—Tengo que hacerlo. Por mis hijos. Venga, chicas —les dijo mientras estas pasaban su vestido de novia por encima de sus brazos levantados—, aquí no hacemos nada.

Durante los siguientes cinco años, aun cuando su esposo, Eddie, demostró ser alguien mezquino y egoísta que no se cansó de pregonar a los cuatro vientos lo estúpida que era, Ess en ningún momento se quejó. Sus hijos tenían un buen techo bajo el que dormir, iban al mejor colegio que había…, y aquello era lo verdaderamente importante. Y cuando su marido empezó a beber más y de vez en cuando se ponía violento, ella le restaba importancia. Se llegó a preparar otra cama, y dormiría en ella, no le importaba, aunque tuviera que hacerlo durante el resto de su vida.

Poco después su marido fue al médico, quien le advirtió de que, si no dejaba de fumar y beber, moriría.

Otros hombres habrían pasado —a fin de cuentas, todos vamos a morir algún día—, pero no fue así en el caso de Eddie. Él era uno de esos hombres de mediana edad que de pronto vio la luz y fue hacia ella.

Eddie volvió de la consulta del médico blanco y agitado. Ess estaba en la cocina, preparando una jarra de sangría blanca. Cuando Ess contempló el rostro pálido y sudoroso de Eddie, durante un momento pensó que le estaba dando un infarto y durante un momento también su reacción inicial no fue de miedo o terror, sino de la alegría que despertaba en ella pensar que su esposo iba a morir y así pondría fin a todos sus problemas. Pero la vida no fue tan benévola con ella.

—Estoy asustado —confesó Eddie.

E inmediatamente dio el salto a la vida sana. Esto sucede cuando una persona que jamás ha mostrado un ápice de interés por su cuerpo de repente se obsesiona con él. Empieza a hacer ejercicio y a ponerse al día respecto a todo lo que tiene que ver con ello, por lo que comienza a hacerse con dispositivos para medir su progreso y contabilizar calorías. Y, una a una, comienza a sacar cosas de su dieta: hidratos de carbono, azúcar, gluten, harina, carne y productos lácteos. Y, por supuestísimo, el alcohol.

De vuelta a aquel día en que todo pasó, otro en su lugar habría negado con la cabeza y continuado bebiendo ese cóctel como si nada. El interés excesivo por la salud propia antes se consideraba autoindulgencia. Se suponía que nadie podía intentar alargar su vida mediante el ejercicio para engañar a Dios en lo referente al momento que tenía decidido para el adiós de cada uno. Es más, ese repentino interés por la salud solía indicar que la muerte no aguardaba muy lejos. Por mucho que intentes correr, la muerte siempre te acaba alcanzando, como bien ilustra el hecho de que es bastante común que un hombre de mediana edad fallezca por un paro cardíaco fulminante mientras sale a correr.

Aquella misma noche, mientras Ess bebía sangría, ella y Eddie se enfrascaron en una horrible pelea. Eddie insistía en que, puesto que él debía dejar de beber, ella tendría que hacerlo también. Y, según él, su esposa también debería despedirse de la carne y los hidratos de carbono. En cuanto Ess se opuso, su marido le advirtió que engordaría, que él no la cuidaría y que dejaría de excitarlo. A la mañana siguiente, Eddie partió para Miami, donde se recuperaría de su adicción en una clínica de desintoxicación que le costaría setenta mil dólares mensuales.

Y funcionó. O eso parecía. Eddie regresó sobrio, con casi 5 kg menos, obsesionado con el yoga, el *krav magá* y el *kale*. Y decidido a pedir el divorcio.

Se marchó de casa y se alojó en un hotel de lujo.

En ese tiempo Ess comenzó a husmear entre sus cosas inocentemente. No había pasado mucho tiempo cuando empezó a descubrir cosas: sí, Eddie se había pasado un mes en una clínica de rehabilitación. Pero, inmediatamente después, se había instalado en un hotel y había pagado miles de dólares por mantener relaciones sexuales con una amplia variedad de mujeres.

Ess se desahogó con sus amigas, quienes enseguida corrieron a su lado. Y siguieron saliendo a la luz más detalles sucios. Como que Eddie una vez estaba tan borracho que se había desmayado en un avión y meado encima. O que había arrojado por una góndola los esquíes de una amiga porque esta le había pedido que apagara su cigarrillo. O que había llamado «gorda» a Ess.

No cabía duda alguna: Eddie era el malo de la película. Sin embargo, y como les sucedía a muchos hombres, no era capaz de ver su comportamiento abusivo y sexista, y todo lo malo que había en él. Desde su perspectiva varonil, siempre debía haber un ganador y un perdedor. Y como él no podía ser el perdedor, debía intentar proclamarse ganador, lo que suponía que tenía que demonizar a Ess. Sí, Ess debía saber que todo había sido por su culpa.

Eddie contrató a un superabogado para que fuera detrás de Ess. El superabogado aseguró que Ess iba diciendo a la gente que Eddie era un matón, un abusador, un alcohólico…, por lo que Eddie además la demandó por calumnias.

Este nuevo y desagradable hombre empeñado en clavarle puñales por la espalda multiplicaba exponencialmente los niveles de estrés y ansiedad de Ess. Cada comunicación activaba el nivel rojo de su modo de respuesta de lucha o huida. Estaba prácticamente a reventar de cortisol.

De hecho, es más que probable que todo ese estrés provocara lo que pasó después: uno de los implantes de pecho de Ess explotó.

Tilda Tia aseguró que aquello no la sorprendía. Por su experiencia, sabía bien que los implantes de pecho a menudo iban mal y que no duraban para siempre, a pesar de que los profesionales no solían avisar de ello antes de ponerlos.

Y así, en mitad de un terrible divorcio, Ess ingresó en el hospital para la primera de dos operaciones para retirarse el implante. Cuando abrió los ojos tras la intervención, todo su tronco estaba cubierto por vendas entrecruzadas y ligeramente ensangrentadas.

Pese a todo, no se sentía tan terriblemente mal. O no lo terriblemente mal como para evitar plantarle cara al destino riéndose de su situación y preguntándose a sí misma: «¿Qué más podría ir mal ahora mismo?».

Si Ess se hubiera encontrado en cualquier otro momento vital, aquella habría sido una pregunta retórica. Sin embargo, y puesto que Ess estaba presa en el círculo de la locura de la mediana edad, la respuesta a «¿Qué más podría ir mal ahora mismo?» no podía ser otra más que un «Espera y tiempo al tiempo».

Al tercer día de su recuperación, Ess recibió una llamada de teléfono de su hermano en la que le informaba de que su padre, de ochenta y siete años, había salido a dar una vuelta con el coche y se había chocado contra un árbol. Le contó que lo habían llevado enseguida al hospital, pero que había fallecido hacía quince minutos.

Y para sus hermanos y su madre, todo había sido por culpa de Ess.

Ess había asumido toda la responsabilidad en lo concerniente a sus padres. Era ella quien iba por su casa cada poco para ver cómo estaban y se encargaba de llevar a su padre al supermercado o adonde quisiera ir, que normalmente era al restaurante de la zona, donde solía pedir los sándwiches menos saludables que uno sería capaz de imaginar, cargadísimos de carne procesada y queso. Sin embargo, todo aquello terminó cuando Ess se vio envuelta en su tormentoso proceso de divorcio y luego tuvo que ser operada de urgencia. Y todo eso, a sus ojos, también había sido buscado por Ess. Finalmente, había acabado encontrando a ese marido rico que tanto había buscado, a alguien que pudiera mantenerla. Y ahora todo había saltado por los aires. ¿De verdad que ella no sabía hacer nada bien?

Y en esas, Ess comenzó a albergar pensamientos negativos sobre la locura de la mediana edad.

LOS MALOS MOMENTOS DE LA
LOCURA DE LA MEDIANA EDAD

En la locura de la mediana edad, habrá una serie de momentos psíquicos que te harán querer gritar. Por ejemplo, cuando te miras en el espejo y ves que no tienes ninguna razón para seguir viviendo. Uno de esos días en que todo lo ves negro.

Y es que los pensamientos son como pequeños pies. Empiezan abriendo un camino y luego dan lugar a toda una fosa de dudas y desesperación. «Pero ¿qué hice mal yo para merecerme esto? ¿En qué parte me equivoqué? Y ¿en serio que esta es mi vida?».

Justo eso es lo que empezó a pasarle a Ess. En cuanto se despertaba por las mañanas, comenzaba a pensar que quizá todo iría mejor (para sí misma y para el resto) si ella no estuviera. Pero entonces se daba cuenta de que estaba siendo muy estúpida y autocomplaciente. Tenía dos hijos en los que pensar. Y una segunda operación que la aguardaba a la vuelta de la esquina.

Y ahí fue cuando la señorita suerte por fin agitó su varita mágica. Puesto que su implante había explotado, el seguro también le cubría la reconstrucción, para la que le hacía falta una liposucción y una pequeña reducción de abdomen. Vamos, que, de repente, el cuerpo de Ess saldría del quirófano absolutamente remodelado. Ess preparó su bolsa para el hospital con muchísimo cuidado. Después de su última visita, ya sabía de qué iba el tema. Los pitidos constantes. Ese dormir difuso y en penumbra. Las sábanas de poliéster del hospital. Todo ese personal amable de planta, que, cuando se paraba a pensar al respecto, se daba cuenta de que habían sido los únicos amables con ella en las últimas seis semanas. Como poco..., ¿quién últimamente se había molestado en fingir cuidarla y, encima, lo había hecho?

¿Cómo era posible tal cosa?

Mientras Ess conducía su coche de camino al hospital, se reconoció a sí misma que estaba deseosa de pasar unos cuantos días allí.

A la mañana siguiente, envuelta como una momia en una especie de faja muy ajustada, con un sujetador de soporte y una envoltura de gel deportiva, la última tecnología en vendajes, Ess volvió a casa.

Atravesó la pesada puerta delantera, cruzó el vestíbulo de doble altura (requisito imprescindible en los hogares acomodados, pues no hay mayor signo de opulencia que el contar con espacios vacíos que no valen para nada), subió una de las escaleras dobles y entró en su gran *suite*, equipada con un vestidor y todo un pasillo con espejos. Sacó su teléfono móvil y se hizo una foto. A continuación, se la envió a cinco de sus amigas, y luego se fue directa a la cama y durmió durante dieciséis horas.

Una de aquellas amigas era Tilda Tia. Y fue ella quien se encargó de informar a las demás de que la operación había sido todo un éxito y de que nadie podría imaginarse lo espectacular que estaba Ess.

Incluso nos enseñó las fotos más recientes. Con prendas deportivas en color negro sobre el sujetador de soporte, Ess parecía haberse deshecho de la mitad de su peso.

—No puedo creer que hayan conseguido hacer algo así —afirmé.

—Es increíble lo que son capaces de hacer hoy en día —añadió Tilda Tia—. Y gracias a Dios que es así. Ahora ya posiblemente pueda encontrar a otro hombre. Porque..., seamos sinceras. No tiene muchas opciones. No lo tiene fácil para encontrar trabajo.

Yo me quedé blanca.

—Es la pura realidad —añadió Tilda Tia a regañadientes—. No todas las mujeres tienen una gran carrera. Fíjate en Jerry Hall. Se casó con uno de ochenta y siete años. Eso es lo que te espera cuando eres como Ess.

—Salvo que seas una versión aún mucho peor —señaló Kitty—, lo cual es incluso más deprimente.

No obstante, todas estuvimos de acuerdo en que la cirugía había sido un éxito rotundo. Y el triunfo de una amiga, haya llegado como haya llegado, es un triunfo para todas. Y eso demuestra que quizá claro que podemos hacer lo que todas tememos que no podemos: vencer todos los obstáculos que se nos interpongan por el camino.

Sin embargo, la locura de la mediana edad no funciona así.

La LME es como Medusa: que le cortas la cabeza y le vuelven a salir otras dos.

Dos semanas más tarde, mientras Ess continuaba en casa recuperándose, recibió una llamada de su vieja amiga Jennifer. Jennifer y ella llevaban años sin verse, pero Jen se había enterado de la situación de Ess y quería saber cómo estaba. Ess se sentía muy agradecida. Puso a Jennifer al día de todos sus problemas recientes. Finalmente, le había tocado poner su casa a la venta, y Eddie le había dicho al agente inmobiliario que ella era una alcohólica. Había perdido a su padre de una forma terrible, y su madre seguía sin dirigirle la palabra y no le permitía quedarse con ninguno de los recuerdos de su progenitor. Y sus hijos estaban fuera, de campamento, y ella se había quedado completamente sola.

Por eso, Jennifer le había sugerido, aunque no una solución, al menos un descanso de sus problemas: un viaje a un *spa* en Arizona. Jennifer había ganado un viaje para dos en un sorteo. Y Ess únicamente tendría que pagarse su vuelo.

Ess aceptó. Y aquello podría haber sido exactamente lo que tanto necesitaba si la LME no hubiera estado a punto de iluminar el cielo con bombas fétidas.

Y es que en la LME dos mujeres que una vez pensaron tener todo en común, de pronto, descubren que sus vidas no podrían ser más diferentes.

Al igual que Ess, Jennifer también tenía dos hijos y se había casado dos veces. Al principio de su trayectoria profesional como agente inmobiliario, Jen conoció al que pintaba ser el hombre perfecto. Se dieron el «Sí, quiero»; tuvieron dos hijas, y Jennifer siguió trabajando.

A los treinta y pocos, los dos se pusieron los cuernos, y el matrimonio saltó por los aires. Sin embargo, a diferencia de lo que le pasó a Ess, cuando su primer marido se marchó del hogar familiar, Jennifer no tuvo que vender su casa. Es más, ni tan siquiera tuvo que mudarse o cambiar su vida en absoluto. En cierto modo, ella lo había tenido todo más fácil. Su vida continuó apenas sin cambios, trabajando, cuidando de sus niñas y ocupándose de la casa. La única diferencia era que su marido ya no salía en las fotos.

Un tiempo después, Jennifer conoció a un hombre maravilloso de su misma edad y también agente inmobiliario. Y se enamoraron, se casaron y montaron su propio negocio.

Ahora, quince años después de aquello, aún siguen juntos. Viven en una casa muy bonita, tienen sus ahorros y muchos grandes amigos. Jen está muy unida a sus hijas, que también viven cerca. Y muy pronto, Jen está convencida de ello, sus niñas empezarán a salir con alguien de su círculo más próximo. Se casarán, tendrán hijos y trabajarán. Y Jennifer se convertirá entonces en su modelo a seguir.

En algún momento, Ess llegó a pensar que su vida (aunque tal vez no fuera tan feliz) podría parecerse un poco a la de Jennifer.

Pero ahora sabía que eso era imposible. Un hecho del que ninguna de las dos sería consciente hasta su enfrentamiento en Arizona.

Jennifer, que viajaba desde un aeropuerto diferente, se levantó temprano para hacer sus ejercicios de yoga antes del vuelo. Por su parte, Ess amaneció tarde y bastante nerviosa. Había estado bebiendo demasiado ella sola. En el pasado, beber aliviaba el dolor y, cuando se despertaba, todo le caía bien. Sin embargo, el tema ahora era bien distinto. Se entregaba al alcohol, se despertaba y las cosas seguían yendo de culo. Por ejemplo, el tema de su pasaporte, que estaba a puntito de caducar.

Percibió algo diferente mientras avanzaba por el aeropuerto. La gente no apartaba los ojos de ella como antes de someterse a aquella cirugía. Tenía que ser por su nuevo cuerpo. Sonrió a uno o dos y, cuando ellos le devolvieron la sonrisa, empezó a pensar que aquel viaje sería la mejor medicina para pasar página y dejar atrás aquellos meses tan deplorables.

Ess se dirigió hacia el bar. Enseguida entabló conversación con el camarero, que le contó toda su vida, hasta que vivía a una hora del aeropuerto y que tenía que levantarse todos los días a las cinco de la mañana. Él acabó invitándola a dos consumiciones, y ella le dio cuarenta dólares de propina, algo que para nada podía permitirse.

Ya en el avión, Ess hizo más amistades. Una mujer y tres hombres. Iban pasándoselo muy bien, y a los que se sentaban a su alrededor no pareció importarles en absoluto que fueran subiendo el volumen de la conversación. Unos pasajeros empezaban sus vacaciones, y otros regresaban a sus hogares; todos iban al reencuentro de personas y lugares a los que se morían de ganas de ver.

Ess aterrizó en Arizona con ese ruido enfermizo que se te mete en la cabeza cuando todo el alcohol que has consumido durante el vuelo se coagula y da lugar a una estruendosa resaca cuando uno sale a la atmósfera habitual. Solo había una forma de combatirla: con un pequeño sorbito de algo.

Así que fue al bar, pidió una copa de vino tinto y miró su teléfono. Tenía cuatro mensajes de texto de Jennifer.

«¿Dónde estás? ¿Estás bien?».

Los textos la exasperaron. Le entraron ganas de contestarle: «¿Acaso eres tú ahora mi madre?». «Acabo de aterrizar», le respondió. Se bebió de un trago toda la copa de vino, como si de un acto de rebeldía se tratara.

* * *

Al otro lado de la puerta giratoria, el calor era seco y plomizo.

—Eyyyyy —dijo Jennifer. Estaba esperándola fuera, mirando desde su teléfono hacia la salida—. Oh, Dios mío —exclamó—. Pero si estás preciosa.

—Muchas gracias —le respondió Ess—. La verdad es que me siento fantástica.

—¡Qué bien! ¡Guau! —exclamó Jen.

—Y tú estás preciosa.

Jen ladeó modestamente la cabeza, un gesto suyo habitual cuando alguien la piropeaba por su belleza. Sí, Jen era guapísima. En todos estos años no había engordado ni un gramo y nunca había pasado por el quirófano para ponerse o quitarse nada. Sin embargo, parecía quince años más joven, y todo gracias a la vida sana que siempre había procurado llevar. Por si fuera poco, era una persona increíblemente buena. Daba la sensación de que ella misma era consciente de los dones con que había sido bendecida, pero para ella aquello no tenía gran importancia. Aquello sacaba de quicio al resto, recordaba Ess. Muy posiblemente por eso nunca terminaron de ser las mejores amigas. Ese supercontrol que Jen tenía de su físico provocaba un gran rechazo en todas las demás. Si ella era capaz de conseguirlo, ¿por qué las otras no?

Durante el trayecto, el conductor destacó la belleza del paisaje de Arizona. Pasaron por pequeños ranchos que parecían caerse a trozos, con diminutos caballos en jaulas. Urbanizaciones con viviendas en estuco naranja, y acres y acres de casas hasta la falda de la montaña, y luego hileras e hileras comerciales hasta llegar a un área con árboles, hierba y aspersores, y exclusivas cadenas de restaurantes.

Sin embargo, cuando el coche se aproximó a la entrada, el ánimo de Ess se cayó por los suelos. Todo allí era un terreno seco con hormigón. Nada ni parecido a lo que esperaba encontrarse.

Eso sí, la gente del rancho parecía muy buena y sonriente, exactamente igual que la del hospital. Llevaban puestos uniformes de color azul claro con un tono más oscuro. Tal combinación debería haber quedado bien, pero lo cierto era que había algo en las sombras de aquel azul que no acababa de cuadrar. Más que pegar bien, era como si ambos tonos chocaran.

El simple hecho de que ella se hubiera dado cuenta de eso recordó a Ess lo superfuera de sitio que se sentía.

Pero luego el chico que se encargó de su equipaje empezó a bromear e incluso a tratar de ligar con ella, y Ess recordó el motivo por el que había viajado hasta allí: para divertirse.

Y así tal cual se lo dijo en voz alta al jefe de los terapeutas, quien se había acercado a ellas para conocer los objetivos que se habían fijado de cara a su estancia.

—Yo estoy aquí para divertirme —espetó Ess.

La confesión provocó la risa de los terapeutas, que se miraron asintiendo con la cabeza como para dar su aprobación.

—Yo también estoy aquí para divertirme —continuó Jennifer.

Mas, como es evidente, la idea de diversión de las dos mujeres era completamente diferente.

Durante las dos primeras horas, Ess se esforzó por dar lo mejor de sí misma. Por la tarde no había tratamientos, por lo que ella y Jen se sentaron junto a la piscina en una extensión de cemento pintada en colores formando círculos. Muy cerca de ellas había una máquina expendedora con tentempiés saludables.

Jennifer sacó unos cuantos billetes pequeños de su cartera de diseño y los metió en la máquina.

—Aquí tienes.

Y le tendió a Ess un paquetito de creaciones de arroz con tofu seco.

Se recostaron en una tumbona, cada una a un lado de la sombrilla.

—Entonces —dijo Jen. Y tiró del plegado papel de celofán en cuyo interior había semillas de calabaza. La bolsa se abrió y las semillas cayeron sobre la barriga impregnada en aceite de Jen. Las recogió con cuidado y las apoyó en una servilleta—. Así que... —repitió—. Venga, cuéntame todo.

Y Ess empezó su relato. Y quizá como no había alcohol de por medio, Jen no se mostraba tan interesada como lo habría estado en el pasado. Tiempo atrás, le habría entusiasmado oír hablar a Ess sobre sus traumáticas relaciones. Y es que años ha, para ellas, no había nada más interesante e importante que sus penurias amorosas.

—Vaya, Ess. Lo lamento muchísimo —la consoló Jen.

—Lo sé, lo sé. Es aburridísimo —contestó Ess—. Ya sabes, quiero decir, ¿qué demonios esperaba? Si es que yo nunca lo quise.

Jen asintió con la cabeza. Agarró la servilleta con las semillas dentro y se levantó para tirarla en el contenedor salpicado con té helado.

—Ya sabes —continuó nada más regresar—. A lo mejor no todo fue culpa de Eddie.

—¿Qué me estás queriendo decir con eso? —Ess se puso inmediatamente en nivel de alerta máxima.

Jen se paró a pensarlo. ¿Qué estaba queriendo decir? Lo que insinuaba era que, si Ess fuera capaz de admitir su duplicidad en la situación (sí que bebió bastante, y, ante todo, no debería haberse casado con Eddie, y le hacía buena falta dejar de vivir su vida dependiendo de un hombre), entonces probablemente aprendería la lección. Y se volvería mejor persona.

Pero Jen se dio cuenta de que aquel no era el momento. Y, en lugar de seguir por ahí, suavizó su discurso.

—No pretendía insinuar nada. Tan solo me refería a que, cuando yo me divorcié, realmente tuve que mirar para mis adentros y darme cuenta de que yo también tenía parte de culpa.

Los ojos de Ess se estrecharon.

—Sí —asintió—. Pero aquello sucedió hace más de veinte años. Y tú se la pegaste a tu marido con otro. Y te pilló.

—Lo que yo quería decir era que... —Jen la interrumpió.

—Lo sé, lo sé —le respondió Ess—. Estoy tensa. A lo mejor necesito tumbarme un rato.

Estuvieron de acuerdo en irse cada una por su lado para echarse una siesta.

Ess se fue a su habitación. Se tumbó en la cama, pero le resultaba dura y, a los cinco minutos, ya estaba aburrida de estar allí sola consigo misma. Echó mano a su teléfono. Le habían escrito dos de los chicos del avión.

Uno estaba alojado en un hotel. Y el otro, en su casa, que no estaba muy lejos de allí.

Ess le contestó al mensaje y le dijo que la recogiera a la puerta del *spa* para salir a tomar una copa.

Y fueron a TGI Friday's.

Ess ya había olvidado lo riquísima que estaba esa comida, nachos con queso y con los calóricos jalapeños de lata por encima. Se bebió unas cuantas margaritas. Y se pilló una cogorza monumental. Aquella no era una sensación muy agradable, la verdad.

Le preguntó al chico que si podía llevarla de vuelta al *spa*. Y claro que podía. De hecho, parecía aliviado de librarse ya un poco de ella. La acercó hasta la entrada lateral.

Ess subió las escaleras exteriores. Pensaba que estaba en el segundo piso, pero resultó que no, que el suyo era el tercero. Realmente no tenía idea. Se enteró en cuanto trató de abrir la que pensaba que era la puerta de su habitación y se dio de bruces con una mujer en albornoz y con un potingue en la cara que le dijo:

—Cielito, me da que te has extraviado.

Y, a continuación, Ess, más perdida que un pulpo en un garaje, bajó en el ascensor y pasó por una especie de puente de cristal que dividía en dos el vestíbulo.

La mujer del mostrador la vio y la saludó frenéticamente, pero Ess dio con otro tramo de escaleras y comenzó a subirlas. Recorrió de arriba abajo un pasillo larguísimo, y giró a la izquierda tres veces. Al cuarto giro se topó con Jen, que esperaba en la entrada. Estaba allí de pie, con el albornoz y las zapatillas del hotel, y acompañada por el guarda de seguridad.

—Me llevaré las cosas de aquí —pronunció, abriendo de un empujón la puerta de la habitación de Ess una vez que el guarda de seguridad la hubo abierto con llave.

—Oh, querida —dijo Jen. Apartó hacia atrás la ropa de la cama y negó con la cabeza—. Pero ¿qué voy a hacer contigo?

—Lo siento —vociferó Ess alegremente, y saludó con la mano. Y empezó a aletear, como si de un pájaro con un ala rota se tratara.

—¿Cómo te encuentras? —preguntó a la mañana siguiente el terapeuta principal. Apoyó su mano humedecida sobre el hombro de Ess y se inclinó hacia ella—. Si necesitas hablar sobre tu problema, ya sabes que aquí estoy.

—Me encuentro bien, me encuentro bien —insistió Ess.

Y claro que estaba bien. Lo que tenía era resaca. Un buen resacón.

De alguna manera, tenía claro lo que le pasaba.

Ess decidió que la culpa la tenía aquel *spa*. ¿Quién podría sentirse mejor en ese desolado templo de la salud?

Absolutamente nadie. Y por eso Ess trazó un plan.

Se pasó toda la tarde reclutando a otras mujeres. Recorrió la cola de la cafetería, entró en el baño turco y se paseó entre las esterillas de yoga, donde un buen número de mujeres como ella, de esas que llevaban años sin hacer ni gota de ejercicio, se peleaban consigo mismas para colocarse en la posición correspondiente. Al igual que Ess, todas esas mujeres también querían un poco de diversión en su vida. Como ella, ellas también querían revivir todos esos días de juventud en los que la amistad significaba salir a comer, a beber y a hacer de todo una fiesta.

La historia de Jen era un tanto diferente. Se hizo de rogar y tardó en dejarse convencer, pero al final cedió, y reconoció que hacía mucho tiempo ella también había sido una de esas mujeres que disfrutaban comiendo, bebiendo y de fiesta.

Y así, en un grupo de seis mujeres, todas ellas fueron juntas a un establecimiento local en el que lo que primaba era el baile en línea a la antigua usanza. En el centro había una pista de baile rodeada de mesas de pícnic. El lugar estaba repleto de chicos vestidos como auténticos vaqueros. De no ser porque era completamente real, cualquiera habría dicho que se trataba de un atractivo turístico más.

Ocuparon una mesa vacía. Una camarera apresurada asintió con la cabeza al verlas mientras se alejaba dando bandazos.

—Voy a pedir las bebidas en la barra —dijo Ess, levantándose.

—Te acompaño. —Jennifer agarró el brazo de Ess. Y se giró para observar a las mujeres que se habían quedado en la mesa.

—¿Qué carajos estamos nosotras haciendo aquí?

—¿Por qué dices eso? Es un sitio divertido.

—Bueno… —añadió Jen.

—Fíjate en todos esos tíos de allí —insistió Ess, señalando a los dos que tenían ante ellas. Eran tipos mayores, grandones y de muy buen ver—. Están buenísimos —confesó Ess.

—¿Quiénes? —Jen miró a su alrededor y frunció el ceño sin dar crédito—. ¿Esos? ¿Esos dos de allí? ¡Qué van a estar buenos!

Ess cruzó el bar y se acercó a hablar con ellos.

Según Jen, las cosas empezaron a ir mal de ahí en adelante. Ess se lanzó a bailar. Encontró a otra mujer con la que intercambiarse los zapatos. Y luego debió de estar con alguien que le diera algún tipo de droga.

Y ahí es cuando pasó todo. El incidente.

Ess se sostenía apoyada en la barra del bar. Los músculos de su rostro no dejaban de moverse, si bien ninguna de sus muecas parecía la propia de una expresión normal.

Jen iba poco a poco perdiendo los nervios. Por todo en general. Recuerdos de las dos de hacía veinticinco años. Pero lo que fundamentalmente la sacó de quicio fue que Ess andaba por ahí dando tumbos y diciendo cosas incoherentes, y que una vez más a Jen le tocaba cuidar de ella y hacer de madre. La obligó a dejar la copa y a salir al fresco, aunque posiblemente hubiera sido mejor parar antes en el cuarto de baño.

Por fortuna, no vomitó. Si no, otra vomitona que limpiar.

—¡Ess! —le gritó Jen. Puede que lo dijera con más firmeza y asco de los que debería haber demostrado, pero se sentía realmente cabreada. Sin embargo, fue su tono el que captó la atención de Ess.

Ess salió inmediatamente a la defensiva, y exigió saber qué narices le pasaba a Jen.

Jen suspiró. Sabía que no debía haberle hablado con tanta dureza. Cuanto más se alborotara Ess, más difícil sería sacarla de allí. Y para Jen, desde la perspectiva que le daba su casi sobriedad, no cabía duda de que aquella era su única misión allí, le gustara a ella o no.

Bajó el tono.

—Venga, cielo, vámonos —le dijo.

Ess también se aplacó y pasó a mostrarse exageradamente eufórica.

—Venga, vente para acá, que te presento a K —le dijo, apuntando al chico con el dedo.

Jen respondió con su habitual movimiento lateral de cabeza y le contestó con ingente grado de formalidad.

—Encantada de conocerte. Si no te importa, ahora tenemos que marcharnos.

—Quizá seas solo tú la que debe marcharse —le espetó el chaval.

Jen lo miró estupefacta. Los hombres a los que ella conocía jamás hablarían a una mujer de esa manera. No podía estar hablando en serio.

—¿Disculpa?

—Que te pires. Salte fuera a pegarte con alguien. Tu amiguita y yo nos lo estamos pasando bien conociéndonos, así que lárgate de aquí.

—¡¿Por qué no te largas tú?! —Jen chasqueó los dedos. Aquella avalancha de ira le hacía sentir bien.

Se giró hacia Ess.

—Venga, vámonos.

—No —se negó ella.

Jen miró a su alrededor sin poder ocultar su frustración. Puso los brazos en jarra.

—Ess, venga, te lo pido por lo que más quieras.

Jen estaba segura de haber visto a Ess parpadear justo antes de que, como una loca, gritara: «¡Cierra el pico!». Y en ese preciso instante su brazo fue hacia delante y una especie de barreño de cerveza con forma de frisbi impactó contra un lado del rostro de Jen. Y lo hizo con tal fuerza que le dejó la cabeza como si de uno más de esos cabezudos se tratara. Cuando la testa volvió a su lugar, se dio cuenta de que tanto su pelo como la mitad de su cara estaban empapados. Presa del pánico, se llevó las manos al pelo y, al retirarlas, hasta esperaba ver sangre.

Pero no, allí solo había una capa fina y espumosa de una cerveza del mismo color que la orina.

—Ay, Dios bendito —soltó Ess, y se cubrió la boca con las manos.

Al ver el gesto, Jen sospechó que Ess se estaría riendo.

Fue a por un puñado de servilletas, se limpió por encima lo mejor que pudo y se subió a un taxi para volver a casa.

Ya duchada y de nuevo envuelta en su albornoz, Jen se planteó mandarle un extenso correo electrónico a Ess en el que le explicara lo que realmente pensaba de ella. Pero iba demasiado alcoholizada. Así que optó por llamar a su marido, le contó todo lo que había sucedido y rompió a llorar. Él le recomendó que olvidara todo. Justo esas palabras fueron las que le hicieron montar en cólera y se desahogó con él sobre lo horrible que era

Ess. Y el pedazo de pan de su marido, a quien siempre le había caído muy bien Ess, fue obligado a darse por vencido y admitir que sí, que siempre había habido algo en su amiga que no le había gustado en absoluto.

—También tú, Ess —susurró.

Ess permaneció en aquel ambiente de vaqueros otra hora más. Todas las mujeres del *spa* ya se habían marchado, y también había desaparecido de allí el tío por el que se había montado todo el lío.

Salió al aparcamiento. Escondida tras una farola, no pudo evitar llorar. Entonces vio a un agente de la Policía, y fue él quien se encargó de pedirle un taxi.

A la mañana siguiente, Ess embarcó en el primer vuelo de vuelta a casa. No cruzó ni una palabra con Jen. A decir verdad, no habló absolutamente con nadie.

Se tomó algo en el bar justo antes del vuelo y entró cuando ya estaban a puntito de cerrar las puertas.

Estaba casi anocheciendo cuando Ess llegó a casa. Al ver por fin aquellos muros de su hogar tras un viaje enrevesado, Ess no podía disimular sus tremendas ganas de sentirse de nuevo ya en aquel camino familiar y contemplar de cerca ese floreciente magnolio de color rosa bajo el que a sus perros les encantaba recostarse a descansar en las tardes de verano. Y allí estaba su morada. De algún modo se había olvidado de lo grandísima que era. Ahora ya casi ni se acordaba de que, cuando en su día se trasladó allí con sus niños, se sentía la mujer más afortunada de toda la faz de la Tierra.

Una vez de vuelta, al pararse a pensar en su futuro, ya muy vagamente imaginaba a Eddie muriendo antes que ella y dejándole todo en herencia, incluida la casa, esa en la que ella querría vivir en paz sus últimos días.

Ahora sabía que nada de eso ocurriría. Realmente eso era lo único de lo que estaba segura.

VIENDO LA LUZ TRAS LA LME

Al final, Ess se dio cuenta. La mayoría de las mujeres lo hacen. Salir adelante tras la LME significa abrir bien los ojos a la realidad de tu vida y descubrir todo lo que puedes construir a partir de ella. Un buen ejemplo de ello lo vemos en Margo, la amiga de Sassy.

Como casi la totalidad de las mujeres que experimentan la LME, Margo jamás esperó verse a sí misma en el punto en que se encontraba: a nada de soplar las sesenta velas, soltera y sin un sitio fijo en el que vivir, con cero ingresos y sin ningún trabajo ni perspectiva profesional. En algún momento de su incierto futuro, contaba con cobrar algo de dinero, cuando su casi ya exmarido en Atlanta vendiera su casa.

Margo llevaba dos décadas sin tener un trabajo constante, pero contaba con un talento especial. Sabía pintar, y a la gente le impresionaban sus cuadros. Sassy y yo le compramos uno cada una, y lo mismo hicieron otras cuantas amigas. Estábamos convencidas de que esto podría ayudar a solventar los problemas económicos de Margo. Es más, estábamos segurísimas de que una galería de arte local la acabaría descubriendo. Y empezarían a vender sus cuadros por diez, veinte y cincuenta mil dólares, y Margo saldría a flote. Fijo que por allí en el vecindario habría un número de gente rica suficiente para quien cincuenta mil dólares equivaliera a lo que cincuenta dólares equivale para otros, ¿no?

Por descontado, la realidad era bien distinta. Margo empaquetó todos sus dibujos en el maletero de su Jeep y recorrió con ellos todas las galerías. Encontró una que se ofreció a vender sus cuadros por mil doscientos dólares. No obstante, a Margo le tocó pagar las molduras, lo cual no fue nada barato. Después de que la galería se cobrara su comisión, ella contaba con quedarse con quinientos dólares limpios. La tienda supuso que venderían uno o dos cuadros al mes, lo que hacía un total de mil dólares.

Y eso no bastaba para vivir en un lugar en el que el alquiler más económico era de, como mínimo dos mil dólares mensuales.

Pasamos ese invierno muy preocupadas. Y ya no solo por Margo, sino también por Queenie, que había sufrido un par de desmayos. Y por Marilyn, que había vuelto a hibernar y apenas quería salir de casa.

No existía ninguna garantía. Una noche sentadas todas juntas alrededor del fuego, a ninguna nos pasó por alto el hecho de que, aunque Margo había apostado por todo lo que en su día se consideraba correcto (había trabajado, se había casado, había ido equilibrando bien gastos e ingresos para poder quedarse en casa, cuidar de sus hijos y ocuparse del interminable número de obligaciones que conllevaba el estilo de vida reproductivo), la vida la había dejado sin nada. Sin embargo, allí estábamos también Sassy y yo, ambas nos habíamos apartado de la tradición familiar, y las dos estábamos bien. Teníamos nuestra casa, planes de pensiones y ahorros en el banco.

Pero Margo, no. Ella necesitaba sí o sí un trabajo.

Y tres meses más tarde encontró uno: medir persianas para una empresa de decoración que se encargaba de las casas de los ricachones.

Le pagaban quince dólares la hora, y tenía que trabajar cuarenta horas a la semana. Eso hacía un total de seiscientos dólares a la semana, dos mil cuatrocientos al mes y casi veintinueve mil al año, sin incluir impuestos. Vamos, casi casi lo mismito que ganaba hacía treinta y cinco años, allá por los ochenta. Oséase, en el siglo pasado.

Eso sí, ahora le incluían un seguro de salud. Había que ver lo positivo.

Además, era un trabajo que conocía de sobra. De hecho, aquel había sido su primer trabajo cuando era solo una pipiola de veintidós años que trabajaba para un famosísimo decorador de Upper East Side. Precisamente por eso, le había hecho mucha ilusión pensar en retornar a aquello.

Su nueva aventura estaba a punto de arrancar, y tenía la tranquilidad de que todo iría bien.

Por fin, casi cuarenta años después, cerraría el círculo.

O lo habría hecho si la LME no hubiera decidido darle una nueva oportunidad.

A las ocho de la mañana del día en que Margo se suponía que empezaba a trabajar, su teléfono sonó:

—¿Sí? ¿Hola?

—¿Margo? —Era la voz de su hermano—. La tía Penny ha fallecido.

La pobre tía Penny. Era la hermana del padre de Margo. Nunca se casó, no tuvo hijos y había dejado todo a nombre de Margo y de su hermano.

Y como la tía Penny siempre había trabajado, tenía una sustanciosa cuenta de jubilación.

Así que… ¡Margo estaba a salvo! Al menos en el sentido de que ya no tenía que aceptar ese puesto para medir persianas.

—Ha sido un milagro —le había dicho Sassy.

Todas coincidimos en que aquello había sido fruto del buen karma que Margo siempre había generado. En todo momento tan amable y disponible para todo el mundo. Claramente, el universo había decidido premiarla por su buen hacer.

Más o menos. El dinero heredado era el justo para poderse permitir una pequeña casa en una zona rural a solo veinte minutos en coche del supermercado.

Pero a Margo aquello no le importaba en absoluto. Para ella, la soledad que le brindaba aquel entorno era ideal para perseguir su sueño de pasarse el día pintando.

Hoy aún hay veces en que no puedo evitar preocuparme por Margo. Y le planteo a Sassy algunos interrogantes que se me pasan por la cabeza. «¿Se sentirá muy sola allí? ¿A quién verá? ¿Con quién saldrá a dar una vuelta?».

En ocasiones me pregunto si, como yo, habrá veces en que ella también se sienta insatisfecha con la vida que le ha tocado.

Si en algún momento le quita el sueño el precio que pagará por ser ante todo mujer y no hacer todo bien, como a menudo a mí me pasa. Y luego procuro calmarme con ese mantra que lleva años apaciguando y calmando a las mujeres cada vez que todas nosotras nos enredamos en una espiral de preguntas: todo es cuestión de elegir. Hoy en día somos nosotras las que tenemos el control de nuestra vida.

CAPÍTULO 7

UN NIÑO Y SU PADRE: MI AVENTURA MÁS PRÓXIMA A LA MATERNIDAD

El niño y su padre llegaron en mitad de una ola de calor.

Dentro de mi casa, donde apenas se notaba el aire acondicionado, respiré profundamente y me recordé a mí misma que no debía mostrarme irritada. Nada de enfados. Nada de disgustarme porque Max me hubiera prometido, ¡prometido!, que el niño y él estarían allí en torno a las dos.

Y el reloj marcaba ya las seis.

El teléfono sonó y respondí. Era Sassy.

—¿Ya aparecieron? —me preguntó.

—No —respondí entre dientes—. Pero si acaban de salir de la ciudad hace una hora.

—Aaah, es que yo tenía idea de que se iban a poner en camino por la mañana.

—Sí, si esa era su idea también, pero resulta que no recibieron las tiendas de campaña.

—¿El qué?

—Las tiendas de campaña. Esta misma mañana me enteré yo de que Max las había encargado por Internet ayer. ¿Quién en su sano juicio hace eso? ¿Quién hace una compra *online* literalmente en el último minuto? Pero si llevaba semanas sabiendo que iban a venir.

—Cielito, es que es un hombre —trató de calmarme Sassy—. De todos modos, si lo ves complicado, sabes que puedes mandarlos a casa de Kitty. Y de Queenie. Entre todas te echamos una mano.

—Miles de gracias —exhalé profundamente agradecida.

—Recuérdame cuál era el nombre del niño, anda.

Me quedé un tanto petrificada.

—Era algo parecido a islandés, me suena, ¿no?

—Pero ¿cómo no vas a saberlo?

—Pues qué quieres que te diga, es que no me acuerdo —confesé. Ni tan siquiera habían llegado aún y ya me sentía como una auténtica perdedora por no recordar el nombre del crío—. Si tiene solo ocho años y no sabe ni papa de inglés —añadí como poniendo una excusa—. Pero, bueno, estoy segura de que todo irá bien.

«Todo irá bien» era mi nuevo mantra. La LME por fin se había ido por donde había venido, y yo me encontraba bien y centrada. Hacía todo lo que se daba por sentado que debía hacer una persona de mediana edad. Me «mantenía activa», «llevaba una dieta sana» y no bebía «demasiado alcohol». Siempre me aseguraba de rellenar mi copita de vino rosado con bien de hielos. Y estaba trabajando. Entre cinco y seis horas al día, de ocho a dos.

Me sentía feliz. En calma.

Y precisamente por eso, cuando uno de mis exnovios (llamémosle Max) me preguntó si sería posible que él y su hijo acamparan durante unos diez días en el patio trasero de mi casa de la aldea, le dije que sí.

El niño se moría de ganas de ir de *camping*, y Max le había prometido que lo llevaría. Al parecer, el muchacho lo que quería era estar cerca del bosque para ver animales por la noche. Soñaba con pescar sus propios peces y comérselos. Estaba como loco por dormir en una tienda de campaña.

Mi jardín era lo suficientemente grande como para permitir todo aquello, afirmé. Incluso contaba con lo que parecía una especie de «cabaña», ese viejo establo que aún se mantenía en pie en mi parcela. Le había puesto un nuevo suelo de cemento y electricidad. Qué más daba que aquella choza se inundara en cuanto llovían tres gotas. ¿Qué crío no querría sacar los bártulos y montar su tienda allí?

Por mi parte, yo me sentía segura de poder gestionar la visita. Por las mañanas seguiría mi rutina habitual de trabajo mientras Max fortalecía los vínculos con su hijo. Tan solo había un inconveniente: que Max no conducía. No tenía carnet y había sobrevivido perfectamente sin él durante más de treinta años. Tanto es así que se había convertido en una de esas personas que siempre habían vivido en una gran ciudad y que estaban acostumbradísimas a tirar del transporte público.

—No pasa nada, eso no es problema —aseguré—. No te hace falta ningún coche para ir por la aldea. Aquí puedes ir en bici a todos los sitios. Dime otra vez los años que tiene el niño.

—Ocho —contestó el padre. La verdad es que a todas nos pareció que con esa edad tendría soltura sobre ruedas.

Trazamos un plan. Uno que, como era costumbre, catapulté al fondo de mi mente y en el que no volví a pensar hasta una semana antes del día señalado.

—Pero ¿al final no vienen? —me preguntó Sassy.

—Pues a saber. Qué te voy a contar a ti de Max. Es capaz de cambiar de opinión en el último segundo.

Max mostraba una actitud muy dejada respecto de las normas de la vida. Tenía cincuenta y cinco años, no se había casado nunca y no tenía pinta de que estuviera trabajando. «¿De dónde saca el dinero?» y «¿Cómo se gana la vida?» eran las grandes preguntas sin respuesta que todas teníamos en torno a él. Por lo que yo había ido deduciendo de sus mensajes y correos ocasionales, se dedicaba a viajar por el mundo para participar en los famosos eventos Burning Man rodeado de multimillonarios tecnológicos con cara de niñines.

«¿Quieres venirte conmigo a Burning Man Africa?», me había mandado. «No, muchas gracias —le respondí—. Tengo que currar. Ando mal de tiempo. Pero tú pásatelo bien».

Yo siempre me comportaba de una forma un tanto esquiva cuando mis amigas me preguntaban cómo era posible que una persona como Max hubiera llegado a tener un hijo, sobre todo cuando no había sido «buscado».

Max era una de esas personas que nunca habían llevado un estilo de vida convencional y se mostraba muy sincero al respecto. Iba de frente. Siempre les decía abiertamente a todas sus parejas que ni creía en el matrimonio ni quería tener hijos. Digamos que era perfectamente consciente de que ni su personalidad ni su forma de entender la vida eran adecuadas para criar a ningún pequeño y vulnerable ser humano.

Pero, al final, por mucho que hubiera dicho, Max se convirtió en padre. Un buen día conoció a una mujer islandesa en una fiesta en Italia y estuvieron acostándose durante los siguientes cinco días. Y a los dos meses esta lo llamó para decirle cuatro cosas: que estaba embarazada, que iba a tener el niño, que ella solita se iba a hacer cargo de él y que él no tenía que preocuparse por nada.

Y así pasaron seis años. Seis años en los que el niño fue creciendo en el pequeño país nórdico, y en los que aprendió a hablar única y exclusivamente islandés. De cuando en cuando, Max hacía alguna mención a su hijo.

—¿Lo has visto alguna vez? —le pregunté un día medio sorprendida—. ¿Cómo es?

—Parece un buen chico. El problema es que no conseguimos comunicarnos. No habla nada de inglés.

El niño llevaba una vida muy sencilla. Tenía una hermanastra cuyo padre era todo lo contrario a Max, un pescador local. El muchacho pasaba mucho tiempo al aire libre. Y tenía todas las papeletas para convertirse también en uno de los pescadores de la zona.

Sin embargo, llegó un momento en que la mujer decidió buscar una vida mejor tanto para ella como para sus hijos. Tiró de todos sus ahorros y se mudó al famoso barrio neoyorquino Upper West Side en el distrito de Manhattan. Y allí fue capaz de labrarse un futuro como agente inmobiliario gestionando alquileres de 2500 dólares al mes.

Con eso tenía más que de sobra para ir sobreviviendo.

Y como se habían instalado en la ciudad de Nueva York, un lugar en el que Max pasaba unas cuantas semanas al año, pues Max empezó a ver a su hijo más a menudo. Y ahora, a sus cincuenta y cinco años y con cero experiencia en la paternidad, estaba intentando aprender a ser un padrazo.

Por supuesto, yo estaba dispuesta a ayudarlo. A fin de cuentas, mi ex estaba esforzándose muchísimo, y alguien tenía que alentarlo. Por eso, así se lo expliqué a mis amigas, yo misma me había ofrecido para ayudar a Max a hacer realidad su sueño de disfrutar de unos días de *camping* perfectos con su hijo.

Aunque... no todas se lo tragaban.

—¿A ti no te parece un poco raro que una mujer que no te conoce de nada deje a su hijo meterse en tu casa? —me insistía Tilda Tia. Una y otra vez me repetía que, como madre, ella jamás enviaría a su hijo de ocho años a casa de una mujer a la que no hubiera visto en su vida.

Yo no soy madre, así que, la verdad, no tenía ni idea al respecto. Pero, vamos, imagino que sí puede haber una serie de circunstancias por las que una madre mande a su retoño a algún sitio. Como en *Heidi*, por ejemplo.

—Pero, seamos sensatas, esto no es *Heidi* —refunfuñó Tilda Tia—. Venga ya, que ni siquiera eres la novia de Max.

—Puede que, precisamente por eso, no haya nada raro —añadió Kitty—. No la considera ninguna amenaza.

—¿Acaso te haces idea del berenjenal en el que te estás metiendo? —Tilda Tia era una auténtica mamá gallina. El tiempo que estuvo en casa de Kitty, se pasaba el día yendo al supermercado, preparando comidas y gritando al resto de huéspedes de Kitty para que limpiaran sus habitaciones.

He de decir que tenía toda la razón del mundo. Yo no sabía lo que me esperaba. Pero daba igual, ya me había comprometido, y ya me había mentalizado del hecho de que podía pasar, y seguramente pasaría, cualquier cosa. Puesto que yo no me había estrenado en eso de la crianza, me imaginaba que la aventura sería, como poco, de aúpa.

En ese momento agarré el teléfono, miré la hora y eché un vistazo al tiempo que nos esperaba. El calor nos iba a traer fuertes tormentas eléctricas que empezarían a dejarse notar en una hora más o menos. Vamos, que aquel no parecía el mejor momento para montar las tiendas. Podría haber riesgo de... electrocución.

Mandé un mensaje de texto a Max: «¿Dónde estás?».

Cuando el niño y su padre por fin llegaron en Uber a las diez de la noche, lo cierto es que me encantaría decir que yo estaba tan feliz como esa Doris Day que se dice que soñaba con ser ama de casa. Pero no, para nada. Más bien, al contrario. Estaba furiosísima porque hubieran llegado mucho más tarde de la hora a la que habían prometido estar ya allí.

Luego resulta que la llegada de huéspedes es un poco algo así como el momento de dar a luz: en cuanto ves llegar a quien esperas, se te olvidan el sufrimiento y la angustia de la espera.

En un derroche de paternalismo, el padre se apresuró a llevar al niño al cuarto de baño mientras yo trasladaba algunas de sus cosas desde la entrada hasta la sala de estar. Ojeando y tratando de adivinar dónde colocar tanto trasto como traían, me di cuenta de que Tilda Tia no podía tener más razón. Todo aquello era una locura y muy pero que muy extraño. Yo no era la madre de aquel crío, pero, aun así, estaba instalándose en mi casa. Su padre tampoco era mi novio, pero también se estaba instalando en aquellas cuatro paredes.

Por otro lado, ninguno de los dos estaba técnicamente en mi casa. Se suponía que iban a montar sus tiendas en el jardín y que estarían entrando y saliendo de la cabaña. Ellos dos tendrían su espacio. Y yo tendría el mío, claro.

El único problema allí eran las inoportunas tormentas, las cuales no solo hacían que dormir en una tienda de campaña resultara desagradable, sino que eran bastante peligrosas.

Con todo y con eso, el crío no tenía ni la más mínima intención de quedarse dentro. Le habían prometido una tienda de campaña. Y tampoco pareció muy sorprendido cuando su padre y yo le insistimos en que las escaleras de la cabaña eran lo suficientemente amplias como para montar allí su tienda. Y hasta contaban con un pequeño aparato de aire acondicionado. Aquello sería más tranquilo. Y estarían menos apretados. Y quedarían menos expuestos a los peligros de la lluvia.

Pero no, el niño no parecía percatarse de todo eso. Sin contemplaciones, comenzó a pedirle a su padre que montara la tienda. Yo me ofrecí a echar una mano, pero aquel muchacho me espantó.

Volví a casa, me serví una copita de rosado con hielo y me di a mí misma la enhorabuena por mi buena suerte. Obviamente, aquel crío tenía sus planes, y yo no estaba ni de lejos incluida en ellos. Lo que significaba que mi relación con aquel niño sería de lo más simple: me veía como a una especie de directora de campamento de verano/dueña de una casa de Airbnb.

DÍA DOS

A la mañana siguiente amanecí con el propósito de estar calmada. Max y el niño estaban sentados en el sofá, y rebuscando entre la bolsa del pequeño. Me preparé mi tacita de té y me uní a ellos. Max había dormido mal en la tienda de campaña, y, al final, a las seis de la mañana, tanto el niño como él se habían levantado. Ya habían ido caminando hasta una cafetería y habían desayunado, tal y como atestiguaban las grasientas bolsas de papel y los envoltorios de comida que habían quedado sobre la mesa.

—Toma —dijo Max tendiéndome un sobre.

—¿Qué es esto? —le respondí.

—Una nota. Es de Glotis.

—¿De quién? —pregunté.

—De Glotis, su madre —siseó Max.

Ah, de acuerdo, claro, Glotis.

—Querida Candace —me escribió—. Muchísimas gracias por cuidar de mi hijo. Sé que esta será una experiencia única e inolvidable para él.

«Ayyy. Pero qué dulce. Ves, Tilda Tia», estaba con ganas de restregarle por la cara. Esa madre me está confiando a su hijo. Realmente no sé por qué motivo, pero quizá tenga alguna especie de instinto maternal que le diga que el estar a mi lado será enriquecedor para su pequeño.

El padre y yo nos dispusimos a organizarle la ropa.

—¿Por qué solo tiene dos pares de pantalones cortos? —pregunté.

Max se encogió de hombros.

—Imagino que Glotis no tiene mucho dinero y no puede permitirse comprarle más ropa.

Yo de niños no tenía ni idea, pero de ropa sí que sabía mucho. Y, en este caso, tenía clarísimo lo que había que hacer.

Max se llevaría al niño de compras, y yo me uniría a ellos para echarles un cable.

MAMI Y YO

Afortunadamente, Main Street estaba repleta de tiendas de ropa infantil. Y por primera vez en mi vida, me di cuenta de que por allí había también muchísimos niños. Y padres. Y familias. Según íbamos avanzando por aquella calle, me cuestioné a mí misma cómo sería todo si en realidad esta fuera mi vida, si Max y yo estuviéramos casados y tuviéramos un hijo. Parecía descabellado, pero para nada imposible, pensé mientras entrábamos en la tienda de surf tras una pareja de padres de unos cuarenta y pocos años con dos niños adorables. Si esta fuera de verdad mi vida, ¿me sentiría más feliz y más contenta?

Como dando por sentado que la compra de vestuario es una tarea femenina, Max llegó directo a sentarse en un sofá, se acomodó entre los cojines, sacó su teléfono móvil y empezó a mandar mensajes. He de confesar que a mí no me molestó en absoluto. Las aportaciones de Max tan solo harían la situación más confusa y, además, en el tema moda yo era mucho más experta que él.

—Ey, peque, mira —dije al tiempo que le mostraba una camiseta amarilla e intentaba atraerlo hacia todo un estante circular de ropa colorida.

El crío tan solo se plantó allí delante y se quedó mirándome fijamente. Parecía bastante perdido.

—Vale, a ver —expresé con entusiasmo—. ¿Nos ponemos ahora con las… deportivas?

De nuevo, esa forma de mirarme. Era como si no tuviera ni la más remota idea ni de lo que le estaba hablando ni del motivo por el que yo estaba allí en una tienda con él dirigiendo el cotarro. Una mirada que, sin mucho disimulo, decía: «Tú no eres mi madre».

Aquella era una verdad como un templo. Ni siquiera era su madre postiza ni tenía ningún pase de acceso al mundo ese de la maternidad. No tenía ninguna autoridad sobre el niño, y ambos lo sabíamos.

Gracias a Dios, la dependienta vino al rescate.

—Pero ¡qué niño más bonito! —exclamó—. ¿Qué talla lleva?

Durante unos minutos, me sentí halagada por el hecho de que aquella mujer pensara que yo era lo suficientemente joven como para ser la madre de aquel niño, pero luego caí en la cuenta de que una verdadera madre sabría la talla de su hijo. Si admitía que no tenía ni la más remota idea, la amable dependienta me tomaría por una de esas malísimas madres que no sabían nada sobre su propio hijo.

Iba a tener que cantar la verdad. La dejé un poco a un lado.

—En realidad, yo no soy su madre. De hecho, solo lo había visto una vez en mi vida antes de hoy. Y su padre solo lo ve una vez al año. Y el pobre muchacho ni siquiera habla inglés.

La mujer lo entendió, no cabe duda. Y menos mal, porque salir de compras, como más tarde llegaría a descubrir, es una de las muchas cosas que los niños no pueden hacer solos.

LAS MAMÁS GALLINAS

Por supuesto, ni por un instante me planteé lidiar con el niño y su padre yo sola. Además, y al fin y al cabo, incluso la gente que de verdad tiene hijos recibe ayuda, ¿o no es así? Y a veces, cuando viajan en familia, esta gente con niños incluso se lleva a sus propias *nannies*.

Recuerdo perfectamente que una vez alguien me dijo esto en una fiesta de ricachones. Y me recalqué a mí misma que, si bien el concepto sonaba maravilloso, Max y yo nunca jamás podríamos permitirnos una *nanny*. Y aun en el hipotético caso de que pudiéramos, no teníamos ningún sitio en el que meterla. No podríamos pedirle a una *nanny* que durmiera en una tienda de campaña plegable.

Afortunadamente, la ayuda yo la recibía por parte de todas mis amigas. Al igual que Tilda Tia, todas las demás estaban convencidísimas de que la visita resultaría un desastre y de que a mí me acabaría haciendo falta una tabla de salvación.

Desde que era una niña, todo el mundo sabía que en mí el instinto ese maternal siempre ha brillado por su ausencia. Cuando era bien pequeña y la madre de alguna amiguita del barrio tenía un bebé, todas las demás chicas iban corriendo con sus madres a conocer al recién nacido. Siempre era igual: la mamá lo sacaba del carrito, lo enseñaba y se lo iba poniendo encima a una de las niñas, esta se lo pasaba a otra, y a otra..., y así hasta que llegaba a mí y me negaba a tomarlo en brazos y hacerle monerías. Además, para mí lo de sostener a un bebé que no era tuyo era algo aterrador (¿y si se me caía?), era un poco cuestión de adoctrinamiento.

En aquellos días en que a las niñas se les daba tan bien lo de acunar bebés, todas acababan siempre con una criaturita en el regazo. Y entonces, «si se te daban bien los niños», todo el mundo te decía que de mayor serías *babysitter*.

Yo no estoy de acuerdo... en nada.

De ahí que todas mis amigas se hubieran presentado como voluntarias para ayudarme a hacer de mamá. Queenie y Kitty, que tenían las dos piscina, me habían ofrecido su casa para por las tardes, y hasta se mostraban completamente dispuestas a cuidar algún rato del niño. Y Sassy me prometió que practicaría algún deporte con el muchachín, tipo bádminton y *bridge*.

UNA MALA MADRE

Una cosa es ser mala madre en la teoría, y otra muy distinta es ser mala madre en la vida real. Aun cuando ni técnicamente seas la madre. De hecho, parece que la mayoría de las mujeres, sean o no madres biológicas, saben perfectamente qué hacer en el supuesto de que en el vecindario haya un niño sin madre.

Como cuando un niño llega a casa de alguien, que inmediatamente le ofreces algo para beber. Lo llevas al cuarto de baño. Le das una galletita con virutas de chocolate. Lo tratas y consientes como si fuera un productor de cine en un escenario de Hollywood.

Y eso así tal cual fue lo que sucedió en cuanto llegamos a casa de Queenie para darnos un chapuzón. Queenie era lo que todo el mundo catalogaría como una supermamá, y de inmediato se metió al niño en el bolsillo. Mientras lo llevaba al baño, aguanté la reprimenda del resto de mis amigas.

—Pero ¿por qué no nos dijiste que era tan precioso? —dijo Sassy.

—¿Y cómo puedes no acordarte de su nombre? Por favor, si es un angelito —refunfuñó Kitty.

—Ey, lo que pasa es que no quiero forzarlo. Estoy tratando de respetar los límites que él está poniendo. Si el niño recuerda mi nombre, yo también recordaré el suyo —me esforcé por convencerlas con mi teoría de directora de campamento, aunque ninguna se la tragó.

—Anda ya, si hasta las directoras de campamento recuerdan perfectamente el nombre de todos los niños que tienen a su cargo. Forma parte del trabajo, querida mía —me espetó Marilyn como si yo fuera el mismísimo pájaro loco.

Segundos más tarde, Queenie apareció por la esquina de la mano del niño y bailoteando con él. Parecía glamurosa, y moderna, y pletórica. Y el crío, ahora mismo, igual.

Lucía feliz. Y relajado. Y por primera vez en todo el día, yo también bajé la guardia y me relajé.

Aunque aquello no duró mucho. Lo otro que una llega a aprender sobre los niños es que no basta con entretenerlos durante un rato y luego ya ellos mismos se van y se ponen a jugar solos. Ni tampoco los entretienes un rato y luego tú te vas y estás a lo tuyo. Qué va. Con críos esto no funciona así. No es como en el típico cóctel en el que vas de un lado a otro.

Hay que estar entreteniéndolos SIEMPRE.

Y Queenie, que era madre, lo sabía de sobra. Por eso le preguntó al niño si sabía nadar y luego ella se metió a nadar con él en la piscina. Todas allí estuvimos sacando fotos a Queenie y al niño. Queenie le repitió mil veces lo bonito y bueno que era, y todas coincidimos en que, sin lugar a dudas, Queenie era la más madraza del grupo. Tenía un don mágico.

De pronto, la hija de Queenie la llamó para que entrara y Marilyn tomó el relevo.

Marilyn había crecido al otro lado del océano en Australia, y fue ella quien consiguió que el niño se quitara su coraza. Logró que empezara a hablar en su inglés titubeante, y se animó a contar que había vivido junto al mar en Islandia y que en esa zona los dos meses del invierno los pasaban casi a oscuras y hacía muchísimo frío. Y entonces Marilyn, que estaba sentada bajo el sol abrasador para que el niño pudiera estar resguardado bajo la sombrilla, sintió tantísimo calor que tuvo que zambullirse en la piscina. Así que el pequeño pasó a acurrucarse con Kitty, que también era madre, concretamente había sido madre soltera a los veinte, mientras Sassy le contaba miles de historias.

¿Y dónde estuvo Max durante todo ese día tan maternal? Pues dentro de la casa con aire acondicionado de Queenie, roncando en el sofá.

De pronto el niño se aburrió. Ahí fue cuando Sassy me lanzó

una mirada con la que me recordaba que era mi momento, que ahora me tocaba a mí dar un paso al frente y divertirlo.

—Venga, chavalote —le dije, apartándolo del grupo.

—¿Sííí? —preguntó, sin poder ocultar una sonrisa desprevenida en el rostro.

—¿Te gustaría aprender a tirarte de cabeza?

—¿Cómo?

—Pues así. —E hice un salto de esos de antaño cuando pertenecía a un club de natación y yo tenía, exactamente igual que él ahora, también ocho años.

Aquello funcionó. Por fin el niño quiso hacer algo conmigo. Si tuviera que decir algo sobre él, podría afirmar que aprende muy muy rápido. Aprendió a tirarse como Dios manda en menos de cuarenta minutos. Era un muchacho tenaz. No se rendía. Y no se quejaba.

Quizás, y después de todo, yo también iba a brillar en esto de la maternidad/dirección de campamento.

DÍA TRES

Empeñada en que lo de la movilidad no fuera ningún obstáculo, decidí que había llegado el momento de comprarle al niño una bicicleta.

Albergaba la esperanza de conseguirlo a primerísima hora de la mañana, porque así me quedaría tiempo de sobra para trabajar. Mi plan consistía en ir directamente a la tienda de bicicletas, dejar allí a Max y al niño, y luego volverme a casa.

Sin embargo, una vez en el coche, había todo un listado de cosas que Max y el niño necesitaban. Dejé escapar un gruñido. Lo que tenía previsto que fuera una excursión de treinta minutos parecía que iba a convertirse en una de, como mínimo, una hora. Hicimos una parada de veinte minutos en la ferretería, donde estuvimos debatiendo sobre cañas de pescar y de la que luego salimos con las manos vacías. Después, en el supermercado, compramos todo un carro de cosas de esas que yo nunca comería, en plan nubes de gominola, fruta desecada y bolsas de patatas frita. De entrada admito que me puse un poco de los nervios al pensar en todos esos alimentos extras por ahí danzando en mi pequeña cocina.

Por último, ya fuimos a la tienda de bicicletas. El niño se mostraba un poco reacio a entrar, pero yo me dije a mí misma que allá él, que aquel no era mi problema, sino el de su padre.

Eché la mano por detrás del asiento y agarré una bolsa de patatas fritas. Y durante un par de minutos allí estuve sentada tranquilamente comiendo mis patatas y disfrutando de ese momento de calma.

—¿Hola? —pronunció Max saliendo de la tienda de bicicletas.

—¿Sí? —dije, asomando la cabeza por la ventanilla.

—Tenemos un problema. —Hizo una pausa—. Necesitaría que entraras.

El ambiente en la tienda no era muy amigable. El crío aguardaba de pie en una esquina, con los hombros hundidos, como si quisiera desaparecer.

Pobre niño. Resultaba que no sabía montar en bici. Y el buenazo de él no quería decírselo a su padre para no decepcionarlo.

Aquella escena me rompía el corazón, era tristísima, y también significaba que yo me tendría que encargar de llevar al padre y al hijo a todos los sitios, y aquello no formaba parte del plan. Tenía que hacer algo para arreglarlo, y con urgencia.

—Podría aprender a montar en bici —sugerí.

E insistí en que ahora mismo tenían una oportunidad de oro, puesto que mi casa estaba ubicada en un entorno ideal para practicar esa destreza que tanto podía llegar a cambiarle la vida. Justo enfrente de mi casa había un parque y, por detrás, un callejón sin salida fantástico para practicar.

El parque de bomberos de al lado disponía de un aparcamiento enorme y maravilloso para practicar giros y demás. De hecho, yo misma estuve allí practicando a principios de verano.

—¿Papi? —dijo el chaval, como fascinado por la idea—. ¿De verdad que me vas a enseñar a montar en bici?

—Pues claro que sí, hijo mío. Claro que te enseñaré —contestó Max.

Un éxito.

O no. Por lo que se ve, no hay nada sencillo cuando eres un padre intentando hacer cosas por tu hijo. La tienda de bicicletas no vendía bicis con ruedines, así que no nos quedó otra más que pedir una *online*.

Esto nos llevó más tiempo, y yo no podía evitar empezar a ponerme muy nerviosa porque, mientras tanto, estaba dejando a un lado todas las demás facetas de mi vida. Todas esas partes de mi existencia en que no había cabida para Max y su hijo. En esas, tuve que decirle a Max que, sí o sí, tenía que entregar una cosa del trabajo mañana por la mañana, y que tenía que ingeniármelas como fuera para que yo pudiera contar con tres horitas contantes y sonantes solo para mí.

—Está bien —me dijo Max entornando los ojos.

—Por favor, Max, no quiero sonar maleducada. Me encanta que estéis aquí, pero es simplemente que necesito trabajar.

—Es que tú siempre tienes que trabajar —me dijo en tono acusador, como si aquella fuera la razón por la que habíamos roto hacía quince años.

Intenté morderme la lengua. El simple hecho de pensar en tener que sentarme a escribir me hizo sentir impotente, un poco como se siente uno cuando su mascota se pone enferma. Se me acababa el plazo para entregar un libro que no se me estaba dando muy bien, lo que suponía que tenía que centrarme y trabajar en él aún más.

Y necesitaba el dinero.

No se lo había querido confesar a Max, pero la casa estaba sin reformar porque no podía permitírmelo. Y al paso al que estaba yendo todo…, la verdad es que intuía que nunca sería capaz de poder pagar unas obras de esa índole.

Y, obviamente, ni se me pasaba por la cabeza revelarle a Max que me veía a mí misma dentro de treinta años en esta casa, así, tal cual, sin renovar, y ataviada con las mismas ropas anticuadas de ahora. Y esa era la versión buena.

Pese a todo, lo cierto es que seguía sintiéndome culpable.

DÍA SEIS

¡Eureka! Por fin llegó la bici con ruedines.

Los empleados de la tienda de bicicletas ensamblaron como por arte de magia todas las partes y, en cuestión de tres minutos, y sin ninguna ayuda de su progenitor, el niño empezó a pedalear por el aparcamiento.

Se dibujó una enorme sonrisa en su rostro. Aquí es cuando se espera que diga que de oreja a oreja, pero lo cierto es que era mucho mayor. Era una sonrisa tal que hacía que todo mereciera la pena. Todo el lío, todo el desbarajuste, todo el ajetreo, toda la incomodidad de tener que preparar comidas, hacer la colada, entretener, convertirte en taxista…, todo lo que implica encargarte de una personita diminuta. Cuando ves la felicidad en la cara de un niño, cuando su alegría te dice que lo ha conseguido…, es una sensación incomparable. No hay nada igual. Solo lo puede saber quien lo ha vivido en primera persona.

Y así, como si fuera una madre de verdad, me fui corriendo al coche, saqué mi teléfono móvil y comencé a inmortalizar el gran momento.

DÍA SIETE

Se dice que el tener hijos te hace mejor persona, y, tal y como yo esperaba, es justo lo que le estaba pasando a Max.

En cuanto vio que el niño aprendía rápido, se le metió entre ceja y ceja conseguir que su pequeño dominara un sinfín de destrezas. Aprendería a pescar, a jugar al tenis, a hacer amigos..., y mejoraría su capacidad lectora.

Y para demostrarlo, Max y su hijo se fueron hasta la aldea en sus bicicletas. Y volvieron cargados con todos los libros de Roald Dahl, y con tijeras y con cartulinas para hacer un diorama. Y luego, y gracias a Dios, metieron todo en su cobertizo.

Media hora después la casa parecía vacía. Con mucha curiosidad, salí para ver lo que estaban haciendo y quizás ofrecerles alguna sugerencia.

Pero me echaron.

No me necesitan.

Y ahí fue cuando me di cuenta, es una de las realidades de no tener hijos, de que nadie te necesita. Sí, claro, tu perro y tus amigas te necesitan, pero no es en absoluto lo mismo.

E incluso dando un paso más... A tu muerte, ¿quién va a llorarte? Sí, tus amistades se entristecerán, pero la pena no les durará mucho. Y aunque tus amigas siempre vayan a querer ir a tu funeral, no necesariamente tendrán mucho interés en organizarlo. Y por último, ¿quién demonios heredará tu plan de pensiones? Eso, dando por sentado que tengas la suerte de tener un plan de pensiones.

Aquella misma noche, en lo que me preparaba para meterme en la cama, mi cabeza no paraba de pensar en Max y en cómo, de pronto, había encontrado el propósito de su vida: su hijo.

Según iba cerrando los ojos, me planteaba si a mí me faltaba algo.

Así que, a la mañana siguiente, cuando Max comenzó a hablar sobre sus planes, sobre lo mucho que se estaban divirtiendo y sobre lo genial que sería si su hijo y él pudieran quedarse unos cuantos días más, sin dudarlo le dije que por supuesto.

DÍA DIEZ

—Ey, tío, venga, vamos —gruñí por lo bajini al conductor del coche que avanzaba a paso de tortuga por delante de mí.

Pero ¿por qué, Dios mío, volvía a estar yo en el coche?

Pues yo iba en el coche por hacerle un bien al niño. Se había apuntado al campamento deportivo que se celebrara en el patio de la escuela privada de la zona y, como estaba demasiado lejos para ir en bici, lo llevaba yo en coche. A él... y a Max.

Con el niño, sin problema. Con Max ya la historia cambiaba. No paraba ni un segundo de hablar de esa estúpida boda Burner a la que tenía previsto asistir en California y de que le tocaba ir disfrazado como un oso polar pero aún no había pedido el traje por Amazon.

Respiré hondo y fijé la mirada en esos niños del campamento de verano que empezaban su día. Unas veces soltaban globos y otras llevaban máscaras. Hoy estaban allí tocando instrumentos musicales. Todas las pancartas que colgaban de las altas ventanas de cristal de dentro del colegio eran de un morado, verde y naranja tan vivos que desprendían felicidad.

A los niños y a los pocos adultos que había se les veía radiantes y felices, sin parar de aplaudir.

—¿Por qué están siempre tan eufóricos? —pregunté.

—¿Eh? —añadió Max.

—Sí —se sumó el niño a la conversación—. Papito, ¿por qué están todos tan contentos?

A diferencia de los padres de todos aquellos críos, Max y yo estábamos sin un duro. Max llevaba las zapatillas esas minimalistas de correr y la misma camiseta con la que había dormido esa noche. Y yo no iba mucho mejor ataviada. Ahí estaba con mis *shorts* llenos de manchas de comida y mi camisa de pesca holgada e hiperlavada.

De esta forma todo era más sencillo.

Adiós a los placeres y a los lujos de la mujer solterona de mediana edad. Adiós a todos esos momentos de paz contemplando el verde desde la finca. Adiós a esos paseos con los perros por Havens Beach. Se acabó lo de conseguir el tono naranja perfecto y brillante de las uñas de los pies. Adiós a lo de ponerte hasta atrás de lo que sea y luego dejarte llevar y bailar desenfrenadamente al son de la música pop. Vamos, resumiendo, que adiós a lo de entregarte a todas esas cosas sanas física y mentalmente que la gente de mediana edad se supone que debe poner en práctica para vivir, como poco, otros treinta años. Vamos, que se acabó eso de dedicar todo tu tiempo a ti misma, en contraposición a dedicarlo a criar niños.

De pronto, ahora cada día me levantaba ya desde primera hora de la mañana con todo un listado de cosas que hacer, comprar, arreglar o recoger más largo que mi brazo.

Con todo y con eso, la verdad es que mi mayor preocupación era ese crío.

Por mucho que el niño y yo no mantuviéramos una relación muy estrecha y apenas habláramos, incluso estoy convencida de que yo no le gustaba nada, mi obligación era mantenerlo a salvo. Y, aún más, debía asegurarme de que fuera completamente feliz.

De algún modo que se me escapaba, había desarrollado lo que yo llamaba un «cerebro de madre».

Por ejemplo, hacía dos días, mientras recogíamos al niño en el muelle tras otra mañana en el campamento de pesca, de repente me sorprendí a mí misma estudiando al resto de niños. ¿Les caía bien? ¿Interaccionaban con él? ¿O resultaba que el niño se pasaba los días solo?

Ay, Dios mío. ¿Tendría allí amigos?

Enseguida me di cuenta de que nuestro niño era distinto

del resto. Y no solo porque fuera mucho más delgado. Tenía una sensibilidad muy distinta que le hacía parecer menos civilizado. Puede que fuera porque su padre le estaba lavando la ropa. Todos los demás tenían esas arrugas profundas propias de haber tenido toda la noche la ropa en la secadora.

Y mientras divagaba para mis adentros sobre todo aquello, una vez más no pude evitar detenerme a escudriñar a todos los demás niños. Al menos el nuestro era inteligente.

Y aprendía rapidísimo. Ya había aprendido a montar en bici, jugar al tenis, hacer *paddleboard*, tirarse de cabeza y pescar. Así que, si de pronto nos convirtiéramos en una familia perdida en mitad de la jungla, el tener a ese niño cerca podría resultarnos muy útil. No había ni un día en que el pobre muchacho no regresara a casa de su campamento de pesca con al menos dos peces para alimentar a sus «padres».

Que alguien haga el favor de decirme cuántos niños son capaces de algo así.

DÍA DOCE

Llegaron varios paquetes. Max cortó todos para abrirlos y empezó a retirar el embalaje de cacahuete, que fue colocando en un bol de ensalada muy grande y pesado. Yo no habría usado eso realmente, pero no me paré a decirle nada. En lugar de ello, me recordé a mí misma que aquel padre estaba siendo muy considerado y que estaba empleando todo su tiempo en enseñar a su hijo. Me dije para mis adentros que estaba disfrutando de una felicísima experiencia familiar por osmosis y de que, con un poco de suerte, mi vida no se haría añicos por no cumplir ese plazo y por estar cada vez más próxima a la penuria.

Asomé ligeramente la cabeza cuando Max tomaba en las manos una de sus compras y se disponía a desenvolverla. La alzó.

—Mira, hijo —le anunció—. Este árbol se llama bonsái.

—¿Y qué es un bonsái? —preguntó el niño.

—Pues el bonsái es como un árbol enano. ¿Sabes que hay algunas personas que son enanas? Pues en este caso es justo igual. Con el bonsái sucede exactamente lo mismo, solo que es un árbol —espetó el padre.

Aquellas no eran precisamente las palabras que yo habría escogido, pero ya había aprendido a no criticar a Max delante del niño. Y es que, en cuanto yo soltaba algo remotamente crítico en relación con Max, el chaval era evidente que se disgustaba.

Ayer mismo, mientras yo fregaba una sartén sucia y Max sumergía en alcohol ciruelas y melocotones partidos por la mitad, cometí el grandísimo error de llamarlo raro. En ese momento, el niño de inmediato se puso a la defensiva y me pidió que me mantuviera al margen y no me metiera.

—Pero, niño, ¿qué te pasa ahora?

—No te consiento que digas nada malo sobre mi papá. Mi papá para nada es raro.

—Pero, a ver, ¿en serio piensas que el adjetivo *raro* es negativo? Para nada. Para mí, lo de ser raro es positivo —le aseguré.

El niño me miró con gran desconfianza.

—A ver, ¿tú cómo describirías a mi papi?

Nada más escucharlo, sospeché que aquella era una pregunta trampa.

—Pues yo diría que viaja mucho. Intuyo que es algo así como James Bond.

No hubo respuesta. Pero enseguida volvió al ataque.

—¿A ti te parece que mi padre es un friki?

—Imagino que podríamos decir que sí es un poquito friki.

—¿Y ser un friki es positivo o negativo? —cuestionó.

—Por supuesto que es algo bueno —traté de reconfortarlo.

—Entonces, ¿por qué no dijiste mejor que mi padre era un poco friki en lugar de un raro?

Aquel chavalín se estaba quedando conmigo.

Mientras Max y el niño iban ojeando todas las cajas, yo tomé una pintura de color y una libreta, y comencé a dibujar a mis caniches. El crío, completamente aburrido, se acercó para ver lo que estaba haciendo. Y al rato se puso a dibujar un camello.

En la casa reinaba la calma, excepto por el sonido de nuestros lapiceros sobre el papel.

No me hizo falta nada más para darme cuenta de que aquello era maravilloso. Lo de estar sentada en mitad de la sala de estar sin parar de dibujar.

«Si yo tuviera un hijo, ¿me esforzaría en tratar de mejorar mis habilidades en el dibujo?», me planteé. Arrugué las hojas con los caniches y, en vez de ello, me dispuse a dibujar una cabeza de caballo.

Según iba haciendo trazos, me pregunté qué pasaría si yo, Max y el niño empezáramos a pasar más tiempo así juntos. ¿Y qué pensaba realmente la madre de aquel chiquillo de toda esta situación? A fin de cuentas, yo no era más que la exnovia de Max. ¿Acaso le preocuparía que Max y yo pudiéramos volver a estar juntos e intentáramos criar nosotros al niño?

—¿Es guapa? —le pregunté a Max.

—¿Quién?

—Su madre.

En ese instante Max se encogió de hombros. Tiene la belleza propia de las islandesas. Todas son guapas.

Le sonsaqué cuál era su apellido y así logré hacerme con unas cuantas fotos de ella que encontré en Internet. Sin lugar a dudas, era impactantemente bonita.

Saqué otra hoja de papel e intenté dibujar un boceto del perfil del niño.

Se inclinó para ver lo que estaba dibujando.

—¿Se supone que ese soy yo? —quiso saber, ofendido—. Me has hecho la nariz demasiado grande.

—Sí, tienes razón —admití—. El tema de las proporciones no lo controlo mucho, ¿verdad?

El niño suspiró. Yo suspiré. Regresé a mi despacho, y el crío encaminó sus pasos en dirección a su padre, muy probablemente para quejarse de mí.

DÍA CATORCE

La enorme tormenta de la noche anterior había inundado el campamento. Hasta en el cobertizo había entrado el agua, lo que significaba que me tocaba sacar a mano todo el barrizal con la ayuda de un ejército de escobas.

Aquella era una de esas tediosas e inevitables tareas que por algún extraño motivo solo yo podía llevar a cabo.

Los hombres tendrían que ocuparse de sus tiendas de campaña.

Una vez concluida mi labor, me fui directa a casa.

¡Sorpresa! Max había preparado unos deliciosos sándwiches BLT, e incluso teníamos alguno extra para más tarde. Sin duda alguna, se estaba convirtiendo en un PADRE con mayúsculas. Mientras comíamos, hablamos de la tormenta de la noche anterior. Max intentó explicarle a su hijo qué eran las tormentas eléctricas.

Se me escapó una sonrisa. Max se ofreció a recoger toda la cocina para que yo pudiera sentarme a escribir.

La paz me duró diez minutos.

—Ven rápido —gritó Max.

—¿Qué sucede? —pregunté con la voz entrecortada y, presa del pánico, salí corriendo de casa tras él.

Max abrió la solapa de la tienda de campaña.

Eché un vistazo dentro. La tienda no era impermeable, y en su interior toda la ropa que había por allí esparcida estaba calada. Lo que se traducía en una mañana entera de lavadoras.

—¡Pues vamos a ello, chicos! —dije, tratando de inspirarlos y contagiarles ese espíritu alegre que me había propuesto mantener en todo momento—. ¿Por qué no vais sacando toda vuestra ropa y la lleváis al porche para que pueda empezar a lavarla? Max me fulminó con la mirada. Me dijo que iba a sacar partido de la situación y que intentaría aprovechar la coyuntura para hablar al niño de los truenos y de la seguridad en una tienda de campaña húmeda, y que, por tanto, debería marcharme de allí durante un raro.

Media hora más tarde volví a salir para ver cómo estaban. No habían hecho nada. No tenía ni idea de a qué habían dedicado todo ese rato, pero desde luego no habían llevado ni una sola prenda húmeda al porche.

—¡Ey! —los saludé—. ¿Habéis podido poneros ya a ello?

De repente, Max tuvo una especie de berrinche o crisis histérica.

—No era consciente de que tú estabas llevando este lugar como si de una fábrica se tratara. Estaba comentando algo con mi hijo y nos has dejado con el debate justo a medias.

—Y eso sonaría genial —le repliqué—, si no tuviera por delante cuatro lavadoras esperándome.

Me di la vuelta y regresé a mi despacho furiosa.

Los niños y los hombres tienen muchos rasgos en común. Por ejemplo, lo de comenzar un proyecto y no terminarlo. Lo de dejar verdaderos desastres que luego las personas que llegan detrás deben arreglar. Lo de no entender qué es un «desastre» ni qué es lo que desemboca en uno.

Y de acuerdo, probablemente no pase nada por todo esto, a menos que seas tú la que desempeñe el rol de cuidadora en la relación. Y es que esto significaría que tú tendrías que ocuparte de los niños, te encargarías de limpiar, deberías mantener silencio y te tocaría anteponer las necesidades de todo el mundo a las tuyas aun cuando, y sobre todo, sus necesidades impliquen que tú debas prestar mucha menos atención a las tuyas.

Dicho de otro modo, te convertirías en voluntaria para pasar a ser una ciudadana de segunda clase. Hablando en plata: alguien a quien jamás nadie agradece nada. La persona al mando de lo complejo. La menos valorada. Las mujeres, en mi opinión, deberían eliminar ese Día de la Madre que nos han ido imponiendo todas esas empresas de corazones y flores dirigidas por hombres que se hacen multimillonarios a nuestra costa y volver a ponerlo en manos de madres de verdad. Ellas mejor que nadie saben que una ayudita de condiciones les iría como anillo al dedo.

Cinco minutos más tarde, tras maldecir mentalmente a Max, el hombre apareció con toda una pila de ropa húmeda que me ayudó a meter en la lavadora.

Me insistí a mí misma en que debía respirar hondo. Todo saldría bien.

De camino al trabajo, vi que Max había dejado el sándwich extra en la mesa. Al pasar, picoteé un trozo pequeño de beicon y me dije que, después de todo, quizás aquel había sido un buen día.

Me aproveché de otros tres minutos de paz.

—Oh, no —vociferó Max.

—¿Qué pasa ahora? —exclamé, saliendo a toda prisa.

—Tu queridísimo perro ha devorado mi sándwich.

DÍA QUINCE

Pero ¿en serio que ya estábamos a final de mes? ¿Cómo podía haber pasado el tiempo tan rápido? ¿Cómo podía haber vivido tantísimas emociones?

A las dos de un soleado mediodía de domingo, allí estábamos Max y yo tímidamente encaramados al borde de una grada muy alta, mientras aguardábamos a que el niño recogiera su diploma de participación en el campamento deportivo. Apostaría lo que fuera a que los otros padres ya eran expertos en el tema. Allí estaban todos sentados en corrillo en mitad de la grada, presumiendo de saberse no solo el nombre de sus respectivos hijos, sino también el de todos los demás críos. Si yo hubiera tenido hijos, imagino que mi vida habría sido también así, y que igual que ellos me habría pasado los días en espacios verdes luciendo una gorra de béisbol y sintiéndome parte de una familia. Todos los padres parecían muy amables (de hecho, yo soy de la teoría de que los niños tienen algo que hace que la mayoría de los adultos aprendan a comportarse), pero saltaba a la vista que todos ellos eran, como mínimo, una década más jóvenes que Max y yo. En su rostro aún resplandecía ese brillo esperanzado de quien está convencido de que algún día todo cobrará sentido.

Max y yo esperamos de pie.

No sabíamos ni dónde sentarnos ni qué hacer.

Puesto que yo no vivía una maternidad real, di por sentado que este era un problema que los padres de verdad no tenían. Envidiaba el simple hecho de que sus vidas tuvieran un patrón. Predefinido, quizá, pero también reconfortante. Y es que, cuando uno tiene niños, ya sabe lo que se espera que haga con su vida. Ya sabes todo lo que se supone que va a suceder y cuándo.

Sin embargo, cuando no tienes hijos y encima estás soltera, careces de ese patrón. No tienes ni idea de lo que va a ir pasando. Y en esas, mientras esperaba a que el entrenador pronunciara el nombre del niño, me fui poniendo más nerviosa que un flan.

¿Y si llamaban al niño el último? ¿Y si se olvidaban de él y ni mencionaban su nombre? ¿Y si se acababan los trofeos antes de que le tocara al niño recibir el suyo? Se me partiría el corazón.

Creo que necesito tener unas palabritas con el entrenador. Realmente creo que tengo que darle un toque.

—Ey —grité.

—Ey —me preguntó—. ¿Pero es que no piensas grabar al niño en vídeo?

DÍA DIECISIETE

El niño y su padre se marcharon un martes en un monovolumen gris llena de golpes y conducida por un taxista de la aldea. Por un momento se me pasó por la cabeza que lo mismo el monovolumen no llegaba a la ciudad de Nueva York, pero, como siempre, yo era la única persona a la que le preocupaban este tipo de cosas.

De cualquier modo, no había elección. Necesitaban sitio para meter la bicicleta y las tiendas de campaña, y también el diorama ya terminado, el cual Max y el niño habían colocado perfectamente en el interior de una caja de cartón.

Metieron todos sus trastos en el monovolumen y cerraron todas las puertas. Desde la puerta, contemplé al vehículo alejarse con cautela por la carretera. Saludé, pero tampoco me pasé allí horas moviendo las manos.

Entré directa a mi ordenador, donde me senté a ver una vez más el vídeo que le había hecho al niño.

Aquella película personal resultó toda una revelación. Esas vacaciones parecían aquello con lo que Max y yo una vez habíamos soñado juntos. Mi jardín realmente tenía el aspecto de un campamento de verdad, con dos tiendas allí colocadas, dos parrillas de carbón y una red para jugar al bádminton. Se veía al niño aprendiendo a practicar *paddleboard* en la bahía justo enfrente de la casa de Kitty y con uno de los caniches. Y también había conseguido captar ese momento en el puerto, nada más bajar de la barca de pesca y mostrando a la cámara los dos peces enormes que había pescado. Y en la última escena se podía ver al niño recorriendo el campo para recoger su trofeo del campamento.

A lo largo de toda la cinta lo que más sobresale es que se ve al niño absolutamente feliz. Siempre riendo, siempre bromeando. Sin duda, para él ha sido un mes divertido.

En el vídeo también salía Max. Sí, mi querido y viejo amigo

Max. A él también se le ve disfrutar muchísimo. Allí salía, con las manos en las caderas, mirando lleno de orgullo a su pequeño mientras bajaba por primera vez la calle en su bicicleta sin ruedines.

Sin poder resistirme, me pregunté si el niño se acordaría de mí. Probablemente, no. Pero, si acaso lo hacía, en su cabecita sería esa mujer extraña en cuya casa pasó ese verano en el que aprendió a montar en bicicleta.

Puse al archivo el nombre del niño —Dagmar— y le di a «Guardar».

CAPÍTULO 8

LA EXPERIENCIA DEL NOVIAZGO

¡MARILYN Y YO NOS HEMOS ECHADO NOVIO!

Es como una especie de milagro. Hasta que empezamos a salir con nuestro MNN (mi nuevo novio), nos considerábamos a nosotras mismas unas solteronas empedernidas. Ni se nos pasaba por la cabeza estar con un hombre y nos sentíamos orgullosísimas de no necesitar a ninguno. Evidentemente, a ratos nos deprimíamos un poco (¿es que vamos a meternos en la cama solas el resto de nuestra vida?), pero luego, como las mujeres buenas y sensatas que éramos, nos recordábamos lo sumamente afortunadas que debíamos sentirnos por tener una cama para nosotras solitas.

Y no solo por tener una cama, sino por tener una habitación propia en una casa que era nuestra y de nadie más.

Puesto que no contábamos con incluir a ningún hombre en nuestro futuro, ni que decir tiene que no los buscábamos. Dijimos que no a cualquier tipo de rollete, y no pisábamos ni un solo bar ni restaurante en el que se pudiera conocer a alguien del sexo contrario. Solíamos pasar el rato en casa de Kitty. Allí nos entreteníamos con las mismas historias de siempre sobre cómo renovaríamos nuestras casas si tuviéramos dinero. Dicho de otro modo, habíamos reducido a cero nuestras probabilidades de descubrir a nuestra media naranja.

Y estábamos bien. En mi caso particular, había investigado un poco sobre el tipo de hombres que quedaban disponibles, y la verdad es que no parecían gran cosa. Especialmente al hablar de los de una edad acorde a la mía. El principal problema residía en que, a diferencia de los cachorritos, los hombres de mediana edad solían ser de la mentalidad de que las mujeres de cincuenta en adelante no tenían ningún atractivo. Sobre todo cuando para ellos era facilísimo encontrar ya no únicamente a una mujer más joven, sino en general a mujeres deseosas de volver a empezar con ellos su estilo de vida reproductivo.

LOS CALENTORROS

A modo de ejemplo, el «calentorro». Muy al contrario de todos esos hombres que son ellos los que inician el proceso de divorcio y, a menudo, en ese momento ya tienen otra relación atada, el hombre calentorro se encuentra inintencionadamente soltero. Puede que su mujer haya muerto. O que lo engañara, o se enamorara de otro. O puede que simplemente hubiera acabado aburrida de él y, un buen día, se hubiera dado cuenta de que ya no concebía un solo instante más a su lado, y mucho menos otros treinta años escuchando una y otra vez los mismos chistes malos. Por una cosa o por otra, el tema es que está soltero o a punto de estarlo, y que no lo estará por mucho tiempo.

Vamos a ver, lo cierto es que no hay nada malo en el hombre sexi y calentorro. De hecho, es más bien al revés: podría decirse que en él hay demasiadas cosas buenas. Y eso es justo lo que Kitty descubrió cuando volvió a toparse con Harold en la presentación de una nueva colección de arte.

Llevaba años sin verlo, pero logró reconocerlo al instante. Lucía el típico corte de pelo moderno de ciudad, a día de hoy con canas intercaladas, pero por su rostro apenas había pasado el tiempo. Y seguía desempeñando un trabajo importante en la galería de arte. Cuando le mencionó que estaba divorciado, o a puntito de estarlo, Kitty no podía creerse su buena suerte. Había estado hiperenamorada de él hacía años, cuando ambos formaban parte del mismo círculo de amistades, pero después fueron perdiendo el contacto. Y ahí estaban ahora otra vez los dos.

En esta ocasión, enseñándose fotografías de sus respectivos hijos en sus teléfonos móviles. La hija de Kitty ya había dado más de treinta vueltas al sol y estaba casada, pero la de Harold aún era una niña, una adorable pequeña de solo diez años llamada Agnes. A Kitty volvió a despertársele de nuevo el instinto maternal. Se dio cuenta de que no le importaría nada volver a ejercer de madre con esa preciosísima cría que, claramente, derrochaba personalidad.

Mientras se marchaban de la inauguración para irse a tomar una copa a otro lado, Kitty no pudo evitar preguntarse si acaso su suerte estaría a un tris de cambiar.

La verdad era que Harold se mostraba interesado en ella. En el *pub*, estuvo todo el rato tocándole la mano con los dedos cada vez que quería hacer un inciso y, luego, al despedirse y desearle las buenas noches, le plantó un buen beso en los labios.

Esa noche, al acostarse, Kitty soñó que ella y Harold se enamoraban locamente y se casaban, y que, al hacerlo, ella se saltaba y dejaba atrás todos los problemas que traía consigo la LME. ¿Por qué razón no podía ser ella la afortunada? ¿Por qué no podía ser ella quien saliera ya no solo indemne del sistema de citas de la mediana edad, sino, y sobre todo, con una relación incluso mejor de lo esperable?

Kitty no volvió a saber nunca más de Harold, aun cuando ella le escribió mensajes en tres ocasiones y llegó a llamarlo en dos. Seis meses más tarde, volvieron a coincidir en otra inauguración de la galería de arte. Sin embargo, esta vez, él iba acompañado de una mujer. Ella también tenía un corte de pelo muy urbanita y moderno. Pero parecía muuuy joven. No tenía una sola arruga en la cara. Kitty estaba convencida de que no tenía más de veinticinco.

Y por eso, cuando miró de Harold a la mujer joven y de la mujer joven a Harold, las palabras se le escaparon sin quererlo de la boca.

—¿Y vosotros cómo os habéis conocido? —le preguntó—. ¿Sois familia?

Quizá, sugirió Kitty, Harold era el tío de la joven mujer.

La chica le lanzó una mirada furiosa:

—Estamos comprometidos —le espetó.

Cuando ella se marchó, Harold tranquilizó a Kitty asegurándole que no había pasado nada y que todo estaba bien. Aunque su prometida parecía una adolescente, en realidad tenía cuarenta años. A continuación, regaló una sonrisa radiante a Kitty y le confesó que muy pronto iba a ser padre otra vez.

Y ese es justo el problema con los calentorros. Da exactamente igual lo acorde a tu edad que el tipo sea y lo fantástica que tú estés. En menos que canta un gallo, tendrá no solo una nueva relación, sino toda una familia nueva.

EL «ESE TÍO ES TAN VIEJO COMO TU PADRE»

La realidad de los calentorros puede hacer que algunas mujeres traten de probar suerte ellas también jugando al juego a su favor, es decir, quedando con hombres quince, veinte y hasta veinticinco años mayores que ellas. Y teniendo en cuenta que ahora ya somos nosotras las que estamos en la mediana edad…, ¿significa eso tener una cita con un tío de setenta? ¿De setenta y cinco? ¿De ochenta?

De entrada podría costarte creer que a tu alrededor pueda haber todo un contingente de hombres de esa edad con ganas de «fiesta». Sin embargo, al observar los datos demográficos y constatar que muchísimos de los *boomers* están ahora en sus últimos años, tiene sentido lo de que haya toda una cosecha de sexagenarios, septuagenarios y octogenarios por ahí fuera haciéndose pasar por hombretones de treinta y cinco.

Precisamente yo conocí a uno de estos tipos en una fiesta organizada por un matrimonio de sesenta y pocos. Aquel festejo estaba repleto de mujeres solteras de sesenta y algo y de dos o tres maduritos con tablas o MCT. Se trataba de hombres mayores solteros y con posibles, es decir, con dinero suficiente como para añadirlo a su lista de atributos. Con frecuencia seguían trabajando en una versión de menos alcurnia del altísimo cargo que en su día tuvieron. En algún instante de aquella fiesta debí de hablar con alguno de esos hombres, puesto que, tan solo unos días más tarde, Ron, el anfitrión del guateque, me llamó para decirme que un tal Arnold que era colega suyo estaba deseoso de tener una cita conmigo.

Ron se mostraba emocionadísimo por ello. E impresionado. Me soltó que Arnold era un pez gordo, un buenísimo partido, y que él mismo lo había admirado siempre. Al parecer, Arnold había jugado en la Ivy League y en su día hasta había sido todo un magnate tanto del petróleo como de los medios de comunicación. De hecho, todas las mujeres con casas en la zona de Park Avenue estaban siempre invitándolo a sus fiestas. Era el más buscado y estaba muy codiciado.

Algo me decía que sí que ubicaba a ese hombre: era un hacha de guerra alto y fuerte pero mayor. Es más, decidí que era bastante mayor para mí.

—¿Cuántos años tiene? —quise saber.

—Es un poco mayor que yo —me respondió Ron—. ¿Qué tendrá, unos sesenta y ocho?

Este tipo de hombres suele mentir sobre su edad. Te meten

un rollo, olvidándose de ese «dispositivo revelaverdades» denominado Internet. Y lo digo con conocimiento de causa, porque, nada más *googlear* su nombre, me salió que Arnold en realidad tenía setenta y cinco.

Ese dato lo acercaba muchísimo más a mi padre que a mí. Mi padre tenía ochenta y tres, es decir, que Arnold era solo ocho años más joven que él. Sin embargo, entre los dos no podría haber más diferencias. Mi padre era un hombre muy conservador. Arnold, aparentemente, para nada. Según Ron, Arnold había sido un hombre muy notable y salvaje que había ido a Studio 54. Incluso a día de hoy, Arnold seguía teniendo novias mucho más jóvenes que él. Es más, la última tenía solo cuarenta y cinco.

—Realmente no sé cómo lo hace —me aseguró Ron.

Y yo me quedé con muchas ganas de decirle que no iba a ser yo la que lo averiguara.

E intenté decirle que no, que no pensaba quedar con ese tipejo. Pero la presión de tus iguales es algo con lo que no había contado en la mediana edad. Y cuando se trata de citas y quedadas, resulta que otra cosa no, pero presión social hay muchísima.

Mis amigas me recordaban una y otra vez que tener una cita era algo fantástico, y que era aún más genial saber que por ahí había alguien que me hubiera pedido salir. ¿Cuándo fue la última vez que me había pasado algo así? Por supuesto que debía aprovechar la ocasión. ¿Qué había de malo en ello? Además, oye, que nunca se sabe lo que puede pasar.

Por supuesto, el problema con el «Nunca se sabe lo que puede pasar» es que yo claro que lo sabía. Lo tenía clarísimo.

Sabía, o estaba convencida de que sabía, que no pensaba quedar con un hombre de setenta y cinco años por muy maravilloso que fuera. ¿Y si se caía? Yo no me había pasado toda mi vida trabajando de sol a sol para luego acabar así, cuidando a un viejo al que no conocía de nada. No obstante, cada vez que intentaba explicar esto, me daba cuenta de lo arcaica, discriminatoria, prejuiciosa y antirromántica que sonaba.

Pero realmente no lo sabía, ¿o sí? Yo no sabía lo que podía pasar. ¿Y si me enamoraba de él? En ese caso, la edad no importaría nada, ¿no? Además, yo no quería ser esa mujer; quiero decir, no quería convertirme en esa criatura superficial que se preocupa más de la practicidad que de las ilusiones ciegas del amor.

Aparte, y como Ron se había encargado de recordarme una y otra vez, debía sentirme orgullosa del gran honor que suponía que un «hombre tan sumamente poderoso como Arnold» quisiera pasar su valioso tiempo conmigo.

A modo de preparación para la cita, me fui a casa de Sassy, y las dos estuvimos allí buscando fotos de Arnold por Internet. Todas las imágenes se remontaban a unas tres décadas atrás. Sin duda, había sido un tío importante y bastante atractivo.

—Ay, cariñito —me espetó Sassy—. Podría resultar un hombre absolutamente maravilloso. Debes ir a esa cita con la mente abierta.

Y en esas empezamos a negociar los pormenores de nuestro encuentro. Podríamos haber ido a un restaurante de mi zona, pero Arnold estaba empeñado en enseñarme su casa, que estaba en otra ciudad a unos quince minutos de distancia. Se ofrecía a recogerme y llevarme hasta allí, y luego me invitaba a pasar la noche en su casa si me apetecía. Después, por la mañana, volvería a traerme de vuelta a mi casa.

¿Una especie de fiesta de pijamas? ¿Con un tío de setenta y cinco al que no conocía de nada?

Pues la verdad es que ni loca.

Al final conseguí acordar que yo iría en mi coche hasta su casa; luego, iríamos andando al restaurante; después de la cena, volveríamos también a pie a su casa, y entonces ya me metería en el coche para conducir de vuelta a mi casa.

O podríamos pasar la noche allí, volvió a sugerirme el hombre, pero como amigos.

Sassy me regañó por esos preparativos.

—Pero ¿por qué demonios no le dices que sea él el que te venga a recoger a casa?

—Pues porque él no conduce por la noche. Lo que significa que, si me recoge, me quedo allí atrapada. Dependo por completo de su horario. Por lo menos, si yo voy en mi coche, puedo salir pitando de allí cuando quiera.

De ese modo, le hice comenzar la cita mucho más temprano de lo que él hubiera deseado, exactamente a las seis de la tarde. Él quería quedar a las ocho, porque de ese modo nuestro encuentro se prolongaría hasta las once de la noche. Pero yo no pensaba estar con Arnold hasta una hora que pudiera relacionarse con la cama.

Cuando llegué a la entrada de casa de Arnold, allí estaba él ya esperándome afuera. Al principio pensé que era un detalle muy dulce y amable por su parte, pero resulta que solo quería decirme dónde debía aparcar para que no tuviera que ir la grúa y los vecinos no se quejaran.

Entré al interior de la casa. Arnold cerró la puerta y le echó la llave.

Yo rezaba con todas mis fuerzas para que Arnold no resultara ser un asesino psicópata.

Precisamente eso me recordó lo que muchas veces Emma me había advertido sobre lo de conocer a un hombre *online*: «Que no sea un asesino psicópata». Era curioso como esta misma preocupación estaba presente en toda la gente, en todos los métodos de citas y a todas las edades.

De todos modos, aunque Arnold fuera un asesino psicópata de setenta y cinco años, tendría que ser muy muy estúpido para matarme. Todo el mundo estaba al tanto de nuestra cita, y, sin duda, se habría convertido en el primer sospechoso.

Respiré hondo y me recordé a mí misma que debía ser amable.

No me encontraba nada pero nada bien. Me sentía muy incómoda y bastante preparada para el ataque. Estaba enfadada conmigo misma por dejarme ver en esta tesitura. Aunque solo fueran tres horas y tan solo se tratara de una comida, pero... ¿qué narices me pasaba?

Me recordé a mí misma lo que Ron me había dicho, lo que la sociedad diría a mujeres como yo: que debía sentirme afortunada y agradecidísima por tener una cita con un hombre como Arnold.

Y empecé a hacer lo habitual en este tipo de casos: a admirar sus obras de arte contemporáneo, las cuales había adquirido hacía años cuando era propietario de una galería de arte y se pasaba el día rodeado de artistas. Solté varios «Ohh» y «Ahh» al ver su peculiar colección de libros, y luego, cuando me propuso algo así como una visita guiada por su casa, le dije que sí. Las habitaciones tenían ese toque masculino moderno y estaban repletas de ventanas, de metal y de cristal. Todo estaba perfectamente ordenado. Cada cosa en su lugar; un lugar, percibí, que llevaba sin tocarse muchísimo tiempo.

Pese a lo aireado de los espacios, la casa no parecía particularmente grande. A los pocos segundos de empezar el *tour*, ya habíamos llegado a su dormitorio.

Un enorme ventanal llenaba toda una pared y regalaba a los ojos una inmensa vista de terrenos y jardines. Fijé en ella los ojos, admirada.

Sin embargo, resultaba que aquel magnífico escenario no era la mejor parte de esa habitación. ¿Quería saber cuál era la mejor parte de ese dormitorio?, me preguntó con insistencia Arnold.

—Pues claro —le respondí con soltura.

Me sonrió abiertamente.

—La cama. La tengo desde hace veinte años —me explicó

con orgullo—. Esta cama me ha traído muy buena suerte. He disfrutado de mucho y muy buen sexo en ella. —Hizo una pausa y me miró intencionadamente—. Y espero seguir teniendo mucho más en el futuro.

Miré con más detenimiento la cama. Las sábanas estaban un poco arrugadas, y no pude evitar pensar que quizás Arnold había estado echando un polvo rápido antes de que yo llegara. Lo imaginé desnudo sobre esas sábanas, con su gran barriga cubierta de pelo blanco cayendo de un lado a otro.

—Pues genial por ti —le solté. Y dejé caer que me iría bien beber algo.

Una botella de vino tinto y dos copas aguardaban sobre la encimera de la cocina. Una cocina en la que se respiraba ese ambiente empolvado de los espacios que llevan años sin usarse.

Me disculpé como pude y le dije que no bebía vino tinto. Tan solo vino blanco o rosado.

—Pero si Ron me dijo que bebías vino tinto. Le pregunté, y me dijo que bebías vino tinto. Por eso salí a por una botella buena.

Estuve a un tris de decirle que Ron no sabía nada sobre mí y que por eso era absurdo preguntarle a él qué vino era mi preferido. Pero me mordí la lengua, claro. En vez de ello, traté de negociar de nuevo.

—Preferiría una copita de vino blanco si tienes.

—Pero ¿estás segura de que no quieres probar este vino tinto? He comprado una botella muy buena. Y no te preocupes por beber. Ya sabes que siempre puedes pasar aquí la noche.

—Ja, ja, ja, ja.

Mi sonrisa sarcástica escondía un cabreo considerable. Se me pasó por la cabeza elaborar algún tipo de excusa y largarme de allí, pero no conseguía pensar en nadie que luego respaldara mi respuesta sin hacerme sentir una loca y sin causar un revuelo entre esa gran clase social que había condonado este encuentro.

Hablando en plata, que aún no estaba preparada para ser socialmente condenada al ostracismo por escapar de las redes de Arnold.

A continuación me enseñó su piscina. Era pequeña y tenía forma de riñón.

—¿Te apetece nadar un rato?

—No, muchas gracias.

—¿Por qué no?

—Porque no me he traído bañador.

—Pero puedes nadar desnuda —me dijo.

—No lo verán tus ojos.

—Bueno, pues aquí siempre serás bienvenida. Vente a nadar cuando quieras —me contestó con lo que parecía una generosa sonrisa que, no obstante, aún era incapaz de apaciguar mi furioso malestar.

—Arnold —suspiré—, nunca jamás voy a venir aquí a nadar en tu piscina.

—¿Y por qué no? —quiso saber.

—Pues porque para mí es demasiado pequeña. A mí me gusta hacer largos y, siento decirlo, pero para mí tu piscina no es más que una simple bañera.

Arnold se echó a reír con cierta provocación. Lo bueno de los hombres como Arnold es que, les digas lo que les digas, jamás se sienten insultados. Son tan superarrogantes y están tan seguros de sí mismos que ni se les pasa por la cabeza el que una mujer pueda, ni por asomo, estar insultándolos.

* * *

Fuimos caminando despacio hacia el restaurante.

—Se te ve joven y sexi —me piropeó Arnold—. Debes de hacer mucho ejercicio. ¿Cuántos años tienes?

—Casi sesenta.

Arnold se quedó como perplejo. Visto lo visto, Ron no solo me había mentido a mí sobre la edad de Arnold, sino que también había engañado a Arnold sobre mi edad. La diferencia estaba en que yo manejaba Google, y Arnold, no.

—Anda, eso es estupendo —me dijo—. Resulta que estamos en el mismo lugar. Ambos buscamos ya compañía.

De todas las micro y macroagresiones que existen respecto de la edad, la peor es cuando descubres que estás cruzando esa línea que existe entre querer una relación, con todo lo que ello implica, y simplemente asentarte y conformarte con su prima pequeña: la compañía.

Una relación implica una pareja dinámica en la que ambos van a hacer algo. La compañía, por su parte, alude justamente a lo contrario: los miembros de la pareja solo aspiran a hacerse compañía, ahí sentados, viendo la vida pasar.

Por supuesto, los hombres como Arnold no necesitan conformarse con nada.

Tras años con novias jóvenes y sexis (según él aún podría estar con jovencitas de veinticinco si quisiera), había tenido una revelación. Estaba saliendo con una mujer de treinta y cinco, y todo parecía ir bien hasta que algo le hizo ver que ya no tenía nada que decirle a ella. Y resultó que aquello no fue ninguna casualidad ni golpe de suerte. De ahí en adelante se dio cuenta de que ya no tenía nada que decirle a una mujer de menos de treinta y cinco. Eran demasiado jóvenes para él. Y, por tanto, a regañadientes, se vio obligado a replantearse sus requisitos y decidió aumentar la edad de su grupo objetivo. A partir de entonces se propuso quedar con mujeres de entre treinta y cinco y, posiblemente, cincuenta años.

Mantuve la mirada fija en Arnold durante un buen rato. Había hombres que sí que parecían más jóvenes que lo que decía su carné de identidad, y había muchos tipos de setenta y cinco muy atractivos, pero Arnold no era precisamente uno de ellos. Sus días de gloria en los campos de fútbol de la Ivy League ya habían quedado atrás hacía mucho. A día de hoy resultaba imposible encontrar en él algún tipo de atractivo sexual. Por otro lado, hay que decir que la sociedad en su conjunto se confabula para decirle a los hombres que están mejor de lo que realmente están, al tiempo que a las mujeres las machaca haciéndolas creer que están peor de lo que en verdad están.

Con todo y con eso, lo cierto es que yo no era la sociedad.

—Escúchame bien, Arnold —le dije sin contemplaciones—. No te crees ni tú que todas esas mujeres de veinticinco, treinta y cinco e incluso cuarenta y cinco con las que supuestamente te estás acostando realmente se sienten atraídas por ti.

Arnold se detuvo a pensar al respecto y, luego, por extraño que parezca, me dio la razón. No obstante, aunque todas esa mujeres no vieran en él ningún atractivo, según él, el sistema seguía funcionando a su favor. Y la razón de ello era que las mujeres eran insaciables y avariciosas.

La explicación que me dio Arnold era sencilla: el mundo estaba repleto de mujeres con trabajos decentes, tipo agentes inmobiliarios, peluqueras y profesoras de yoga. Muchas de ellas tenían hijos y exmaridos que no les pasaban la pensión o que eran alcohólicos (cabe aquí toda la panoplia de sufrimiento humano), y aunque ellas tenían lo suficiente para sobrevivir e ir tirando, sucedía que querían un estilo de vida mucho más alto. Soñaban con el estilo de vida. Con ese estilo de vida que nunca se podrían permitir.

¡Querían bolsos carísimos!

Y ahí es cuando entraban en juego tipos como Arnold y otros de su calaña.

A sabiendas de todos sus logros, uno podría llegar a pensar que Arnold acabaría teniendo algún tipo de empatía con estas mujeres en situación difícil, pero no, nada más lejos de la realidad. Cuando Arnold pensaba en estas mujeres, cuando las describía, se refería a ellas como esas acumuladoras compulsivas de bolsos caros que usaban el sexo para saciar su adicción. Y él podía garantizarles esos bolsos.

Pero ¿acaso era consciente de que él también estaba siendo usado?

Era evidente que no. A los hombres, insistía Arnold, no les importaba lo más mínimo por qué una mujer tenía sexo con ellos. Lo importante era que lo tuviera.

Además, me recordó una vez más, los hombres eran los que tenían la sartén por el mango, porque, si una mujer no satisfacía sus demandas, siempre habría otra que lo haría. Se trata de un guion que los hombres con dinero controlan y continuarán controlando incluso en la vejez, siempre que sean capaces de proporcionar aquello que una mujer codiciosa quiera. Como bien puede ser un bolso caro.

Pero ¿qué sucedería si el mundo fuera diferente y los ingresos fluyeran en dirección opuesta? Es decir, que el dinero no fuera hacia Arnold, sino hacia todas esas mujeres con hijos y sin ninguna opción de amasar más dinero. ¿Y si el mundo fuera completamente distinto y no hubiera ninguna mujer que «necesitara» en absoluto mantener relaciones sexuales con Arnold por ningún motivo? ¿Qué demonios pasaría entonces con Arnold?

* * *

Fui directa a casa de Sassy y la estuve poniendo al día sobre la cita. Ambas coincidimos en que se repetía la misma misma historia de siempre: piensas que hay un hombre que va a resultar ser genial y que, como mínimo, te demuestra uno o dos detalles que no te esperas, pero resulta que luego es otro tipejo machista en cuya mente solo existe el sexo y que solo quieren un buen revolcón. Precisamente esa, me aseguró Sassy, era la razón por la que ella nunca jamás había conseguido casarse. Sí que había estado inmersa en una relación seria durante un tiempo, pero luego, y de repente, una fuerza salvaje e independiente surgía con fuerza en ella y la llevaba a preguntarse: «¿Por qué?, ¿qué pinto yo aquí?».

—Al final me di cuenta de que no es posible tener un compañero de vida de verdad, porque todas las relaciones son inherentemente sexistas —me explicó—. Te toca ser la madre y la cuidadora, y luego, cuando se les antoja tener sexo, también te tiene que apetecer a ti. Y es entonces cuando una parte de mí se revela y dice: «¿Por qué? Pero ¿por qué estoy yo aquí haciendo todo esto por ti? ¿Y qué se supone que saco yo de esto y de ti?».

Y aquí surge esa cuestión que se supone que las mujeres nunca se plantean en lo que a una relación se refiere. «¿Qué saco yo de aquí?».

Y es que a quién le importa, ¿no? ¿A quién le importa lo que una mujer saque de una relación siempre que la otra parte sí esté sacando algo de ella?

Y en ese contexto hicimos lo que nosotras siempre hacemos cuando nos topamos con esas realidades inabordables e irresolubles de la vida.

Echarnos a reír.

EL CÓNYUGE-HIJO

He aquí otro tipo común que de pronto se ve en libertad y sin restricciones. Al igual que el calentorro, este tipo de hombres se ven divorciados de un día a otro sin quererlo. Pero, a diferencia del calentorro, en este caso no hablamos de un hombre sexi y atractivo. De eso, cero. Cero patatero.

De hecho, suele ser bastante desastre. Lo que, quizá, tampoco deber caer por sorpresa. Es el típico hombre al que las mujeres se refieren con comentarios como «Tengo tres niños. Mis dos hijos de verdad y mi marido».

Al igual que la mayoría de las uniones, el matrimonio con un cónyuge-hijo empezó con la mejor de las intenciones, como un matrimonio contemporáneo en el que ambas partes trabajaban y debían intentar repartir las obligaciones por igual. Sin embargo, a lo largo del camino, y normalmente después del segundo hijo, algo se rompe. Aunque la mujer trabaje, que normalmente lo hace, la responsabilidad de llevar la casa y cuidar de los hijos pasa a recaer por completo en ella. Y cuando le pide a su marido que la ayude, él se pone de morros, o se enfada, o necesita tantísimas instrucciones que a la mujer le resulta muchísimo más fácil hacer todo ella.

Y ese es solo el primer ladrillo en la enorme pared del resentimiento.

Este, por supuesto, y así a bote pronto, no parece motivo para un divorcio. Y es que, si lo fuera, no quedaría ninguna pareja casada. Es más, lo engañoso con el cónyuge-hijo reside justamente en que, fuera de casa, parece el hombre perfecto. Ese que hace todo lo que únicamente realiza un hombre absolutamente perfecto. Trabaja. Participa en las cosas del colegio de los niños. Y ahí está siempre, físicamente solo, eso sí, en todas las vacaciones y cumpleaños. Podría ser el marido de cualquiera.

Sin embargo, la historia en casa es bien distinta. Ya no se trata solo de que no haga las tareas de casa que le corresponden, sino que, con el tiempo, cada vez hace menos. Mucho menos. Está pero no está. Ni intelectualmente, ni emocionalmente, ni sexualmente. No se preocupa de él, no hace ningún esfuerzo y tan solo se deja llevar. Va ganando peso, lo que no hace más que empeorar su apnea del sueño. Por la noche desaparece y se convierte en una máquina de ronquidos. Y así de día en día, hasta que al final deja de cumplir con todas las formalidades.

Mientras tanto, su mujer aguanta tumbada junto a él, desesperada, mirando al techo y preguntándose qué narices le ha pasado a su matrimonio, cómo ha podido ella terminar así y qué mierdas podría hacer por volver a sacar su pareja a flote.

En el supuesto de que su marido sí vea lo infeliz que ella es, lo ignora. Porque sucede que, aunque él no sea necesariamente el más feliz del mundo, el matrimonio cónyuge-hijo le resulta cómodo, muy cómodo. Como el niño que su mujer afirma que es, apenas se esfuerza, pero ve casi todas sus necesidades cubiertas. Y para esas necesidades no cubiertas, siempre tiene a mano Internet.

Por tanto, como está pero no está, tampoco tiene en mente irse a ningún otro sitio a corto plazo.

Y eso es algo que su mujer instintivamente sabe de sobra. Por ello, se da cuenta de que, si no es ella la que hace algo ahora, si no es ella la que aprieta el gatillo que haga saltar por el aire de una vez por todas su matrimonio, cada día que pase será mayor y más infeliz, y así hasta que llegue el momento en que ya se sienta demasiado anciana y cansada como para salir de allí.

Así, mientras el cónyuge-hijo se esconde en su «oficina en casa» (una denominación del todo errónea, puesto que el hombre en su vida ha hecho nada productivo allí), la mujer comienza a pensar en lo ideal que sería todo si él se marchara. En todo el espacio que ganaría en el armario y en todo el tiempo que se ahorraría sin tener que ir recogiendo bártulos detrás de él.

Y en que todo iría infinitamente mejor si él se marchara y ya no volviera a aparecer nunca más.

Y un buen día, y aparentemente de repente, va ella y le pide el divorcio. El cónyuge-hijo se ve pillado por sorpresa y se coge una rabieta. En su cabeza él es inocente. Toda la culpa es de ella.

Puede pasar que luche amargamente para impedir su divorcio. Y exactamente igual que en casa no le caía nada bien; en el juzgado, tampoco.

El divorcio durará años. Incluso el abogado del cónyuge-hijo llegará a reconocer que su cliente está loco.

Sin nadie que cuide de él, irá descomponiéndose a pasos de gigante. Echado a patadas de su casa y sin un sitio en el que vivir, no es raro que estos cónyuges-hijos regresen con su madre y se entreguen al alcohol.

En resumidas cuentas, atraviesan lo que básicamente se convierte en la versión masculina de la LME.

La buena noticia es que no son una causa perdida. Al vivir con su madre y ver clavados en ellos los ojos decepcionados de sus hijos ya adolescentes un fin de semana sí y otro no, llega un día en que se dan cuenta de que no quieren ser unos perdedores. Y hacen el intento de recomponerse. Empiezan a ir al gimnasio. Encuentran un trabajo y un sitio al que irse a vivir. Aprenden a hacer la compra y a ocuparse de la colada. Y, una vez ya rehabilitados, están listos para volver a tener citas. Y ahora ya es muy posible eso de que, sí, dejen de ser el exmarido de una mujer y se conviertan en el nuevo novio de otra.

EL FENÓMENO MI NUEVO NOVIO

Era el fin de semana del 4 de julio. Reunidas en casa de Kitty, no dejábamos de hablar de nuestros objetivos para el verano.

Los míos, para variar, eran los menos admirables: ir a fiestas celebradas en casas de ricos y beber champán gratis.

Y así, como por arte de magia, ahí lo tenía: un mensaje de texto de Max.

De pronto había decidido volar a España para asistir a la fiesta de cumpleaños de un multimillonario de esos tecnológicos amigo suyo en East Hampton. ¿Quería ir yo con él?

A la tarde siguiente, mientras me arreglaba para salir, me descubrí cuidando especialmente mi aspecto. ¿Significaba eso que ya no era tan alérgica a la idea de conocer a alguien? Esa fiesta podía ser un buen lugar para ello, al menos allí habría bastantes más oportunidades que en el jardín de Kitty.

O no.

Max llegó un poco más tarde y, mientras nos metíamos a toda prisa en el coche, me confesó que se iba a tomar una droga de diseño sintetizada en un laboratorio a partir de sustancias químicas no naturales. Al parecer, se llamaba Special-K y te metía en un agujero K. Me animó a meterme con él.

No.

—Ni hablar. Yo no pienso tomar ningún tranquilizante para caballos —le dije.

—Solo un poquito, cariño. Ya verás que es fantástico. No tendrás ninguna necesidad de dormir en veinticuatro horas.

—Pero ¿tú no eres consciente de lo horrible que eso suena?

—¿Y a ti qué coño te pasa? —preguntó Max—. Tú antes eras una tía divertida.

Cuando mis amigas me hacían la habitual pregunta de por qué Max y yo no volvíamos a salir juntos, siempre les contestaba precisamente eso, que no podía, que era incapaz por tal motivo. Para mí era imposible empezar a viajar alrededor del mundo yendo de un evento de *burning* a otro, a clausuras y a fiestas de cumpleaños de multimillonarios, y meterme en un agujero K. Les aseguraba que ese no era en absoluto el tipo de vida que yo quería llevar.

Mientras avanzábamos por el medio kilómetro que conducía desde la entrada de la parcela hasta la casa del millonetis, no exagero si digo que fuimos parados en tres ocasiones por tres patrullas diferentes de guardas de seguridad que comprobaron nuestros nombres en un listado y alumbraron con una linterna el interior del coche para asegurarse de que no estábamos colando a ningún invitado cuyo nombre ellos no tuvieran. Uno de los guardas incluso nos abrió el maletero para ver lo que había.

—Oh, por el amor de Dios —le ladré—. Somos gente ya

de mediana edad. ¿Realmente nos ve con pinta de esconder a alguien dentro de nuestro coche?

El guarda me apuntó con la luz directamente a los ojos.

—Créame que le sorprendería muchísimo saber todo lo que he visto que la gente de mediana edad es capaz de hacer.

La fiesta estaba en su momento de mayor apogeo sobre una enorme terraza situada tras la casa y decorada con hologramas y luces de unicornio. Había una acogedora hoguera en mármol, dos «tikibares» y un enorme patio repleto de mesas y sillas para cenar. Más allá había una tienda de campaña con toda una hilera de cocineros que estaban allí preparando la cena en directo. A lo lejos se veía también una piscina olímpica con un bar de exterior cubierto. Todo ello, terminado en setos de 9 metros de altura.

Max fue inmediatamente rodeado por un pequeño grupo de *burners*, es decir, sus compañeros de Burning Man; todos ellos, vestidos como una tropa de circo. Por alguna extraña razón, eran algo más jóvenes de lo que yo había imaginado que serían. Después caí en la cuenta de que realmente aquello se debía a mi perspectiva, un tanto deformada. Llevaba tantísimo tiempo sin verme en torno a treintañeros que ya se me había olvidado lo jovencitos que parecían. Y lo emocionadísimos y entusiastas que se mostraban siempre. Y por todo.

Sin duda, iba a necesitar una copa bien cargadita de champán para lidiar con todo ello.

Me fui abriendo paso a codazos entre la multitud. ¡Más y más treintañeros! Pero estos de ahora eran completamente opuestos a los *burners*. Eran unos superestirados. Iban vestidos con camisas abotonadas de arriba abajo, llevaban americanas de color azul y parecían conservadores del medio oeste. Estaban casados, tenían hijos.

Me pregunté en qué dirección seguir avanzando. ¿Hacia la hoguera, con toda esa gente trajeada adicta al Special K? ¿O hacia todas esas otras parejas jóvenes con la expectativa de que en la vida todo les saldría a pedir de boca?

Y de repente, fui consciente de que nunca antes me había sentido tan fuera de lugar. Y tan tan soltera.

Y justo entonces lo vi.

Ese Chico.

Ese Chico. Te acuerdas de Ese Chico. Yo no recordaba el nombre de Ese Chico, pero sí que me acordaba perfectamente de otras cosas sobre él. Como que a mí siempre me había invadido la curiosidad por Ese Chico. Era muy alto y parecía un tanto distante.

La gente decía que era muy inteligente. Kitty me había llevado a una fiesta en su casa hacía años, y él me había hecho un *tour* por allí. Y recuerdo como si fuera hoy que me habló como si yo fuese una persona auténtica, de verdad. Pero luego Kitty me dijo que él solo salía con mujeres realmente altas y guapas procedentes de países como Suecia.

Y ahora ahí estaba bajo la reconfortante luz amarilla de la vivienda. Debió de haberme reconocido, porque me miró con una sonrisa dibujada en su rostro.

Hoy, por alguna extraña razón, Ese Chico estaba tremendamente feliz de verme. No estoy del todo segura de si porque le alegraba de verdad verme o de si aquello se debía a que no conocía a nadie más allí.

Daba igual. Comenzamos a hablar muy exaltados. Hablamos de todo lo que estábamos haciendo ese verano y de en dónde vivíamos. Y hablamos también de una fiesta con cena incluida a la que daba la casualidad que ambos habíamos sido invitados la noche siguiente en casa de F. Scotts.

Esta coincidencia pareció entusiasmarlo. Tanto fue así que le pidió a alguien que nos hiciera una foto juntos, y luego se la mandó a F. Scotts para decirle que los dos estábamos deseando juntarnos allí con él mañana.

Me enseñó la foto y no pude reprimir un lloriqueo. Había

salido de casa con la equivocada impresión de que mi aspecto resultaba sexi.

Pero no. De eso, nada de nada. Mi pelo pedía a gritos un buen corte. Como Kitty me diría luego, mi *outfit* resultaba «aburrido».

Y luego, como ya sabía que al día siguiente iba a volver a verlo de todos modos, me excusé y regresé al bar. Y allí, nada más echar un vistazo a mi alrededor, recibí un golpe de realidad y constaté que no conocía de nada a toda esa gente. Vamos, que ni siquiera teníamos amigos con amigos en común.

De pronto Ese Chico regresó a mi lado.

—¿Te apetecería una copita de champán? —me preguntó con una voz profunda y suave, como si fuera un locutor de radio de los de siempre.

—Muchas gracias, pero no hace falta que vayas tú a por ella.

—Lo sé, pero quiero ir —respondió, con una sonrisa que no podía resultar más amable.

A partir de entonces, mi MNN no volvió a separarse de mi lado. Me sirvió mi bebida mientras yo me ponía en la cola del bufet, y luego se cercioró de que no me faltaran cubiertos. Buscó una mesa para los dos, y la encontró justo al lado de la del multimillonario propietario de la casa, que era de Chicago y estaba acompañado por sus dos hijas universitarias, quienes nos enseñaron toda la vivienda. Constaba de quince habitaciones y estaba catalogada como un hotel *boutique*. Allí había un gran gimnasio, una sauna y unos cuantos baños turcos. También había una sala de masajes y otra de tratamientos, así como una peluquería. Asimismo, aquella supervivienda contaba con un teatro casero con capacidad para cientos de personas. En la cocina trabajaban un chef para dulces y otro para helados.

Eso es lo que pasa con la gente rica. Pueden tener todo lo que deseen y luego resulta que, al igual que el resto de la plebe, lo único que quieren es un triste helado.

Entramos en otra habitación que estaba preparada como si fuera una discoteca. Mi MNN y yo nos marcamos un baile. Él bailaba francamente bien. Después mi MNN se enteró de otra fiesta que iba a celebrarse muy cerca de mi casa, así que decidió que allí iríamos los dos. Pero antes necesitaba encontrar a Max para avisarlo de que me marchaba.

Lo vimos a cuatro patas por el césped, haciendo que era un perro.

—¡Acaríciame, acaríciame! —se movía gritando a diestro y siniestro.

—Pero ¡Max! —le dije abruptamente.

Traté de presentar a los dos hombres, pero Max no estaba muy por la labor. De hecho, se puso a aullar a la luna.

Así que me rendí.

—¿Tú crees que este hombre se encuentra bien? ¿Podemos ayudarlo de alguna manera? —preguntó mi MNN.

—Enseguida estará bien, tranquilo. Sospecho que está en un agujero K. Por lo que se ve, debe de pasarse el día metido en agujeros K.

—No entiendo nada —añadió mi MNN—. Pero ¿en serio que tú has estado saliendo con ese tipo?

—Fue... —Hice el cálculo—. ¿Hace unos quince o veinte años? De todos modos, te aseguro que en aquel momento era completamente diferente.

Mi MNN tenía coche y chófer. De camino a la siguiente fiesta, empezamos a besarnos. Mi MNN besaba de muerte, y me hizo sentir que a mí también se me daba bien lo de besar. Llevaba siglos sin morrearme con nadie, así que su actitud me ayudó a albergar esperanzas.

Más tarde, cuando ya me dejó en mi casa, me dijo lo más extraño que había escuchado en mucho tiempo. De sus labios salió un:

—Me gustas. Me gustas mucho. Tengo un sexto sentido para la gente, y estoy convencido de que contigo no me estoy equivocando. Creo que hacemos una buena pareja, y que podemos ser muy muy felices juntos.

—Oh, no seas absurdo. Si apenas me conoces —le dije mientras lo empujaba hacia la puerta—. Venga, anda.

Y cuando me tumbé en la cama, me planteé que, posiblemente y después de todo, no estaba tan fuera del juego ese de las relaciones.

A la mañana siguiente me desperté con un mensaje de texto de mi MNN en el que me decía que esperaba que hubiera dormido bien, y en el que me mandaba la información que necesitaba sobre el coche que me recogería esa misma tarde-noche, y que él se había encargado de organizar de cara a la fiesta de los Scotts para que yo no tuviera que ir y volver conduciendo. Aquello me resultaba bastante vergonzoso. Casi no lo conocía todavía a él y ya me estaba enviando un coche para que me recogiera.

Me pasé por casa de Kitty.

—No te vas a creer lo que me ha pasado. Anoche me enrollé con este chico.

—¿Con quién? —me preguntó.

—Si tú lo conoces —le respondí a modo de explicación—. Con Ese Chico.

—¿Ese Chico? —Kitty estaba atónita. Y entonces se echó a reír—. ¿Te enrollaste con Ese Chico?

—¿Se puede saber qué es lo que te hace tanta gracia?

—Pues tú y Ese Chico. Ni en un millón de años os hubiera imaginado a los dos juntos.

—Resulta que coincidimos en una fiesta y nos enrollamos. Y luego él me trajo a casa en su coche. Y hoy me va a mandar un coche para que me lleve a la fiesta de F. Scotts.

—Eso es absolutamente fantástico —exclamó Kitty—. Entonces podemos ir juntas.

La verdad es que me había olvidado por completo de que Kitty también iba a ir a la fiesta de F. Scotts.

—Ay, no puedo —le dije, acordándome de pronto de una cuestión—. Antes tengo esa cosa en la biblioteca.

La «cosa en la biblioteca» era un debate con Erica Jong y Gail Sheehy. Era uno de esos eventos que se organizaban cada mes en la biblioteca Hampton Library. Originariamente se había llamado «Tres mujeres escritoras», pero luego Erica pensó que podría resultar un poco sexista, por lo que pasó a llamarse, simplemente, «Tres escritoras». En esta ocasión no le había contado nada a mis amigas sobre el evento, puesto que se preveía una tarde fría y lluviosa, el acto iba a tener lugar al aire libre, y el público consistiría fundamentalmente en ciudadanos ya de cierta edad. Sin embargo, había metido la pata y había hablado a mi MNN sobre ello, y ahora él estaba deseoso de asistir.

Es más, había hecho encaje de bolillos para cuadrarlo todo. Así, el coche me recogería a mí y me llevaría hasta Bridgehampton, después lo recogería a él en Southampton y lo llevaría también de vuelta a Bridgehampton, donde ya nos encontraríamos los dos en la biblioteca. Después, cruzaríamos la calle para encontrarnos con Marilyn y su hermana, y luego ya el coche nos llevaría a todos a Water Mill para disfrutar allí de la cena de F. Scotts.

No era capaz de encajar a Kitty en todo ese vericueto.

—Te traeremos de vuelta a casa, ¿te parece? —le prometí.

El acto de la biblioteca resultó tan lamentable como había supuesto. La temperatura se había desplomado y ninguno de los allí presentes estaba preparado para ese tiempo, por lo que acabamos envueltos con abrigos y pañuelos que nos fue dejando gente del público.

Mi MNN llegó más bien hacia el final. Destacó entre quienes nos escuchaban ya no solo por su altura, sino porque era uno de los poquísimos hombres que había allí congregados. En aquel punto, la conversación sobre el pequeño escenario había derivado hacia lo inevitable: sobre los hombres y lo mucho que a veces apestaban y solo querían cama, aunque no todos, claro.

Justo cuando yo insistía en que quizá no eran «todos los hombres», sino solo unos pocos, puede que «los suficientes», vi a mi MNN acechado por una mujer de esas a las que se solía describir como mujerita mayor.

La señora se giró hacia él y le dijo:

—Tú pareces un hombre muy agradable y empático. ¿Qué estás haciendo tú aquí?

Mi MNN no pudo aguantar la risa.

—Yo vine a verla a ella —le contestó, apuntándome con el dedo.

Después, durante la cena, como si ya fuéramos una pareja hecha y derecha, le contamos la anécdota a los Scotts.

—Podrías haber salido de allí mucho peor —dijeron.

Y así comenzó mi experiencia con el noviazgo, que llegó a mi vida como un torbellino. Mi MNN lo hacía todo bien. Hacía todo eso que una mujer podría pedir en una historia de amor. Me envió flores. Me llevó a ver el musical de *Hello, Dolly!* y me acompañó a casa cantando «Hello, Candace». Me llevó de vacaciones a una isla. Disfrutamos de masajes en pareja y practicamos yoga. Y en una ocasión me dijo:

—Sé que llevan mucho tiempo sin darte mimos, y ahora yo quiero dártelos todos.

—Pero ¿por qué? —le pregunté.

—Porque te mereces recibir todos los mimos del mundo.

Por las mañanas, mientras la boca se me hacía agua al contemplar el apetitoso bol de fruta cortada que me preparaba para desayunar, en mi cabeza solo me preguntaba: «¿Por qué a mí?».

—Sigo sin comprenderlo —le confesé un día a Sassy—. ¿Cómo he conseguido conocer a este hombre fantástico que es de mi edad, tiene dinero, posee una casa, es fantástico y... y encima quiere ser mi novio?

Mi amiga respondió a mi pregunta:

—Cariño, has trabajado muy duro, has hecho todo, y ahora te lo mereces.

Pues sí, puede que me lo hubiera ganado a pulso, pero no porque una mujer se merezca algo bueno significa eso que vaya a lograrlo.

¿Me merecía yo ser mimada por un hombre soltero fantástico que no parecía tener ningún defecto que saltara a la vista? Pues claro que sí, me lo merecía.

Pero también se lo merecían muchas otras mujeres. ¿Y esto es algo que suceda a menudo? Casi nunca sucede.

¿Y por qué el universo me ha elegido a mí y solo a mí para vivir esta fantástica aventura?

Inmersa en mis reflexiones estaba cuando recibí una llamada de Marilyn.

—Creo que me he echado un nuevo novio —me soltó así como si nada.

AHORA QUE TENGO SESENTA Y CUATRO

Al igual que yo y mi MNN, ellos también se habían conocido en una fiesta en los Hamptons. Y exactamente igual que yo y mi MNN, resultó que ellos también tenían a muchísima gente en común pero nunca antes habían coincidido.

Hasta ahora. En la fiesta estuvieron hablando durante tres horas. Al día siguiente, él la llamó y le propuso ir a dar un paseo por la playa. Disfrutaron de la puesta de sol y se deleitaron con el cielo de color rosa. Resultó que el hombre vivía junto a la playa y que era surfista.

También tenía un apartamento en Brooklyn y era el propietario de una empresa tecnológica de esas modernas que se dedicaba a hacer diseños medioambientales.

Y tenía sesenta y cuatro años.

«¿Acaso era ya demasiado mayor?», se preguntaba Marilyn.

Yo le recordé que sesenta y cuatro era la edad que tenía ahora mismo su último exnovio, con quien ya había roto hacía varios años. Vamos, lo que quería decirle con eso era que, aunque sesenta y cuatro «pudiera sonar» mayor, en realidad era la edad actual que tenían los hombres a los que solíamos conocer cuando nosotras éramos más jóvenes.

En cualquier caso, la verdad era que aquello importaba poco o más bien nada. Y es que lo mejor de este hombre era que escuchaba de verdad. Y se preocupaba por ella de verdad. Y sobre todo, por encima absolutamente de todo, que era muy muy muy agradable y buena persona.

¿LOS HOMBRES BUENOS AL FINAL SE AGOTAN ANTES?

Y así, después de tantísimos años sin apenas quedar con hombres, Marilyn y yo, sin saber muy bien cómo, teníamos novio. No nos lo podíamos ni creer. Ni nosotras ni nuestras amigas.

Todas reunidas en casa de Kitty para analizar estos nuevos logros, nos dispusimos a hacer un listado de atributos que tienen los MNN:

1. Nuestros MNN eran hombres buenos. De hecho, todo el mundo los conocía por ser buenos. Sus nombres no iban asociados a toda una ristra de cotilleos negativos. No existía por ahí ningún rumor que sugiriera que alguna vez habían engañado a una mujer. La gente no hablaba de ellos a sus espaldas ni murmuraba por lo bajini: «Ah, sí, pero es un auténtico cabrón». Nada. Y tampoco tenían tras de sí toda una hilera de exmujeres que los odiaran.

   De hecho, es que lo de «buenos» era el sello distintivo de los MNN. Y aunque lo de ser bueno no parecía tener mucha importancia a los veinte ni a los treinta, ahora, en este momento de la vida, era la mejor cualidad que se podía decir de una persona. Estar con una persona buena implicaba seguridad, estar a salvo de la tormenta en un mundo que a veces no resultaba ser tan bueno.

2. Son adultos. Tienen su propia vida y llevan su propia casa. Lo que significa que saben perfectamente hacer las cosas cotidianas, como desenvolverse en el supermercado. Lavar los platos y encargarse de la colada. Y se las apañan a las mil maravillas en la cocina.

3. No son ni alcohólicos ni consumidores de drogas.

4. Están interesados en estar con mujeres de su misma edad.

Y como muestra, un botón. Pensemos en Bob, el amigo de Marilyn. Tiene sesenta y seis años y, aunque en parte los aparenta, por otro lado, es un hombre muy enérgico, atractivo y curioso. Una vez nos contó una cosa que le había pasado con una mujer de treinta y tres años que iba detrás de él y que se le presentó en casa de repente porque él no le respondía a los mensajes. Le tuvo que explicar como cinco veces por lo menos que es que él no tenía ningún interés por ella. Bob decía que la obsesión de aquella joven le resultaba halagadora pero, al mismo tiempo, molesta, en especial porque Bob no quería engañarse a sí mismo sobre su lugar en la vida.

—Miradme bien —exclamó convencidísimo—. Vale, sí, me conservo bien y estoy en forma. Pero, por mis años, ¡podría ser su padre! Se ve que podría ser su padre. Pero ¿en qué narices pensaba esa mujer?

Aquí reside precisamente la diferencia entre un MNN y un calentorro. El calentorro se deja seducir demasiado fácilmente por una mujer más joven, sobre todo por ese prototipo de mujer deseosa de volver a iniciar su ciclo reproductivo con él. Sin embargo, el MNN se encuentra ya en un momento diferente de su vida. Ya no busca reproducirse. Ni él ni las mujeres con las que queda.

Como Carla, de cincuenta y cuatro. Tenía una

potentísima trayectoria profesional en la ciudad, pero, por los caprichos esos habituales de la vida, acabó soltera y en la aldea con su hijo adolescente. Allí abrió su propia empresa, que fue floreciendo y tomando fuerza. Y ahora allí tiene todo lo que puede desear. O al menos eso parece. Y todo lo ha conseguido ella sola.

Así, lo que Carla busca ahora en una pareja viene definido por todo eso que ella no ha estado buscando en este tiempo de atrás:

—No busco a un hombre que cuide de mí. No busco a un hombre que me ofrezca un techo bajo el que vivir. Y no busco casarme.

Para Carla, su matrimonio fue «dañino», una experiencia que en este momento de su vida de ninguna forma querría repetir. Por otro lado, tampoco le gustaría quedarse sola para siempre.

—Quiero a alguien con quien estar en igualdad de condiciones —asegura—. Debe ser un hombre capaz de cargar con sus cosas y asumir sus responsabilidades. Un hombre que esté a mi lado emocionalmente. Porque, si algo he aprendido a lo largo de la vida, es que de repente ocurre algo, a todos nos puede ocurrir algo, las desgracias llegan. Y los problemas se sobrellevan mejor en compañía.

Y, en efecto, esa es otra realidad de las citas en la mediana edad. Las desgracias ocurren. De pronto te ves iniciando una relación con personas que no solo han superado ya situaciones complicadas, sino a las que este tipo de situaciones se les pueden presentar en cualquier momento, mientras os estáis conociendo. Es muy probable que una parte de la pareja sufra la pérdida de un progenitor. O que uno de los dos pierda el trabajo. O que alguno vea partir a un amigo.

En este caso, a la que le tocó vivir todo eso fue a mí.

UN CÁNCER EN MI ÁRBOL DE NAVIDAD

Mi padre se estaba muriendo. Había sobrevivido a un cáncer hacía veinte años, pero el bicho estaba de vuelta.

Me pegó un telefonazo. Me contó que se había ido a hacer un escáner y que en este se veían los infinitos rincones hacia los que el cáncer se había extendido. El pronóstico no era para nada bueno.

—Candy —me dijo—, mi cuerpo ya aparece completamente encendido, parece un árbol de Navidad.

Sin perder un segundo, fui a visitarlo. Nos llevó a un restaurante, al mismo restaurante al que iríamos después del funeral justo antes de acudir al cementerio el día en que mi padre falleciera. Tenía todo planificado al detalle, y quería hacérnoslo saber e informarnos de ello.

El camarero nos condujo hasta una mesa junto a la ventana. Mi padre estuvo bromeando todo el tiempo y se mostró encantador, como él siempre había sido. Yo me senté un tanto agarrotada y perdí la mirada a través de la ventana. Al otro lado de la calle estaba el edificio en el que mi madre y su mejor amiga empezaron su primer negocio años ha, una agencia de viajes. Los miércoles, cuando salía temprano de la escuela, me subía al autobús y me bajaba una parada más allá para visitar a mi madre en su oficina. Aún recuerdo vívidamente aquel olor a papel, a alfombra nueva y a pintura fresca. Nunca olvidaré lo orgullosísimas que su mejor amiga y ella se sentían de ser empresarias.

Volví la vista hacia mi padre y me quedé clavada en su mano enjuta, tan similar en forma y aspecto a la mía, y me di cuenta de que no estaba segura de ser capaz de poder pasar por todo aquello. Me parecía imposible estar allí con mi padre hablando sobre su funeral mientras yo misma seguía inmersa en mi LME.

En los últimos tiempos había sufrido un par de reveses, como mi padre diría. Me preocupaba muchísimo mi situación económica y me asustaba también mi futuro.

Y, al mismo tiempo, me aterraba el que mi padre se enterara de que las cosas no me estaban yendo bien. Mi padre siempre se había sentido enormemente orgulloso de mí. Y ahora no quería que se muriera pensando que su hija había sido una fracasada.

Le conté que al final había conocido a alguien. A esa persona especial.

Yo siempre le había hablado a mi padre de todos mis novios. De hecho, siempre había dado un paso más y me había esforzado por presentárselos a todos.

Ahora, visto lo visto, probablemente todo aquello no fuera tan buena idea. Mi padre se las daba de «calar a los hombres a la primera» y, en su opinión, la mayoría con los que había salido eran muy deficientes. Una vez incluso había llegado a echar de nuestra casa a uno de los novios de mi hermana. Vivíamos en una zona a las afueras, y, según mi padre, aquel mal chico solo buscaba una cosa.

Sin embargo, pese a ello y por alguna extraña razón, yo continué llevando a todos mis novios a casa para que mi padre los conociera. Luego, mi padre tan solo sacudiría la cabeza negativamente. «Ese es un niñito de mamá», llegó a sentenciar respecto de uno de mis pretendientes. «Un completo egoísta», aseguró de otro. «¿Es que no te das cuenta de que solo habla de "suyo" y "mío"?». Más tarde, cuando la inevitable ruptura acababa llegando, mi padre siempre me daba la enhorabuena y me felicitaba por haberme quitado del medio a ese tipejo que no era lo suficientemente bueno para mí.

—Bueno, muy bien —me soltó mi padre en cuanto terminé de hablarle sobre mi MNN—. Por lo que cuentas, parece todo un caballero. —Hizo una pausa—. Hazme un favor: dile que me hubiera encantado conocerlo, pero ahora me temo que ya no puedo.

Y llegó el fatídico día. Descolgué el teléfono y llamé a mi MNN.

—Mi padre ha muerto —le dije, y rompí a llorar.

—Voy corriendo para allá —me respondió.

Mientras esperaba, me di cuenta de que, aunque sí que estaba bastante preparada para la muerte de mi padre, no me había parado a pensar en la posibilidad de atravesar ese triste e increíblemente personal momento del brazo de una persona ajena a mi familia.

Mi MNN no había conocido nunca ni a mi padre ni a ninguno de mis parientes. ¿Cuál se suponía entonces que era el protocolo?

—Estaré contigo como y donde quieras, desde el papel que prefieras que ocupe —me dijo—. Dime lo que necesitas que haga y lo haré.

Reflexioné sobre lo que tenía por delante. El largo trayecto en coche. Las tres horas de capilla ardiente con el ataúd abierto. La noche en un hostal, luego el funeral, la comida y el cementerio. Allí los restos de mi padre descansarían junto a los de mi madre, mi tío, mi abuela, mi abuelo y mi bisabuela. Vería a sus viejos amigos, a los pocos que aún quedaban, y estaría rodeada por unos cuantos familiares más.

No sería nada ameno. Por otro lado, para mí todo aquello resultaría más llevadero teniéndolo allí conmigo a mi lado. ¿Lo conocía ya lo suficiente como para pedírselo? ¿Confiaba lo suficiente en él como para arriesgarme?

Al final se lo pedí.

—¿Me acompañarás al funeral?

—Me encantaría —me contestó.

Me lo puso muy fácil.

El otoño había sido pésimo, por lo que hicimos nuestro camino hasta Connecticut entre hojas de color marrón.

—Todo irá bien —me aseguró mi MNN mientras me apretaba la mano—. No olvides que estamos en esto juntos. Estoy contigo.

Y aunque aquel fue uno de los peores momentos de mi vida, me di cuenta de que podría haber sido infinitamente peor.

Le devolví el apretón de manos.

—Te quiero —le dije.

—Yo también te quiero.

No hace falta decir que ninguno de los dos teníamos ni idea de si éramos conscientes de lo que estábamos diciendo. Ni de lo que eso significaba en caso de sentirlo de verdad. Pero ¿quién lo sabe? Muy posiblemente esa sea una de las cosas buenas de la mediana edad: que hay cosas que nunca cambian.

CAPÍTULO 9

LOS «¡GUAU, CÓMO ESTÁS!»

Sin embargo, hay muchas otras cosas que sí que cambian. En algún momento en mitad de esta nueva mediana edad, la gente empieza a dividirse en dos categorías: por un lado, están los «¡Guau, cómo estás!» y, por el otro, «El resto».

El saco de los que constituyen «El resto» es fácilmente detectable. Aquí estarían todos esos que son como la mayoría de nosotros, es decir, los que nos miramos en el espejo y no somos capaces de reconocernos la cara. Este peculiar grado de separación facial es, sin duda, uno de los grandes misterios de la naturaleza y, por mucho que uno haga, son bien pocos los que logran escapar de él. Al mismo tiempo, existe una cierta democracia en torno a ello. Dado ese reblandecimiento propio de la mediana edad, a cualquiera le cuesta distinguir entre quién fue un bellezón a los veinte y quién era normal y corriente, uno o una más del montón. Incluso te resultará difícil creer que ese hombre calvo que ahora parece una patata en algún momento de su vida fuera un auténtico pivonazo con gran destreza en la cama. Y viceversa. A él también le parecerá imposible imaginar que alguna vez tuvieras una bonita melena y un cuerpazo digno de ver en bikini. En el transcurso de este síndrome, es habitual acudir a fiestas y encontrarte allí con viejos amigos a los que llevas años sin ver y que son incapaces de reconocerte. Y más adelante, te sentirás plenamente orgullosa de devolverles también a ellos el favor.

Al principio, este reconocimiento de un grado de separación le otorga a la vida un toque ligeramente surrealista, mas uno acaba acostumbrándose a ello enseguida. De hecho, acaba convirtiéndose en otro de esos interrogantes que la mediana edad lleva consigo y deja en el aire.

Por ahí esparcida entre la multitud, existe otra categoría que puede abarcar a todas las personas que están en la mediana edad. Hablamos de aquellos «por los que el tiempo no ha pasado» y de quienes «están exactamente igual». De hecho, y gracias a su minuciosa rutina diaria y a algún que otro retoque estético, están incluso quienes parecen haber retrocedido en el tiempo.

He aquí los «¡Guau, cómo estás!». Son quienes están como antes, pero mejor.

Mi gran ejemplo de ello es Carl. Hace veinte años, en la vorágine de su estilo de vida reproductivo, Carl era un absoluto desastre. No estaba nada en forma, se mostraba completamente ansioso y tenía la energía de un juguete. Sin embargo, ahora se siente muy seguro de sí mismo y en forma, y va de punta en blanco con ropa de diseño italiano. Conserva todo su pelo, lo cual, por supuesto, también ayuda. Conduce un descapotable muy rápido y se le ve disfrutar haciéndolo.

La gran mayoría de los amigos de Carl, que en su momento cosecharon grandes éxitos profesionales, hoy se muestran quemados. Como los jubilados prudentes que son, se pasan las mañanas en el médico y las tardes jugando al golf. Todos, menos Carl. Él se decantó por montar su propia empresa, y eso es lo que le exige compartir mucho tiempo con divertidos treintañeros.

Sí, Carl es molesto para la gente de su edad porque para ellos resulta absurdo hablar sobre «treintañeros divertidos» por los que nadie más allá de los cincuenta ya ni tan siquiera se preocupa. Pero, aun así, es un tipo admirable.

Igualmente, ahí está el ejemplo de Víctor, un abogado corporativo que cobraba ochocientos dólares por hora hasta que se divorció, fue despedido, tocó fondo y, al rehacerse, fue consciente de que, en realidad, él estaba llamado a ayudar a los demás.

Convencido de ello, se sacó la licencia de piloto, se compró un pequeño avión, y actualmente vuela a zonas catastróficas en las que hay falta de suministro.

Víctor es una buenísima persona.

De hecho, justo ese es el sello distintivo de todos los «¡Guau, cómo estás!». Se esfuerzan por ser mejores personas, no solo físicamente, sino también, y sobre todo, en lo espiritual, lo psicológico y lo psíquico. Su objetivo es mejorar y rozar con los dedos esa felicidad a la que aspiran. Esta vez, harán las cosas bien.

Así fue con Rebecca, la nueva amiga de Marilyn.

Diez años antes, Rebecca era una de esas mujeres «Yo no sé cómo lo hace». Y al poco cumplió los cincuenta. Su marido perdió su trabajo, se divorciaron, ella también se quedó en el paro y atravesó la típica etapa de la LME, durante la cual se dedicó a beber y a conocer a hombres inapropiados. Una noche, cuando el hombre en el que había depositado todas sus esperanzas le confesó que estaba acostándose también con otras dos mujeres, Rebecca montó en cólera y le pegó un buen bofetón. Él se lo devolvió con un empujón en el hombro que la hizo tambalearse. Hubo una denuncia en la Policía. Pero después ella fue pillada por las inmediaciones de un colegio conduciendo a más velocidad de la permitida, y ahí quedó todo.

A partir de ese momento, dejó de beber y empezó a hacer ejercicio (al principio le dio por el boxeo para canalizar su enfado), y poco a poco su vida fue enderezándose. A día de hoy está entrenando para participar en un minitriatlón e incluso ha abierto un nuevo negocio para ayudar a las mujeres a invertir. Y le va tan bien que hasta acaba de comprarse una casa más grande.

El mayor cambio que ha experimentado es que ha dejado de enfurecerse consigo misma. Cuando bebía o comía demasiado o se acostaba con el primero que pillaba, siempre acababa reprendiéndose. Sin embargo, ahora se siente infinitamente más feliz porque ya no tiene que malgastar su tiempo reprochándose ese tipo de comportamientos. ¿Que si lo pillé?

Sí, asentí. Claro que lo pillé.

Y como consiguió entender de qué iba el tema, Rebecca acabó con su propio MNN, un supermadurito llamado Brad.

Al igual que Rebecca, se pasaba el día haciendo ejercicio y dedicaba una hora diaria al *qigong*, el esquí acuático y el yoga. Y puesto que era un «¡Guau, cómo estás!», no tenía ningún miedo a confesar sus sentimientos por Rebecca (estaba convencido de que era la mujer de su vida), ni tampoco le asustaba para nada el compromiso.

De hecho, y como era habitual entre los «¡Guau, cómo estás!», Brad quiso irse a vivir con ella enseguida, aun cuando solo llevaban cuatro meses saliendo juntos.

Y también se empeñó en presentarle a su familia.

Una tarde, Marilyn y yo estábamos en casa de Kitty cuando Rebecca entró gruñendo. Brad, el perfecto «¡Guau, cómo estás!», había alquilado un avión privado para volar con Rebecca hasta la propiedad que tenía en Maine, donde había organizado una reunión familiar.

Todas le dimos la enhorabuena por su impresionante buena suerte. Por la cocina, solo se escuchaban exclamaciones tipo «Eso es maravilloso» y «¿Qué tienes pensado ponerte?».

—Pero es que yo no quiero ir —se quejó Rebecca.

Estaba cabreadísima por el hecho de que él ni tan siquiera le hubiera preguntado. Creyéndose estar teniendo algún tipo de gesto romántico, Brad le había organizado ese viaje inesperado cuando ella ya tenía sus planes para ese finde. Planes con amigas que no quería posponer. Planes que Brad debería haber recordado. ¿Por qué tenía ella que cancelar sus planes con sus amigas de siempre para irse por ahí con unos extraños?

Pero no eran exactamente extraños, tratamos de explicarle. Eran familiares de Brad, y quizás algún día lo serían también suyos.

—Para mí siguen siendo extraños —añadía sin apearse del burro.

Y así continuamos durante un buen rato. Todas nosotras defendíamos la relación frente al hecho de que Rebecca, egoístamente, o al menos así lo veíamos, no quería irse a pasar el fin de semana a Maine. Y es que el egoísmo nunca debe estar en la ecuación, y mucho menos cuando se trata de un «¡Guau, cómo estás!» con la cartera tan llena.

Dos semanas más tarde, Brad empezó a instalarse en casa de su chica.

Marilyn y yo asistimos a una fiesta en la nueva casa de Rebecca para celebrar su noviazgo con Brad, la casa y todas las nuevas puertas que la mediana edad le estaba abriendo. Bastaba con mirar a tu alrededor para ser consciente de ello. Aquellas paredes albergaban a gente de lo más atractiva que se congratulaba al admitir que en realidad era mayor de lo que parecía. Los hombres no disimulaban sus bíceps, y las mujeres presumían de esos glúteos prietos y cuádriceps firmes que tan bien quedaban embutidos en las mallas de deporte. Todos los allí congregados estaban haciendo algo importante y significativo con su vida, y eso era lo único relevante. La sala estaba repleta de charlas triviales, clichés felices y risas, muchas risas.

—De lo que se trata aquí es de esto. De disfrutar de una reunión de gente bonita y sana —dijo Rebecca—. La edad es irrelevante. Todos nosotros estamos ya en un nuevo territorio. Ya no hay reglas. Las relaciones pueden ser cualquier cosa.

Excepto cuando no pueden serlo.

En algún momento después de que Marilyn y yo ya nos hubiéramos ido de la fiesta para regresar a casa y entregarnos a una noche de sueño en condiciones imprescindibles para unas «¡Guau, cómo estás!», Brad debió de volverse loco y empezó a bailar y a imitar a Elvis Presley. De entrada, esto no tendría por qué haber sido nada negativo, pero la hija de veintidós años de Rebecca estaba llegando en ese preciso instante a casa y, al ver la escena, manifestó que jamás podría quitarse de la cabeza esa imagen de Brad. En esas, se marchó corriendo a su habitación y echó el pestillo a la puerta. Rebecca intentó calmar a su hija, pero acabó rindiéndose y terminó limpiando durante tres horas todo el caos que había quedado tras la fiesta mientras Brad permanecía sin inmutarse en el sofá viendo la tele.

Y de este modo, mientras Brad se comportaba como el típico hombre en cualquier también típica relación heterosexual, Rebecca decidió que aquello había pasado de castaño oscuro.

A la mañana siguiente rompió con él.

Brad estuvo completamente devastado. Marilyn coincidió con él en una reunión y el pobre hombre enseguida rompió a llorar al hablarle de Rebecca y de lo mucho que él se había preocupado siempre por ella. Así de sensibles y maravillosos eran esos nuevos caballeros de la mediana edad, por lo que Marilyn reprochó a Rebecca lo tonta que había sido al terminar la relación él. Era un tipo fantástico y lo tenía todo.

Un par de meses más tarde, Rebecca comenzó a quedar con otra persona. Fue entonces cuando yo llegué a plantearme si las citas en la mediana edad terminarían siendo una nueva experiencia maravillosa, como la propia Rebecca había soñado, o si simplemente se convertirían en otra versión más de todos esos encuentros amorosos en serie que acostumbrábamos a tener a los veinte y a los treinta.

¿En qué consistiría aquello?

Me hice un poco a la idea cuando una parejita de «¡Guau, cómo estás!» pasó unos días en casa de Kitty.

Como muchos otros «¡Guau, cómo estás!», ambos tenían ya más de sesenta. Y esto tenía todo el sentido del mundo, puesto que la LME podía llegar a durar más años de los que cualquiera alcanzaría a pensar. A veces, cuando la persona consigue recomponerse, al calendario ya le ha caído otra década. Realmente, quizás en el calendario sea en lo único en lo que se aprecia el paso del tiempo en el caso de estos «¡Guau, cómo estás!».

Kimberly, de sesenta y uno, y Steven, de sesenta y siete, daban buena muestra de ello. Kimberly había sido en su día actriz, aunque se bajó de los escenarios nada más nacer sus hijos. Por su parte, Steven, que de joven había sido esquiador olímpico, actualmente trabajaba como profesor de esquí en Aspen, Colorado. No estábamos muy seguras de la relación que existía entre ellos. Steven era un amigo de siempre de Kitty y, cuando le planteó si podía ir a verla y pasar unos días en su casa, mi amiga le respondió con un sí. En aquel momento ella llegó a pensar que quizá quien un día había sido su compañero de aventuras ahora estaba interesado en ella. Pero luego él la llamó y le preguntó si podía ir acompañado de una amiga.

—¿Es su novia? —la interrogué—. ¿Por qué se la trae con él?

—No tengo ni la más remota idea —me aseguró Kitty.

Los dos llegaron cargados de muchas bolsas, que colocaron todas juntas en la misma habitación. Como muchísimos otros «¡Guau, cómo estás!», ambos parecían obsesionados con su salud. De hecho, tras desempaquetar sus bártulos, bajaron con un montón de botes de vitaminas y tinturas especiales que debían conservarse en la nevera.

A continuación, volvieron a subir, se pusieron sus trajes de baño y salieron al jardín.

Tenían los característicos cuerpos que quitan el hipo de los «¡Guau, cómo estás!». Es decir, que gracias a las diez o doce horas, como poco, que empleaban en hacer ejercicio a la semana, estaban en mucha mejor forma que cualquiera incluso de menor edad. Y lo sabían. De ahí que no tuvieran ni el más mínimo reparo en pavonearse de un lado a otro con sus cuerpos de sesenta y tantos enfundados en pequeñísimos retazos.

Estuvieron así durante un rato hasta que luego atisbaron unas tablas de *paddlesurf*. Y no sé qué es lo que pasa, pero, cada vez que un «¡Guau, cómo estás!» ve una tabla del tipo que sea, siente el impulso irrefrenable de irse a por ella. Así que, como no podía ser de otro modo, ambos se zambulleron en el agua, nadaron alrededor de las tablas de *paddlesurf* y al poco pegaron un salto para subirse en ellas.

Cuando, treinta minutos después, los vi regresar con semejante destreza sobre la tabla, no pude por menos que decirle a Kitty que se asomara conmigo.

—Los odio a muerte —espetó Kitty.

—Y yo también, pero nos toca ser amables. Si no, pareceremos nosotras las raritas.

Cuando ya pisaron la orilla, en un intento de iniciar una conversación con ellos, le pregunté a Kimberly por cómo les había ido el *paddle*.

—Absolutamente fabuloso. Ha sido una experiencia muy zen. —Me miró de arriba abajo—. Deberías probarla.

Sonreí. Me mordí la lengua para evitar confesar que ya lo había hecho y que para mí no había tenido absolutamente nada de zen. Ni para mí ni para Kitty.

De pronto constaté que lo de comunicarme con esos dos «¡Guau, cómo estás!» tenía toda la pinta de ser harto difícil. Todo su mundo giraba en torno a vitaminas, ejercicios y el mundo zen, un lenguaje del que ni Kitty ni yo teníamos ni idea.

Para mi sorpresa, surgió un tema sobre el que Kimberly y yo podíamos conversar. ¡Ella tenía un invento!

Debo decir que no era la primera mujer «¡Guau, cómo estás!» que conocía que había descubierto algo últimamente. Una había inventado un filtro para una pantalla de teléfono. Otra había dado con una fórmula para confeccionar un nuevo tipo de tejido. Y mi querida Kimberly había inventado una máquina capaz de destruir la celulitis. Había muchísima gente pidiendo algo así a gritos, y ahora a ella le tocaba averiguar cómo fabricar el deseado aparatejo. Ese era el motivo por el que acaba de aterrizar de un viaje a China.

Me contó que, la primera noche en aquel hotel lejano, se la pasó llorando. Temía no ser capaz de conseguirlo. Le aterraba pensar que su invento resultara un fraude. Así que llamó a su hijo.

—Claro que puedes hacerlo, mami —la animó—. Todos sabemos que puedes hacerlo. Confiamos en ti.

Colgó el teléfono y fue a por ello. Pasó en aquel país diez días. Completamente sola y trabajando día y noche, obcecada en hacer las cosas bien.

Ahora por fin tenía un fin de semana libre y quería descansar.

Como pude, saqué el tema de Steven. ¿Eran pareja? La respuesta fue complicada de entender. Steven aún estaba casado, aunque ya no vivía con su mujer, que se había mudado a Denver. El caso era que el hombre inesperadamente le había pedido que lo acompañara en su viaje, y ella le había dicho que sí. Eran grandes amigos desde la década de los ochenta. Era «un tipo genial», y ella reconocía que siempre «lo había amado como persona».

Él y Kimberly entraron en la cocina para tomar más vitaminas. Allí estuvieron hablando sobre los infinitos beneficios de la B12, y luego sugirieron que todo el mundo debería incluir en su dieta una cápsula de B12. Kitty y yo nos mantuvimos al margen. Y Kimberly nos admitió que quizás era buena idea no tomar ese suplemento así a ciegas, puesto que podríamos formar parte de ese cinco por ciento de la población mundial alérgica a la B12, y que, entonces, nada más tomarla, la cara se nos hincharía como un globo. Acto seguido nos insistieron en que estuviéramos tranquilas por ellos y los dos subieron de vuelta a su dormitorio.

Los minutos fueron pasando. Y transcurrieron tantos que Kitty y yo ya no fuimos capaces de seguir reprimiendo nuestra curiosidad.

—Pero ¿qué clase de invitados se meten en su cuarto en mitad de la tarde y se quedan ahí todo el tiempo? —preguntó.

—A lo mejor están teniendo sexo.

Y ni corta ni perezosa, subí a averiguarlo yo misma.

Mientras recorría sigilosamente el pasillo, escuchaba música y carcajadas. Su puerta estaba una rendija abierta, seguramente porque no cerraba del todo, a menos que uno la empujara con ganas.

Lancé una mirada furtiva. Volví a echar un segundo vistazo que duró una fracción de segundo y allí los vi a los dos tumbados en la cama en bañador y muertos de risa por alguna broma que solo ellos entendían y que debieron de encontrar especialmente divertida antes de darse cuenta de mi presencia.

—¿Hola? —dijo Kimberly.

—Pasa, pasa —añadió Steven, incorporándose.

—¿Sí? —preguntó Kimberly.

—Ehhh —titubeé. Era verano, así que les hice la pregunta obvia para dicha época del año—. ¿Os apetece un poco de maíz?

—¿Maíz? —repitió Kimberly. Se quedó contemplando a Steven—. Estoy hasta las narices de maíz. Ya no quiero ni verlo.

—Y ambos se echaron a reír.

—¿Qué pasa, que te ha tocado a ti estar de guardia de pasillo? —bromeó Steven, comentario que les arrancó aún más carajadas.

Y entonces me sentí como ese cerebrito adolescente que se acaba de encontrar a la animadora jefa y al capitán del equipo metiéndose la lengua hasta la garganta. De camino a refugiarme en la cocina, fui dándole vueltas a si acaso las citas en la mediana edad terminaban siendo un poco como las de la época del instituto.

¿Quizás ese ciclo de la selección y el rechazo de parejas duraba para siempre?

Al rato le pregunté a Queenie:

—Si tú y tu novio lo dejarais, ¿intentarías conocer a alguien más?

—Oh, pues claro —afirmó.

—¿Y si tuvieras ya los sesenta?

—Ehhh, sí, claro, sí.

—¿Y los setenta?

—Claro, por supuesto.

—¿Y ochenta?

—Pues claro. ¿Por qué no? —Y Queenie sacó a colación la historia de una amiga que teníamos en común que, a sus ochenta y tres, acababa de echarse un nuevo novio.

La verdad es que... por qué no. En la mediana edad y después, la gente ya no se empareja para tejer su vida. En esta etapa todo el mundo tiene ya su vida tejida, con hijos, exparejas y trabajo, por lo que, en este momento, el tener una relación es para enriquecer y complementar esa vida. Tal razonamiento me trajo a la mente esa teoría de las relaciones que habíamos tratado de memorizar a los veinte y los treinta: una relación debería ser la guinda del pastel de tu vida, jamás toda tu vida.

Y ahora, por lo que parecía, dicha máxima era posible.

—¿Y tú? —inquirió Queenie—. Si tú y tu MNN pusierais punto y final a vuestra relación, ¿intentarías conocer a alguien más?

Lo cierto es que desconocía por completo la respuesta a esa pregunta. Pero Marilyn sí la tenía bastante clara.

* * *

Marilyn había decidido que ella y su MNN iban a casarse. Él aún no se lo había pedido, pero ella ya intuía que iba a hacerlo, y muy pronto. Habían programado un viaje a Italia en vacaciones, y él tenía un amigo joyero allí al que le había confesado que quería regalarle un anillo.

Y con esa antelación que tanto gusta a las mujeres, Marilyn ya había empezado a planificar su boda.

Se casarían en esa playa por la que tanto les gustaba salir a caminar. Y el banquete lo harían en un pequeño campo de golf que había por la zona. El club social contaba con un reducido restaurante de los de antaño que servía desayunos durante todo el día, por lo que los invitados de su boda podrían darse todo un festín a base de tortitas y beicon, gofres, salchichas y sirope de arce auténtico, tostadas francesas y toda una variedad de huevos benedictinos con una espesa salsa holandesa.

Y todas seríamos sus damas de honor, no me cabía la menor duda. Yo, Sassy, Kitty y probablemente otra media docena de mujeres, porque Marilyn tenía una enorme red de amistades femeninas a su alrededor, y todas la adoraban y estarían dispuestas a hacer lo que fuera por ella. Sugería que podríamos ir andando desde la playa hasta el campo de golf. Estaban solo a un kilómetro y medio de distancia, y así esos escasos veinte minutos de ejercicio podrían mediar entre las miles de calorías que después nos meteríamos para el cuerpo con ese gran desayuno nupcial.

Sassy preguntó si todas deberíamos llevar sombreros. Ella tenía claro que llevaría sombrero y que ni loca iría a pie.

Kitty tampoco quería andar y ya había decidido que no probaría nada de lo que hubiera en el desayuno, se limitaría solo a tomar café. Y se planteaba si todo eso de las damas de honor no sería un poco absurdo. Ahí decidimos que cada una debería hacer lo que quisiera. ¿Por qué narices tenía que importarnos lo que pensara el resto?

Marilyn dijo que quería que alguien esparciera pétalos de rosa por la playa. La mera idea del triunfo de Marilyn era para todas nosotras una gran victoria. De lo posible frente a lo imposible. De los avances frente a los retrocesos. De la personalidad, la pasión y la confianza frente a la edad, la LME y cualquier otro obstáculo que la vida pusiera en nuestro camino.

Visualizar la imagen de Marilyn casándose era la mejor prueba de que, de cuando en cuando, como en una película, la vida de una persona puede acabar teniendo un final feliz. Y de todas las mujeres que conocía, Marilyn era, indudablemente, la que más se lo merecía.

Pero, una vez más, la vida parecía no funcionar así.

CAPÍTULO 10

LA TRISTEZA DE LA MEDIANA EDAD: LA HISTORIA DE MARILYN

El año anterior, al final de esa LME invernal en que a todas nos invadió el miedo respecto de nuestro futuro, Marilyn llevó su temor al extremo, dio un paso más y se cortó las venas de las muñecas. Aunque se las cortó verticalmente y no horizontalmente (una diferencia que había buscado por Internet y que más tarde nos explicaría), Marilyn no murió. Al contrario: estuvo sangrando durante dos horas y luego tuvo el valor de meterse en el coche y conducir 800 metros hasta el ambulatorio. Nada más que la vieron, fue trasladada al hospital de Southampton, desde donde fue capaz de hacer unas cuantas llamadas rápidas antes de ser derivada al hospital estatal situado en el centro de la isla.

Cada dos días recibía una llamada suya y me ponía al día de cómo estaba. Aquello era horrible. Pasara lo que pasara, me decía, ella jamás volvería allí de nuevo.

Al final, a los diez días le dieron el alta. Entonces el hermano de Marilyn voló desde Australia para llevarse a Marilyn de vuelta a Sídney. Y una vez allí fue donde Marilyn por fin recibió el diagnóstico correcto: era bipolar.

De repente todo cobró sentido. Su padre también era bipolar. Pese a ello, al principio Marilyn se resistía a aceptar su diagnóstico. Me confesó que lloró mucho al escuchar las palabras del médico. No tenía fuerzas para asumirlo. No quería ser una persona bipolar. Aquello la avergonzaba.

Sin embargo, el médico logró hacerle entender que se trataba únicamente de una enfermedad, como la diabetes. Era muchísima la gente que padecía diabetes y conseguía tenerla bajo control tomando una medicación.

Marilyn se prometió a sí misma cambiar su vida. Dejó de beber y empezó a practicar ejercicio a diario. Iba al psicólogo de forma periódica y tenía mucho mejor aspecto que el que había tenido en años.

Y reformó su casa, que se convirtió en un precioso hogar de un blanco impoluto en lo alto de una pequeña colina con una puerta en color violeta. Las violetas eran sus flores favoritas, y Violeta era también el nombre tanto de su abuela como de su anterior perrita.

Sus jardines estaban floreciendo. Marilyn se había pasado tres años trabajando en ellos, incluso los tuvo durante doce martes cubiertos con mantillo. Al comienzo, estuve yendo con ella a las clases de jardinería a las que asistía todos los domingos a las diez de la mañana, cual fiel que acude regularmente a la iglesia. Sin embargo, lo dejé tras ponerme un día de los nervios por tener que aguantar toda una clase magistral de sesenta minutos sobre la manera correcta de regar las plantas. Pero Marilyn se mantuvo impasible y su enorme esfuerzo estaba dando resultados. Tanto ella como su casa ya habían recorrido un largo camino.

Y una vez más, pudimos hablar largo y tendido. Sobre todo hablamos sobre ese verano en mitad de nuestra LME cuando tuvimos nuestro horrible altercado. Hasta ahora ella no se había dado cuenta, pero en aquel momento estaba completamente maníaca.

¿Estaba segura de querer casarse?, me preguntaba una y otra vez. ¿Por qué hacerlo, cuando realmente no tenía ninguna necesidad de ello?

Marilyn y su MNN viajaron hasta Italia, y Marilyn regresó de allí con un anillo de oro con dos diamantes, pero ella seguía insistiendo en que en realidad no estaban oficialmente comprometidos. Y así pasaron tres meses. Tres meses en los que Marilyn parecía estar más que feliz. De hecho, todo el mundo le decía que estaba mejor que nunca. Había vuelto a trabajar y se la veía muy muy en forma. Siempre contemplaba con adoración a su MNN en todas las fiestas y cenas a las que a veces asistíamos como un cuarteto con MNN.

Y luego, como era más que habitual en cuanto una relación amorosa entraba en escena, Marilyn y yo dejamos de vernos con la frecuencia con que lo hacíamos. Ninguna de las dos ni siquiera lo intentamos. Marilyn estaba hiperocupada. Había tomado la decisión de alquilar su casa a través de Airbnb durante los fines de semana de verano y ahora empleaba todo su tiempo libre en organizar sus cosas para dejarla preparada.

No fue hasta dos semanas después del Día de los Caídos cuando Kitty, Sassy y yo nos sentamos a echar un ojo a nuestras conversaciones y nos dimos cuenta de que ninguna de las tres habíamos hablado con Marilyn en los últimos días. Yo creí tener la respuesta: Marilyn tenía que estar enferma. Justo el día antes de esa última conversación, había cancelado nuestra comida de chicas a la crítica porque nos dijo que no se encontraba bien.

Intentamos llamarla, y nada. Un par de minutos más tarde, recibimos un mensaje de texto. Su seguro de salud había cancelado su póliza, y quería saber si teníamos referencias de alguna compañía. Los problemas con los seguros no eran nada raro para Marilyn. A lo largo de los años, como mujer soltera, autónoma, con altibajos económicos y un amplio surtido de problemas de salud, Marilyn de cuando en cuando libraba batallas de este tipo. Sassy le contestó y le mandó unas cuantas sugerencias.

Y así pasó otro día. Marilyn escribió a Sassy para decirle que su MNN iba a ayudarla con el tema del seguro, así que no tenía que preocuparse.

Pero claro que estábamos preocupadas. Sin embargo, a diferencia de antes, esas veces pasadas en que Marilyn había tenido bajones, ahora al menos no estaba sola en casa. Estaba con su MNN.

Lo sabía porque los hechos hablaban por sí solos: su coche estaba siempre aparcado en casa de él. Lo veía cuando pasaba por allí todos los días de camino a la playa, esa misma playa en la que Marilyn soñaba con casarse.

Aquel sábado, al ver su coche, pensé en parar, pero me dio un poco de apuro molestarla. Me parecía un poco maleducado presentarme allí en casa de su novio.

El domingo a última hora de la tarde, cuando volví por allí, me fijé en que el coche de Marilyn ya no estaba. Di por sentado que sus inquilinos habrían dejado ya su casa y que ella habría vuelto a su hogar.

Y la llamé, pero me saltó el contestador.

Al irme a la cama, lo intenté de nuevo. Su buzón estaba lleno. Me pareció algo muy raro. Marilyn siempre revisaba sus mensajes. Así que decidí que a la mañana siguiente iría a su casa.

Pero no llegué a ir. Me lo impidieron una serie de circunstancias extrañísimas que a día de hoy aún no soy capaz de explicarme.

Me desperté tarde y, como hacía muy buen día, me propuse hacer, primero, unos cuantos recados por la ciudad y, luego, irme en bici hasta casa de Marilyn. Giré unos cuantos cheques para pagar facturas, franqueé las cartas y las metí en la bolsa con cremallera de mi bicicleta, junto con mi cartera y mi teléfono móvil.

Mi primera parada fue en el banco. Saqué mi cartera de la bolsa, me fui hacia el banco e introduje la tarjeta en el cajero automático.

Inmediatamente saltó un problema.

«Transacción denegada».

Y tuve una especie de premonición.

—¿Pero qué diablos dice esta máquina? —vociferé pegando pisotones en dirección a la ventanilla—. Me da que tengo algún problema con mi tarjeta.

Un suspiro.

—Probablemente sea cuestión de la máquina.

Pero no. No dejamos ni una sola máquina sin probar, y luego el personal del banco lo intentó desde el ordenador, y fueron incapaces de dar con lo que estaba mal, así que acabaron haciéndome las transacciones a mano.

Dejé el banco algo intranquila. Según salía, un chico joven pronunció mi nombre:

—Hombre, Candace. ¿Cómo estás?

—Bien —respondí, bastante nerviosa. ¿Quién narices era ahora ese tipo y por qué sabía de mí?

—Reconocí tu bici ahí fuera.

Ah, sí, vale. Era el chaval de la tienda de bicis.

—Sin duda, hace un día precioso para salir a pedalear.

—Sí, tienes toda la razón.

Mi estado de ánimo ahí pareció subir un poco. Me recordé a mí misma que mi incidente en el banco no era más que un diminuto fallo técnico en lo que indudablemente prometía ser un buen día. Iría hacia la oficina de Correos y, luego ya, directa a casa de Marilyn.

Pero... Al irme acercando a mi bicicleta, me di cuenta de que algo estaba mal. La cremallera de mi bolsa estaba abierta. Levanté la solapa y dejé escapar un grito ahogado.

¡Estaba vacía! O, como poco, mis facturas se habían escapado. Pero mi móvil continuaba allí.

Me dirigí hacia un poli joven de tráfico, con la cara un tanto rubicunda y que parecía un niño. Estaba allí plantado en el paso de peatones.

—Perdone —me disculpé—. ¿Por un casual ha visto usted a alguien merodeando en torno a aquella bicicleta naranja que se ve ahí?

Me miró un poco por encima del hombro.

—No.

—¿Está seguro?

—Sí.

—Pues es que yo creo que me han robado.

Esas palabras parecieron llamar su atención. Se tomó la molestia de caminar hacia allí. Agarró el intercomunicador que llevaba en el hombro y se lo acercó a la boca, como si quisiera denunciarle a alguien el delito.

—¿Qué le han quitado? —me interrogó.

—Unas cartas.

—¿Cartas?

—Bueno, unas cuantas facturas.

Soltó el *walkie-talkie*.

—¿Para qué querría alguien unas facturas?

Traté de explicárselo como buenamente pude.

—En realidad aquello no eran simples facturas. Eran cheques. Ya sabe usted, con lo que se pagan las facturas. Y estaban con el sello.

—¿Y qué interés podrían tener para alguien?

Sospeché lo que estaba pensando de mí aquel tipo: una mujer de mediana edad con cara medio confundida, el pelo lacio y un chaleco verde neón, sobre una bicicleta de color naranja y sin parar de insistir en que alguien le había mangado las facturas.

Realmente no lo pensaba.

—Lo mismo yo me las dejé en casa —murmuré mientras me iba alejando.

Volví a subirme a la bici. De camino a casa, fui dándole una y otra vez vueltas a toda esa retahíla de sucesos extraños que me había sucedido. Todo aquello parecía conectado por un campo de fuerza de una energía inestable y caótica. Y como de golpe y porrazo, me di cuenta de que ya había experimentado ese mismo sentimiento antes, justo el día en que Tucco murió.

Tiré para casa, dejé a un lado la bici y eché un vistazo a mi teléfono. Tenía una llamada de Stacey, una de las amigas que Marilyn tenía en Miami.

Instintivamente pensé: «¿Por qué me estará llamando a mí Stacey?». Y enseguida lo supe.

Marilyn se había quitado la vida el domingo a última hora de la noche o el lunes al amanecer.

No dejó ninguna nota, pero sí que tenía escritas sus últimas voluntades.

Quería ser incinerada. Así, sin nada más. No quería ningún funeral, nada de nada. Simplemente una caja con sus cenizas.

Nada más enterarnos de la noticia, algunas de las amigas más próximas de Marilyn y toda su familia de fuera nos reunimos allí, y le rendimos una especie de emotivo y particular homenaje, pero luego todo el mundo se marchó y allí nos quedamos solo Sassy, Kitty y yo, y algunas veces Queenie. Llorábamos y sentíamos la presencia de Marilyn por allí donde íbamos, y su ausencia nos pesaba, sobre todo, en el día a día.

Como Kitty decía, nos resultaba imposible pensar que Marilyn no fuera a entrar por la puerta en cualquier momento, con su portátil bajo el brazo y una especie de saco de cuero al hombro grandón con su cartera y miles de carpetillas. Marilyn se había mudado al campo, pero una parte de ella sería siempre algo así como un remolque.

A todas nosotras nos invadió la pena, la cual arrastramos como una especie de lastre que éramos incapaces de soltar. No nos dejaba movernos. No podíamos ni respirar. Nos limitábamos a ir a casa unas de otras, sentarnos alrededor de la mesa de la cocina y mirarnos abatidas.

Nos preguntábamos por qué una y otra vez.

Todas poníamos el acento en que estaba muy enamorada y a punto de casarse. Ella y su MNN tenían una vida fantástica por delante. Le iba a ir muy bien. Se sentía pletórica. Quizás ahí residía el quid de la cuestión: quizá se sentía tan sumamente bien que había dejado de tomar su medicación. Realmente aquella era la única explicación que se nos pasaba por la cabeza.

Había habido toda una avalancha de muertes y suicidios ese mes. La mayoría de ellos, mujeres de cincuenta y algo, como Marilyn, que parecían tenerlo todo. Pero, como todo el mundo, no lo tenían. En el trasfondo les acechaban innumerables problemas de dinero, amor y salud. Pero, por encima de todo, lo que a todas machacaba era el miedo. Ese inmenso terror a un futuro incierto.

El miedo a ser unas fracasadas. El miedo a que nadie las amara jamás o a que nadie volviera a amarlas nunca. El miedo a estar completamente solas. A que nadie fuera a cuidar de ellas, porque de ahí en adelante la vida ya solo iría a peor. El pavor a que no hubiera ningún futuro brillante tras el que esconderse cuando la verdad se les presentara de frente.

Todos esos eran los miedos que inevitablemente nos calaban los huesos tanto como el frío y húmedo clima de ese invierno. Y nosotras también empezamos a preocuparnos. Por nosotras mismas y por cada una de las demás. Cuando eres una mujer soltera y sin hijos como Marilyn, el mundo entero se pregunta qué va a ser de ti, y llega un momento en que tú misma también te lo preguntas. Como soltera y sin hijos, la vida no te tiene escrito un guion.

El tiempo fue transcurriendo, y aunque fuimos dejando de hablar sobre Marilyn, no había un solo día en que yo no me parara a pensar en ella. Cada vez que iba a la playa, pasaba con el coche por la puerta de la casa de su MNN y me acordaba como si fuera ayer de aquel último fin de semana y me cuestionaba qué es lo que mi amiga habría estado haciendo entonces.

Y a veces mi ruta me llevaba por la mismísima casa de Marilyn. Siempre me sobrecogía. Allí seguía tal cual su pequeño coche blanco, aparcado donde siempre, por lo que mi cabeza inevitablemente imaginaba a mi amiga dentro de su casa, recostada en uno de los sofás que había flanqueando la gran mesa de café en la que solía apoyarse para trabajar con su portátil mientras no dejaba de atender llamadas.

Incluso a veces me engañaba a mí misma y fingía que Marilyn seguía vivía. Me convencía de que se había marchado durante un par de meses y que en nada estaría de vuelta, y entonces pensaba en todo lo que tenía que contarle cuando nos viéramos de nuevo. Por ejemplo, que mi MNN y yo aún seguimos juntos. Y que Tilda Tia ha desistido por completo del mundo de las citas y ahora vive centrada en su trayectoria profesional, aunque no pierde la esperanza de, algún día, encontrar al amor de su vida al otro lado de la valla. Y tenía que contarle sin falta que Sassy se ha comprado una casa nueva en su calle favorita de la aldea. Con unas vistas fabulosas y justo al otro lado del río respecto de la casa de Kitty. Teníamos mucho que hablar sobre todas esas fiestas de *paddlesurf* que las dos sabíamos que nunca íbamos a organizar, porque Sassy odia lo de ponerse el bañador, y Kitty se niega a hacer el más mínimo ejercicio.

Y pronto llegó un día en que, al pasar por casa de Marilyn, vi que su coche no estaba.

Y ahí se había acabado todo, pensé tristemente.

Pero no; de eso, nada.

Sassy y yo teníamos parte de las cenizas de Marilyn.

El hermano de Marilyn le había dado a su MNN sus cenizas, y él nos había entregado parte de ellas. Estaban apiladas en unos recipientes de plástico transparentes que la propia Marilyn, una organizadora experta, le había regalado poco antes de morir, cuando ella andaba recolocando todos sus bártulos en casa para alquilarla en Airbnb.

—Toma —le había dicho—. Puede que algún día te hagan falta.

Ahora esos contenedores con las cenizas descansaban en una gran urna plateada ubicada en el salón principal de la casa de Sassy. Las cenizas en sí eran de un color gris oscuro y de cuando en cuando estaban salpicadas de blanco, que serían los huesos. Sassy tenía que pasar frente a ellas a diario.

Como poco una vez a la semana me llamaba para lo mismo.

—Tenemos que hacer algo con las cenizas —me decía.

Y así, decidimos que, en uno de esos días en que Sassy decía que había un precioso cielo azul marino a finales de septiembre, justo el cielo que Marilyn quería que cubriera todo el día de su boda, en lugar de esparcir pétalos de rosa, esparciríamos sus semillas.

O al menos eso pensamos que haríamos.

Tilda Tia vino y se quedó en casa conmigo.

—¿Cómo te encuentras? —me preguntó.

—Ahí voy, bien —le respondí yo, aun cuando la de Marilyn era la segunda muerte cercana que había sufrido en los últimos seis meses, incluyendo la de mi padre.

Y por supuesto, yo no era la única que estaba viviendo algo así. Hacía tan solo dos meses, Tilda Tia había perdido a una de sus amigas de la infancia por culpa de un cáncer. Había estado allí acompañándola en el que momento en que murió y sosteniéndole la mano.

Nos fundimos en un abrazo.

Esa es precisamente una de las cosas que todas aprendemos de la LMM: a aceptar la pérdida y seguir hacia delante.

Nos encaminamos hacia la casa nueva de Sassy, donde nos reencontramos con Kitty, que acababa de enterarse de que iba a ser abuela, y con Queenie, cuya hija se había marchado fuera a la universidad.

Hablamos de lo fantástico que habría sido que Marilyn estuviera allí con todas nosotras. De lo que le habría encantado ver a todas sus amigas juntas. Y de cómo, en gran parte gracias a ella, todas nosotras habíamos terminado en el mismo lugar.

Fuimos paseando hasta el extremo del muelle allí en la bahía que Marilyn había pisado la primera hacía justo tres años, a su llegada a la aldea.

Sassy y yo llevábamos cada una un recipiente con las cenizas. Nuestra idea era abrirlos y que cada una tomara un puñado y esparciera las cenizas, y, después, todas a una encenderíamos unas bengalas.

Pero, de pronto, surgió un percance. En los bordes superiores de los recipientes se había incrustado el polvillo de las cenizas de Marilyn, y las tapaderas se habían quedado pegadas. Por mucha palanca que hacían…, era imposible abrirlos.

Durante unos instantes todas nos quedamos ahí inmóviles, sin saber muy bien qué hacer. Aquello era muy propio de Marilyn, coincidimos. Como Sassy bien decía, siempre había tenido un lado cabezota. Tenía por costumbre hacer justo lo contrario de lo que la gente le decía que hiciera. Un rasgo que, francamente, bien se nos podía aplicar a todas las del grupo sin duda alguna.

—Esto es una señal —aseguró Queenie—. Es evidente que no quiere marcharse.

Y en esas volvimos a llevarnos las cenizas de Marilyn a casa.

Debo reconocer que yo sentí mucho alivio. Había algo en lo de esparcir las cenizas que no acababa de convencerme.

La semana anterior, me di de bruces con el MNN de Marilyn en la playa. Acababa de recibir el informe de toxicología y resultaba que sí, que Marilyn había estado tomando adecuadamente su medicación durante todo ese tiempo.

En resumen, que ella había hecho todo bien, pero, con todo y con eso, aquello parecía no haber sido suficiente. Nosotras jamás comprenderemos los motivos de su muerte.

Pero aquel no era el único misterio. También estaba el de la desaparición de todas esas facturas el día en que ella había fallecido. Alguien las envió, y no fui yo, porque días después de la muerte de Marilyn estuve recibiendo varias llamadas furiosas de mis acreedores por los cheques que había tenido que cancelar.

No podía evitar preguntarme si de alguna manera Marilyn o su espíritu habrían tenido algo que ver en ello.

Y cuando volvimos a reunirnos en torno a la mesa de la cocina todas juntas, me di cuenta de una cosa que todas teníamos muy clara: ahora, más que nunca, teníamos que estar ahí las unas para las otras.

Y lo estaríamos.

FIN

¿Y AL FINAL TODAS FELICES Y CONTENTAS?

Y sucedió lo inevitable. El tiempo pasó. Y de la noche a la mañana mi MNN y yo ya llevábamos un año y medio saliendo juntos. Y en algún momento en ese lapso de tiempo, nos convertimos en una pareja estable.

Técnicamente no vivíamos juntos, pero sí conocíamos de sobra nuestras respectivas manías y empezamos a hacer cosas propias de parejitas, tipo salir con otras parejas, vivir juntos y crear una especie de escenario pseudofamiliar en el que mis dos perros, Pepper y Praner, eran algo así como nuestros hijos. Pero, por encima de todo, habíamos desarrollado una rutina que funcionaba de maravilla. Una forma de estar uno en torno al otro en el mismo espacio. Y es que, a fin de cuentas, ¿qué es una relación más allá de dos cuerpos orbitando uno al otro en espacio y tiempo? Al igual que les sucede a los planetas, para las personas es muy difícil resistir a la tracción del emparejamiento. Una vez que uno entra en la fase de relación, es como estar dentro de una de esas muñequitas rusas, del infierno de Dante o quizá simplemente del mundo de los hermanos Mario: cuando se alcanza un nivel, hay que tratar de llegar al siguiente. Dicho de otro modo, por primera vez, después de casi año y medio juntos, me sorprendí a mí misma planteándome qué pasaría si mi MNN y yo nos casáramos y él se convirtiera en MNM.

Lo cierto es que no tenía ni idea de por qué narices yo me estaba preguntando eso. No era porque no me viera a mí misma crecer y avanzar con mi MNN en un futuro vago y difuso, sino porque, en este momento, en la vida real, aquello solo complicaría muchísimo más nuestras vidas.

Y por si fuera poco, había algo en el aire sobre el matrimonio en la madurez. Ahora mismo, cuando la gente me pregunta sobre qué estoy escribiendo y yo se lo explico, todo el mundo tiene una historia que contarme. Una historia, según me prometen, totalmente diferente a cualquier otra que haya podido escuchar nunca.

—A ver, cuenta —les digo siempre.

Y entonces empiezan a contarme una historia enrevesadísima sobre dos personas que de repente se descubren solteras y, al final, después de años, vuelven a coincidir en la vida, se enamoran locamente, se casan y celebran una boda con cientos y cientos de invitados. Y esta historia no tiene nada nuevo, excepto la edad de los participantes, que suelen tener más de setenta años. A veces incluso ochenta y tres. Y de cuando en cuando hasta noventa y cuatro. En cualquier caso, cuando estas bodas tienen lugar, aparentemente son preciosísimas, porque no hay nada más bonito que pregonar a los cuatro vientos que el amor verdadero siempre triunfa. Y entonces todo el mundo rompe a llorar.

Después de aquello, el gusanillo del bodorrio picó con ganas a Tilda Tia.

Un buen día me llamó por teléfono.

—No vas a creerte lo que me ha pasado —me soltó.

Yo ya lo sabía porque me lo habían contado Kitty y Queenie. Al parecer, desde hacía más o menos un mes, Tilda Tia tenía un nuevo novio que era un auténtico MNN. Vivía en un apartamento de dos dormitorios en Upper West Side, contaba con un puesto fijo en el mundo de las finanzas y, como era un tipo realmente fantástico, estaba ayudando a Tilda Tia a mudarse a su nuevo hogar.

—He conocido a alguien —me anunció.

—Soy todo oídos —le espeté.

—No, pero, quiero decir, he conocido a alguien. A ver, que no me sorprendería nada estar luciendo un anillo en el dedo el próximo año por estas fechas.

—¿Me lo estás diciendo en serio?

—Más en serio, imposible. Y cuando te digo un anillo, me refiero a mi alianza de casada. Ya sabes, ese anillo de compromiso que muy posiblemente llevaré ya en seis meses.

—¿De verdad que en un año serás una mujer casada? —le pregunté.

—Sí. ¿Por qué no? —contestó.

—¿Y vas a celebrar una boda a lo grande?

—Pues claro que voy a celebrar una boda —me respondió—. ¿Pero a ti qué te pasa?

—¿Con damas de honor y todo eso?

—¡Efectivamente! Y tendrán que ir todas iguales y conjuntadas —me aseguró.

Traté de imaginarme esa escena de maduritos contrayendo matrimonio rodeados de amigos emperifollados, y demás pijaditas y preparativos. En plan pistas de baile y música de los ochenta. Con un «¡Guau, cómo estás!» dando volteretas por el suelo y haciendo las olvidadísimas acrobacias de suelo propias del *break-dance*. Escuchando *St. Elmo's Fire* con los ojos llorosos y señalándonos unos a otros con los dedos mientras todos movemos el esqueleto desenfrenadamente. Sin duda, vergonzoso todo. Pero, para quien no le importara, sería divertido.

—Hola —llamó mi atención Tilda Tia—. ¿Estás aquí?

—¿Y vas a pinchar Michael Jackson? —le pregunté—. ¿Y *St. Elmo's Fire*?

—¿*St. Elmo's Fire*? Pero ¿qué coño te pasa a ti hoy? —me cuestionó Tilda Tia—. Cambiando de tema... Kitty y yo nos preguntamos qué tienes pensado hacer por tu cumpleaños.

Mi cumpleaños. Gimoteé.

—Es un cumpleaños de los de año redondo, ¿no?

—Mmm.

—¿Vas a confesarle a la gente tu edad? Porque, si yo fuera tú, yo no lo haría. No te compliques, deberías seguir diciendo que tienes cincuenta y nueve. Conozco mucho a cuatro mujeres que siguieron haciendo eso incluso cuando ya estaban en los sesenta y pico. ¿Y a quién le importa? A partir de una determinada edad, ya nadie presta mucha atención a eso.

Y sí: tuve que darles la razón. Cierto.

Una de las particularidades de los cincuenta y tantos cumpleaños es que la gente tiende a olvidarlos. Una vez superada la entrada en la primera mitad de siglo, el resto de años ya no importan nada. En gran parte porque llega un determinado momento en que uno se da cuenta de que hay poca diferencia entre los cincuenta y ocho y los cincuenta y dos. Y también en parte porque, después de los cincuenta, es fácil perderle la pista a tu edad y ya ni recordar si cumples cincuenta y dos, cincuenta y cinco o cincuenta y ocho, que es justo lo que le sucedió a Kitty hace un par de meses. En aquel momento resultaba que Kitty tenía cincuenta y cinco, un número tan insignificante que ella hasta olvidó que era su cumpleaños. Yo misma recuerdo dos cumpleaños míos en la última década en que me contenté simplemente con brindar conmigo misma y tratar de que el día pasara pronto.

Pero justo ahí fue cuando conocí a mi MNN. Mi MNN era muchísimas cosas, pero, sobre todo, era un tipo hiperorganizado. Y así, tres meses antes de los «Oh, Dios mío, sesenta», mi MNN empezó a atiborrarme a preguntas. ¿Qué quería hacer para festejar mi cumpleaños? ¿Me apetecía volar a Londres y cenar en un club nocturno? ¿O mejor escaparnos a algún sitio cálido para pasar el fin de semana? Todo eso sonaba fantástico, pero exigía muchas dosis extra de esfuerzo. Habría que hacer la maleta, llegar hasta el aeropuerto, esperar en la cola para pasar el arco de seguridad y luego, posiblemente, otra vez echar horas en la aduana... Y en esas me di cuenta de que siempre estaba dispuesta a todo por los demás, pero que por mí misma no me apetecía tanto esfuerzo. Y menos aún por mi cumpleaños.

Además, yo odio a muerte los cumpleaños de cambio de década. Los odio tantísimo como la Nochevieja. No sé por qué, pero siempre se supone que tienen que ser mucho más divertidos que cualquier otra fiesta cuando, en realidad, las mejores son aquellas que no se planean, cuando las cosas simplemente suceden.

Cuando echo la vista atrás y me paro a pensar en mis cumpleaños de cambio de década, excepto el de los treinta, los demás, tanto el de los cuarenta como el de los cincuenta, fueron un auténtico plomazo. Una semana antes de mi cuarenta cumpleaños, me había dejado plantada un tío con el que había estado saliendo durante seis meses. Y me soltó sin remilgos: «Corto contigo porque vas a cumplir cuarenta, te has vuelto completamente neurótica al respecto y es algo que, la verdad, yo no soy capaz de gestionar». Y eso que yo pensaba que estaba llevando el tema bastante bien. Sin embargo, la mañana de mi cumpleaños, en cuanto mi madre me llamó, rompí a llorar:

—Ya tengo cuarenta tacos, y ni estoy casada ni lo estaré nunca.

—Venga, anda, anda, no hagas ahora un drama de esto —me consoló mi madre—. La edad no importa.

Y tenía toda la razón del mundo, porque fue a los cuarenta cuando empezaron a pasarme un montón de cosas maravillosas. Me casé. Trabajé muchísimo. Me hice una casa. Y, por alguna extraña razón, pensé que todo aquello me duraría para siempre.

Pero lo que aquello sí que hizo fue molerme porque, nada más asomar los cincuenta, solo recuerdo que yo estaba cansadísima. Molida. Muy muy cansada. Tenía un sueño recurrente en el que me veía a mí misma en un edificio de oficinas de camino a una reunión y de pronto me desplomaba delante de los ascensores y me quedaba allí tumbada sin poder ni levantarme.

Y ahora ha pasado ya otra década. Y como ya ha sucedido con muchas otras, la pasada fue la década del cambio. Una época de mudanzas, divorcios y fallecimientos. Una época de redescubrir viejas amistades y hallar nuevas formas de relacionarme. A lo largo de sus cincuenta, la gente tiene que ser como pequeñísimos motores capaces de reiniciarse solos una y otra vez hasta que algo surta efecto, y entonces todo se da la vuelta, y ahí vuelves a estar una vez más manteniendo el rumbo.

Y está bien. Porque ¿quién habría pensado que lo de cumplir sesenta es un poco como despertarse de un mal sueño?

Pese a todo, quizás era el momento de organizar una fiesta. Aunque fuera una pequeña. Y no, no iba a mentir sobre mi edad. ¿Cincuenta y nueve para siempre?

Ni hablar.

Y así, cuando Kitty, Queenie, Sassy, Tilda Tia, mi MNN y yo nos juntamos en Omar's, brindamos por todo lo que habíamos pasado y por todo lo que esperábamos que nos deparara el futuro. Y, al mirar a mi alrededor, me percaté de una cosa: los sesenta ya habían llegado a mi vida, e iban a ser fabulosos.

Candace Bushnell sobre la vida después de los 50: «Te toca averiguar cómo volver a sobrevivir».

Salon[1] habla con la autora de *Sexo en Nueva York* sobre cómo lidiar con la mentalidad de la mediana edad. Entrevista de Mary Elizabeth Williams.

Más de veinte años después de mostrarnos su icónico mundo de amistades, amor y, por supuesto, taconazos, Candace Bushnell vuelve a deleitarnos con otro de sus libros. Y no podemos evitar preguntarnos... *¿Todavía queda sexo en Nueva York?* Precisamente ese es el título del noveno libro de la conocida autora de superventas del *New York Times* y productora de televisión, quien hace poco compartió un rato con *Salon Talks* para conversar sobre cómo está guiando a la cosmopolita generación fiestera para prepararla para los nuevos retos y las recompensas de lo que ella misma llama la «locura de la mediana edad» o, como muchos bármanes nos dicen ahora, LME.

---

1   Publicada por primera vez en Salon.com.

MEW: Llega un día en que una escucha por primera vez en un bar de copas eso de LME.

CB: Llega. Llega. Recuerdo que la primera vez que lo escuché acababa de entrar en la década de los cuarenta, y la expresión me supuso un *shock*. Pero lo cierto es que se trata de una realidad de la mediana edad. Supongo que nos deberíamos sentir orgullosas cuando alguien nos dice: «Claro, de acuerdo, es que estás inmersa en la locura de la mediana edad». Sin embargo, la verdad es que siempre encontramos algo un tanto denigrante en el comentario. No sé muy bien por qué.

De todos modos, tú eres muy consciente de que ya no eres una jovenzuela. No obstante, has ganado mucho con la edad. Pero debe de haber algo más. ¿Qué sería mejor, Candace?

Se me vienen a la cabeza las letras «PM», de «posmenopausia». En lo referente a todo el tema de la menopausia, es como si me hiciera falta un mapa para identificar dónde me encuentro exactamente. Y luego es muy sencillo en realidad. Las mujeres que están ya en su etapa posmenopáusica son las jefas de gobierno de su propia vida.

Este libro recoge muchos de esos latiguillos tuyos tan audaces. Sin duda, sin ese vocabulario tuyo tan propio y particular, este no sería un libro de Candace Bushnell. Justo por esa razón, una de las cosas que me gustaría ver hoy contigo es parte de todo ese vocabulario que debemos conocer para transitar esta fase tan distinta de nuestra vida. Empecemos con *cachorritos* y *maduritas*.

Los cachorritos son todos esos hombres jóvenes que merodean y rondan a mujeres considerablemente mayores que ellos. Por lo general, en una relación de hombre joven/mujer mayor, la mujer suele recibir el nombre de «mujer puma». Se vuelve una depredadora a la caza de estos jovencitos. Y lo que sucede es que es todo lo contrario. Son mujeres buenas, de fiar. Pueden ser de cualquier sitio, quizás hayan tenido hijos, e incluso es muy posible que sus hijos sean ya adolescentes a punto de abandonar la edad del pavo. De un día para otro se ven divorciadas. Y el primer grupo masculino que empieza a ir detrás de ellas está casi siempre formado por chicos mucho más jóvenes. Han crecido en una época distinta, por lo que en su cabeza no hay cabida para ese tabú. Para ellos, las mujeres mayores no han perdido su atractivo. Muy al contrario, han crecido con la idea de que las mujeres son como el vino.

Paralelamente a todo esto, cuando tienes ya cincuenta, y de pronto vuelves a disfrutar de la soltería, los hombres de tu misma edad dejan de atraerte lo más mínimo, puesto que te das cuenta de que para ellos ya eres demasiado mayor.

Describes a las mujeres que entran en el mundo Tinder por primera vez en su vida, tras años acomodadas en una relación. Entonces, cuando se disponen a ligar por Internet, se dan cuenta de que «No estoy recibiendo ningún *match* porque solo estoy fijándome en hombres de mi edad, debería cambiar un poco los parámetros».

Eso, así, tal cual, fue lo que me sucedió a mí. Accedí a Tinder, y Tinder automáticamente resulta que sabe todo sobre ti. Tú puedes tratar de mentir, pero llega Tinder y sabe tu verdadera edad, porque la ha extraído de toda esa sobrecarga informativa que hay sobre ti. Y decidió que mi rango de edad sería mi edad y quizás hasta los sesenta y cinco. Lo más interesante de todo es que en algunos de esos algoritmos la edad no supera los sesenta y cinco. Por ejemplo, si entro en Instagram e intento buscar a gente mayor de sesenta y cinco, imposible, no se puede.

Sin duda, por ahí fuera hay una especie de machismo un tanto extraño. Las cosas han cambiado bastante desde que yo escribí *Sexo en Nueva York* cuando tan solo era una treintañera.

Este libro derrocha *glamour*. Hablas mucho sobre un mundo que está fuera del alcance de muchas de nosotras, pero también te ocupas de cuestiones más serias. Aunque el título que has escogido es *¿Todavía hay sexo en Nueva York?*, lo cierto es que gran parte de lo que narras en sus páginas transcurre fuera

de la ciudad. Y eso lo haces tú, la icónica (y en gran medida prototípica) mujer neoyorquina.

Parte de eso se debe a que, ante todo, siempre seré Candace Bushnell, y crecí en el campo. Crecí en Connecticut y me crie montando a caballo. Lo llevo en la sangre.

Lo que me sucedió es que hay cosas que te pasan físicamente. Forma parte de la naturaleza y, en cierta manera, forma también parte de ir madurando y haciéndote mayor. Realmente me sentí obligada a dejar la ciudad, pero esto también es algo que sé que le pasa a otra gente cuando llega un determinado momento. Las personas regresan, pero luego es como si de repente todo se volviera demasiado. En mi caso, escuchaba las voces de absolutamente todo el mundo, menos la mía. La tenía silenciada. Necesitaba tomarme un descanso, hacer un parón, y me siento feliz y afortunada por haber podido permitirme ese paréntesis.

Sigues enamorada de Nueva York, continúas siendo neoyorquina por excelencia.

El verdadero problema es que uno nunca deja por completo Nueva York. He hecho esto mismo un par de veces antes en el pasado. Ya en otra ocasión anterior tuve que tomarme un descanso de seis meses de la ciudad de Nueva York. Y me parece que hubo una vez en que hice un parón de incluso un año. Y luego tienes que plantearte y ver cómo regresar.

La isla te sigue llamando.

Sí, sin duda. Me sigue llamando y me sigue atrayendo. Y todo es porque en la ciudad de Nueva York en un solo día pueden pasarte muchísimas cosas interesantes. Y eso solo sucede en Nueva York, en ningún sitio más. Aquí todo el mundo se pasa el día haciendo cosas, intentando algo nuevo.

Hace poco escuché a alguien decir que lo mejor de Nueva York es la inigualable diversión que se respira allí.

Así es. Físicamente es muy complicado vivir aquí. Hay mucho ruido. De hecho, estoy haciendo un pequeño vídeo sobre cómo hacerte un hueco aquí. Básicamente yo tuve que reconstruir todo. Partir como de un charco de barro, y desde él ir construyendo y levantando. Pero esto es Nueva York, amigos. Aquí las cosas son así.

Pero a ti realmente te fascina lo de vivir apartada de la ciudad. En muchas ocasiones has escrito sobre el placer de montar en bicicleta, estar al lado del agua y poder dejar a tus perros corretear de un lado a otro. Y no cabe duda de que todo eso suena genial.

Sí, sí, fue realmente genial. Me sentía estresadísima. Pienso que esto es algo que le sucede a muchísima gente a medida que se va haciendo mayor y va entrando en los cuarenta y los cincuenta y pocos. De pronto te da la sensación de que estás asumiendo y haciendo todo, y llega un momento en que las cosas te resultan demasiado.

Hablas de que en la generación de tus padres era muy distinto porque, cuando uno llegaba a un determinado momento de la vida, orgánicamente el cuerpo empezaba a bajar el ritmo, y la gente comenzaba a pasar cada vez más tiempo con sus amigos. Sin embargo, en la actualidad, nos estamos convirtiendo en una generación de hombres y mujeres que, cuando cumplimos cierta edad, es como si el mundo se nos cayera encima. Aparecen los divorcios, las depresiones, los despidos y los problemas de salud graves. No disfrutamos de esos años gloriosos que envidiábamos de las Chicas de Oro y a los que quizá también aspirábamos a llegar.

Cuando eres joven, ni te planteas cómo será tu vida a partir de los cincuenta, porque es como si estuviéramos programados para detenernos en ese momento demográfico. La realidad es que nos estamos volviendo un grupo cada vez más, más y más grande. Y la gente ahora va a vivir otros treinta o quizás incluso cuarenta años más, por lo que realmente es otra etapa entera de la vida. Es un poco el equivalente a la vida que va de los treinta a los cincuenta, y sabemos de sobra lo muchísimo que sucede en ese periodo. Y ahí es cuando puedes desde empezar a hacer tus sueños realidad hasta cumplir todos tus deseos con relación a tu desarrollo profesional y tu vida familiar. Y nada de todo eso se desvanece al ponerse el sol.

A día de hoy hay todo un lapso de tiempo en que la persona debe encontrar el sentido de su vida, puesto que la sociedad deja de asignarle ningún papel más allá del de «Ay, serías un abuelo fantástico, ¿y no estás feliz por convertirte en abuelo?». Y es como «Pues no, no me veo tan acabado. Y sí, me hace muy feliz convertirme en abuelo, pero aún tengo muchas cosas por hacer».

Y mientras tanto, la gente que se divorcia debe aprender a ligar de nuevo y a perfilar su nueva trayectoria profesional.
Con frecuencia a uno le toca aprender a sobrevivir otra vez. Puede que sea necesario hacer mucho ajuste y recorte.

Y a ti te golpeó todo eso que mencionas. Pero te has mostrado siempre muy honesta al respecto.
Debe haber muchas dosis de reinvención. A los cincuenta, atravesé una etapa vital verdaderamente compleja, me llegué a sentir muy mal. Justo cuando estaba escribiendo el libro, mi padre falleció y una de mis mejores amigas se quitó la vida. Yo me esforcé mucho por tratar de recomponer todas mis piezas y de plasmar aquí todo. Estoy convencida de que justo eso es lo que hace que este libro resulte tan auténtico, porque todas estas cosas le suceden a todo el mundo, pero nadie se atreve a abrirse y a hablar sobre ello.

Cuando uno se fija en la portada del libro, se ve muy glamuroso. Sin duda, se trata de un libro repleto de *glamour*, por eso mismo sorprende que lo abras con la muerte. Y es que en el primer capítulo, nada más empezar, tu perro se muere delante

de tus narices. También está el fallecimiento de tu padre. Y terminas el libro con esta otra muerte repentina e inesperada que impacta y entristece a partes iguales. El modo en que cierras la historia entre estas glamurosas y bonitas páginas resulta de lo más estratégico. Nos acercas una historia más oscura y dura que la que uno se esperaría que saliera de tu pluma.

Es que realmente pasa eso, que la gente tiene la idea de que mis libros son livianos y blandengues, pero en absoluto. Todos ellos tienen su lado oscuro, por así decirlo. *Cuatro rubias* es un libro realmente sombrío. *Trading up* también es verdaderamente despiadado. Pero, con el tiempo, lo que nos sucede a los escritores es que, a medida que nos vamos volviendo más comerciales, nos empeñamos en recortar, recortar y recortar ese lado oscuro de nuestras obras, porque los lectores no lo quieren, o porque existe la creencia de que los lectores no quieren que las cosas sean tan oscuras. Yo huía de un libro que solo hablara de mujeres con muchos problemas de los que no conseguían salir. Esa sería otra realidad. Esa sería la parte realmente oscura, y me llevaría bastante más tiempo explorarla.

Pero hay gente que está atravesando esta etapa de su vida y que se viene abajo. Cuando estás al límite, es como que no logras ver la luz al final del túnel, y entonces te planteas: «Venga, a ver, vamos a probar con el alcohol o las drogas». En esta fase vital puede haber cierta desesperanza, pero es cierto que uno no consigue ver su futuro. Cuando uno ha cumplido ya los sesenta tacos, nadie viene a decirle: «Ey, podrías dedicarte a esto en un futuro. Podrías dedicarte a escribir un libro o podrías probar a hacer esto otro». Erróneamente consideramos que estas cosas son anormales para la gente mayor, cuando en realidad podrían convertirse en ese salvavidas al que aferrarse para seguir teniendo una existencia enérgica y vibrante. Cuando todas las cosas que son capaces de poner patas arriba tu vida te sacuden de repente, instintivamente vas cayendo más y más en insanos mecanismos de supervivencia. A la gente le cuesta muchísimo escapar, sufre mucho, y yo también pienso que debe ser muy complicado. Pero la realidad pasa por la industria publicitaria. Son ellos los que se empeñan en conseguir que metas el tijeretazo a la oscuridad.

Y pese a todo lo que hemos comentado, este libro es así mismo una oda y una celebración de la amistad y el amor. Es evidente que esta obra tampoco parecería tuya si esto que acabamos de decir no fuera un elemento importante y con mucho peso a lo largo de las páginas. Hablas mucho del papel del grupo, del vínculo con los demás tanto en las buenas como en las malas. En eso insistes muchísimo también. Sabes mejor que nadie que hay que resguardarse, porque la mediana edad llega como una tormenta.

En efecto, la mediana edad es una auténtica tormenta. Cuando eres joven, por muchos obstáculos que se te presenten, es como si pudieras con todo. Te pueden las ganas de seguir adelante y de intentar e intentar. Piensas que las cosas deben irse solucionando una tras otra, desde la más grande hasta la más pequeña. Luego toca aceptar que en la vida también se pierde, que hay que lidiar con las pérdidas, asumirlas, mantener una actitud positiva pese a todo y nunca renunciar al sentido del humor.

No puedo dejarte ir sin preguntarte algo más: me asombra tu sentido del humor incluso para hablar del rejuvenecimiento vaginal. A mí me impactó lo de que los hombres regalaran el tratamiento a sus mujeres por el cumpleaños.

He de decir que yo misma he conocido a dos hombres que se ofrecieron para pagarme unos implantes de pecho. Probablemente eso ahora nos lleve a la cuestión de que el hombre es quien maneja el dinero. Y hablo de un procedimiento caro.

Como el prototipo de mujer neoyorquina que eres, ¿alguna vez te planteaste que Carrie y las demás chicas acabarían siendo así ahora, en este momento de su vida, con cincuenta y tantos y ya a punto de adentrarse en los sesenta? ¿Se te pasó por la cabeza que llegarían a enfrentarse a todas estas cosas, o siempre pensaste

que simplemente estarían por ahí como siempre, bebiendo Cosmopolitans y riéndose sin parar?

Yo soy de la opinión de que todos esos personajes están donde deben estar, en el lugar que les corresponde. En mi opinión, a día de hoy los personajes se han convertido tanto en un producto de las series de televisión y de las películas que es complicado.

La pregunta que no paran de plantearme es la siguiente: «Si Carrie Bradshaw fuera joven hoy, ¿cómo sería?». Pienso que con frecuencia se refieren a si estuviera en la década de los veinte. En *Sexo en Nueva York* era una treintañera intencionadamente, tenía un buen motivo para ello, y es que quería que estuviera atravesando esa crisis existencial en la que uno llega a un punto de inflexión en el que debe pararse a pensar qué quiere hacer con su vida. No obstante, tengo claro que, si hubiera un personaje que fuera Carrie Bradshaw con veinte años, sin duda se pasaría el día en Instagram.

La gente siempre piensa: «¿Sería escritora?». Pues no, no creo que fuera escritora, la verdad. Más bien pienso que muy probablemente se dedicaría a hacer vídeos de Instagram y todo ese tipo de cosas. Así sería *Sexo en Nueva York* en esta etapa actual que estamos viviendo. Chicas yendo de cita en cita, grabando todo y luego compartiéndolo en Instagram.

AGRADECIMIENTOS

Muchísimas gracias a Morgan Entrekin, Elisabeth Schmitz, Judy Hottensen, Katie Raissian, Deb Seager, Justina Batchelor, Gretchen Mergenthaler, Julia Berner-Tobin y al resto del fantástico equipo de Grove Atlantic. Infinitas gracias también a Nicole Dewey y, como siempre, a Heather Schroder.